林仑散文自选精华

把梦种在时光里

林仑——

著

中国华侨出版社

图书在版编目（CIP）数据

把梦种在时光里 / 林仑著 .—北京：中国华侨出版社，2017.3
ISBN 978-7-5113-6694-8

Ⅰ.①把… Ⅱ.①林… Ⅲ.①随笔—作品集 - 中国 - 当代
Ⅳ.① I267.1

中国版本图书馆 CIP 数据核字（2017）第 038368 号

把梦种在时光里

著　　者 / 林　仑
责任编辑 / 文　蕾
责任校对 / 王京燕
经　　销 / 新华书店
开　　本 / 670 毫米 × 960 毫米　1/16　印张 /17　字数 /229 千字
印　　刷 / 北京建泰印刷有限公司
版　　次 / 2017 年 7 月第 1 版　2017 年 7 月第 1 次印刷
书　　号 / ISBN 978-7-5113-6694-8
定　　价 / 35.00 元

中国华侨出版社　北京市朝阳区静安里 26 号通成达大厦 3 层　邮编：100028
法律顾问：陈鹰律师事务所
编辑部：（010）64443056　　64443979
发行部：（010）64443051　　传真：（010）64439708
网　　址：www.oveaschin.com
E-mail：oveaschin@sina.com

序　感恩散文

林仑

数十年的文学创作生活，让我的每一天都浸润在了诗情画意里。我感恩散文！

仔细品味散文的每一个字眼儿，使由字眼儿组成的语句，像初春的细雨，滋润心灵；在一篇篇的文章里，写作时，我如同抽丝的蚕，享受着惬意的时光。有时，看花开花落，静等姹紫嫣红的烂漫；有时，望日升月沉，深感光阴的精美在心头袅娜；有时，抬头瞭望大山，胸中会激荡起威严凛然之气……

万有生命的美好娇艳，在文字里摇曳升华；岁月时常以菩萨般的面容浮现，烟火人间的爱情、亲情、友情，像阳光温暖了笔端，于是，流出的文字就有了温度，有了质感和骨感。

散文是人心真情的流露，凝神地注视着生活，让红白俗世洗去铅华，浴火重生，使心与心靠近；冰火人世，文字是人相互取暖的炭，心灵始终向着太阳升起的方向翘盼。

在每一片叶里感受成长的恩情，从每一滴解渴的露水中，读懂大自然的恩赐；观起起落落的人世情态，文字的心中装满了阳光，扑飞到哪里，哪里都会风生水起。

悲悯情怀一直是散文的大胸襟，对于生活在社会中的弱势群体，文字的眼里充满了爱怜，但却用另一种语气鼓励他们勇敢面对，经风历雨才是丰满的人生！

我不敢用文以载道的话来说我的散文写作，我只知道，作文与做人是一样的，需走得端，行得正。文字是立身安命的场所，仿佛蝴蝶翩跹，飞向哪里，哪里就应该是一派花海。

安抚受伤的心灵，是散文的使命；给每一个生命以美好的向往，让人的每一个经历都成为甜美的回忆。

无论人们的价值观发生了怎样的变化，散文是清纯的，干净的，它就是温润的春风细雨，唤醒枝头翠绿，换来田野葱茏。花在这里任意绽放，鸟在这里随心展喉，真的、善的和美的想象在这里可以得到极致挥洒。

自尊、自重、自强、自爱是这个时代强烈的精神需求，散文应该以中华民族优良的传统文化来约束、规范一些思想和行为，使自我人格的自洁和自尊得到完美修护。

散文还是安魂的神曲，为撕裂的灵魂疗伤；将在黑暗中行走的人，迎接到有光的方向。文和字同时也是救赎，在自救中，救人，救社会，救地老天荒。

今夜，让我们一起，在星光下与文字泅渡……

目录

第一辑　把梦种在时光里

第三辑　生活是修行，也是迷痛

第四辑　孤独相随不寂寞

第五辑　现实，就是一个童话

第一辑

把梦种在时光里

把梦种在时光里

　　谁都会有这样的感悟，那就是当人被时间带进壮年或是中年的门槛时，才会对年轮有一种彻骨的体味。这时候，人就常常慨叹：真快啊，一眨眼，人就要年过半百了！

　　此时的人，不再有脚下生风的惬意，也无从谈起眼尖手快的利索，一颗游弋的心灵，却从此有了驻足静思的安宁。于是，回眸时光曾经带给的人生内容，思想不自觉地繁茂起来，且结下了累累果实。这种内心的宁静，是从未有过的，是可以穿透时光的厚墙，清楚地看到自己的从前。这才觉得，年少时的那种轻狂，是把光阴堆砌成无知的山包，任其盲目地牧放，直到啃伤了年月的树皮，还一直将白惨惨的伤痕当成儿戏。那时候，人总以为时月只是我们身边的一只蜜罐，人就是阳光下的蜜蜂。其实，大把大把的日子已经金沙一样从我们的眼前抛洒而过，我们却常常被自信所迷惑，自以为是地一味追撵着现实中的东西，像猴子打捞水中的月亮。梦想一直落在年月的水中。

　　人一直被生活奴役着，还时常自傲着，老感到青春气盛会持久永恒。这时，人丝毫嗅不出日月浓厚的气味，却对毫无气息可言的钞票嗅觉显得格外灵敏。人人都在这个时光里，追赶带肉的骨头的狗一样，拼命奔跑直到物质肥腴，身子也横着发展起来，被荒芜的思想已是饥瘦得只剩下一张空皮囊慌慌然，到了镜前，发现几根白发在密黑的头上闪烁，那种白，是那么的令人心悸。这才发觉，日月很突兀地悬在人的上空，随时随地都可能将人砸倒。于是，人颓然地跌坐在时空的柴禾堆里，腾起满脸的迷茫。

这时，人看到的房子、车子，以及房屋内所有的时髦陈设，这一切似乎都随着思想的沉重而变得轻飘起来，再也没了得到之后的那种难以言喻的愉悦感。几根白发，已经为人踹开了岁月的大门，从门洞里望过去，人不禁唏嘘，原来时间才是生命的伴侣，人再怎么算计，总是要被年轮贯穿的。这时，金钱不再是精品了，它只能待在纸的座位上。

人什么时候把钞票当成了纸，就不再是什么都想要，什么都放不下的欲徒，人便有了些许悟性，渐渐地，轻狂就会从人身上决然离去。不是时间颓废，而是让人顿悟。人已经能够触摸到时光的律动了。这时，人的生命出现了从未有过的凝神。光阴染白了发丝，这是一种另味的启迪呢。得感谢时空，他让人学会了掌控自己。人便成了一个重视创建灵魂家园的真我。

知道感恩时光，人就有心了，会甩掉身上背的所有累赘，轻松自由起来。这时，心如止水，目同犀炬，智慧扑怀而来。

坐在冬日的暖阳下，人会眯着眼，感谢阳光，恩谢空气，敬畏之情由然升起，一种境界从内心深处袅娜而来。慢慢地，人明白了应该让心从此回到以前。人不再只是仅仅限于欣赏窈窕少女，更看重半老徐娘的稳重了——她有着已爱过，但不再有恨，却也不至于绝望的魅力。

岁月从来雍容大度，她积淀了数亿万年的风情，却从来让人嗅到的是唯美、风俗、前生、后世生命本质的诉求，在时光里得到了完满。这一切，就像杏花开了桃花开，一点不情调，很厚实，没有年轻时那饱满的媚俗之气。

此后，生命不敢再潦草，规整起来了。因为有光阴的贯通，追求的已不再是眼前的利益，而是因了信仰和境界的看护，追求变成了内在的含量。这时，人因追求而美丽，有了追求，人更加至真；因为追求，人越发可贵。时间是永恒的，人在永恒面前只是憨厚。时间为人积淀了厚实的智慧，教人学会了一切随缘。随缘，这是一种大觉悟的境界。于是，人具有了强烈的宇宙意识和生命本真，使时光穿梭起来有一种"告诫"的滋味。人这时，看到了柴禾、炊烟、鸡跳、狗奔这样情景的妩媚壮阔，人回到了从前，在柴烟中嗅出了禅性。从此，做事、说话都具备了达人的睿智。

这会儿，人在黑暗里，能感知夜的秘籍；一股风扫来，能把这风读懂。那绵延的山路，在人的眼里，很气质，很传奇，人可以用心和它对话。毕竟，山村的小道，才是让灵魂流泪的地方。

捡起岁月，人就捡拾了自己。在时空宽泛而深邃的包容里，让人把一切富含禅韵的东西，做成一串生动、优雅的梦，播种在每个生命的土壤里，使石头也能开出美丽的山茶花。

光阴的呢喃

人是时间种下的芦苇，不管你醒与不醒，芦花放白的季节就是人归回的时刻。

四季的轮转，风干了经年的陈梦。来到人世，摇曳着的同时也凝眸着昔日的记忆。你是路人，我是旅者，他是浪人，时光让一个个鲜活的生命枯萎了曾经向往的华锦。这时候，人才怅然若失地睁眼张嘴，对着茫茫的天地自我责问，我是什么，从何处来，要到何地去？

不知道云彩伤心的情感，一道风划过人的疼痛。希望在等候里扭曲变形，把活着的悲怆捏在手上。生活的鞭挞踩过行走的泥泞，感伤的眼神印证着道路尽头的一片天。

其实，人间烟火的味道诱人又呛人，一头系着天门的梯子，一头搭建地狱的台阶；水草边的蝶飞蜂鸣，优雅了青葱岁月的王冠，荆棘刺丛的经过，粗粝起所有的绚丽。人群里的哗众取宠自会在一条鱼的话语里安坐起佛偈的悲悯。你我他的苦行，把血水汗水的呐喊缄默成一枚芦花的梦境，星空下，一盘又黄又亮的月亮笑出了佛祖的秘密。

芦苇的诗里你的心是否来过，芦笛的心跳是不是触摸到了我的心声，芦花的飞拂能不能带上他的希冀，这都是个谜。活在世上，你不会告诉我，我也不能示范给他，终究谁是解疑的钥匙。

你想要索取的权位你心知肚明，采取的方式方法，你的心影一直做着记录；我伸出的双手，指向的财力有多高，脚步清楚，每踏出的履痕总奔不上想要的高度；你眼眸里的情牵，怎么也圆满不了红尘的所需，一道伤势挂烂了凡俗里所有的感慨。

谁都是这个世界的索取，有谁在无眠的夜晚拜谒过宇宙的悲悯心肠。

风从不打探风铃成长的路线，但还在俗世间呼吸呐吐的你我他，糊涂地幻想着未来的兴盛，当曲终人散时，不知道是你我他晕染了时间的水流，还是光阴苍老了人一向的追求。

什么时间是结局，什么时间是开始。睡一觉睁开眼，你是原来的你，我是旧有的我，他依然是过去的他。

白天的叶子永远青翠年少，人把握不住自己的性情，让贪婪做了每一日的佐料。风尘中的你我他从大清早的感受里寻找晚霞的凄美，一声鸟鸣讽刺了人昨天的执着。

美妙又残酷的文字在寂寞的星空不住地敲击着木鱼的声响。生命从来不诘问，月亮点亮自己，从圆走向缺，亏损的痴情疼痛了百转千回的拥有，你为谁果敢地从有走向无，穿行在生死的两端。

岁月的折痕纳不了太多的伤害，你我他的疾行，一直就是猴子在水中的奢望。孤独的陪伴不能祝福，只有在时间的慈爱里温纯地想一想。

痴迷的秉持惯常是人生的抓手，一万次的梦游落荒在命运的芬芳里。光阴的衣锦还乡，把旧时的真爱仰望，执一炷虔诚，让轮回的因果在心灵深处安身立命。

你我他的身影，是五千年修行的苦难，时间的情侣，胸前别着善与恶的册章，月下风华的偶傥，怎奈何得了时空的流韵。日升星落的祷告，把宗教的信仰托起，纵横了天际的霞光。

靠在时间的大树上，你我他的芦笛声声，在飞扬的缥缈里，圆融了一世的恩情。

来世，你是我的兄弟姐妹，我是你的父老乡亲，他是你和我的爱人。

一生的情化作美妙的存在，把生活的梦托付给光阴的呢喃，醉了深情，醒了来路……

时光不歇脚

春天回眸的凄凉在风的嘴角上微笑，一夜的树动，摇醒了夏天的步履，麦梢上的金黄彻底打碎了沉醉在春季绚丽色彩下的青花瓷瓶。春色虽美，却易老去。

飞花不是抓手，无论灿烂的季节多么心动，花朵不会向风问罪。花开是风的情绪动作，花谢是风的理性思维，落下的花瓣是风中泪滴的皈依。

当麦芒将黄色的祈祷刺向初夏的光阴时，一寸飞翔的思念让"花大姐"展开了彩色的遐想：既是生来为虫的，却为何要长出一对不可高飞的翅膀？乡间的麦田小径上，年轻的母亲在后，胳膊弯挎着看娘的绿豆糕、油糕之类的食品，一张欣慰的脸上挂着无限的深情，一边注目凝视着前面蹦蹦跳跳，逮蝶又捉拿"花大姐"的小女儿，一边让脚下伸向娘家村落的土路渐渐缩短，从自己的心径上延续出无穷尽的思念。

"麦梢黄，女看娘"，这是乡间民情的需要，民俗文化的根本气象就体现在这初夏交替的枢轴转换之季。人一撞向凡世，就是俗烟尘雾里一个深深的痛。心的欲念很绚烂，人间的冷暖凋谢无着。一场物想情牵，制造了世间万般劫难。

缠绕的情纵横了人的想象，物欲权倾又让人耗完了一个又一个四季的轮回。不是"花大姐"故意要生出一双无力飞翔的彩翅，实在是夏季的景物和气候对这种花虫产生了无限的眷恋。

麦梢黄的时节很动人，春的烂漫一手牵着逝去的光阴，一手拽着前来的使命，稍有不慎，一场大白雨将打落几世的魂来梦去。

行走在回娘家路上的少妇，也许还不能想象到生风的脚步，也和这易老的春天一样，步入红尘，就一直在走向终结。

路边草丛中一抹抹白色的絮花，随季风飞起又落下，像大自然精神文化的气质，高雅且淡定，如同诗人的灵魂落在草的根下，落在人的发丝间袅娜轻吟。

褪去的春光抚平了时间的皱褶，手捧尘埃里游弋的鱼，把旷世的苦辣酸甜珍藏在一颗欲滴未滴的晨露间。

其实，丢失的和得到的始终是人生的主题。更多的时候，人沉醉在无边的猎取生活中而不能自拔。在人认为得到的同时，事实上是正在丢失。人一旦学会获取，就意味着时刻在失去。失去的光阴，人拿钱买不来昨天；失去的生命，人用几生几世的权贵也替换不了眼前一片白云在瞳仁上的曼妙飘逸。

精神领域的高贵气息在物有社会的倾力推动下已荡然无存。那里的财富一旦成为空壳，那厄运的降临将会让人类走向一个无底的洞穴。

残忍不是人的本性，麻木和漠视是社会惯性规律导致的悲剧。往往，一个国家，一个民族，一个人，如果发展到无意识的冷漠，是非常可怕的。成为一种劣性习惯，时常会毁灭一个国家，一个民族，一个人。

凡俗间，不要掳得太多，太紧，掳得越多，失去的就越多。

繁华的东西容易扭曲人的心态，为什么世上会有"为富不仁"的词语，看开了，这是警句，想不通的，作茧自缚。

生命的路途很短，人间的霓虹灯很炫目，惑眼的光彩很长。一枚"花大姐"眼里的泪滴风干了回娘家少妇身后的光阴。

乌云的眼泪为何总是白色的，一片苦涩的季雨淋湿了大地过亿年的愧疚。而人，站立在大白雨下，成为满面沧桑的水中过客。

谁在年月的窗外背景下，把麦黄鸟的提醒传得悠远又绵长。

"算黄——算割——"

候鸟的啼血鸣叫，殷红了熟麦的节气。诗人内心的血液在每一枚麦芒的探问下悸动。

人在社会的泥淖里艰难跋涉，满腔的豪情和浴血奋战，只不过是时间叶脉上一丝绿的走向。芸芸众生里，你来过，走过，谁还记得你曾经挣扎的背影？

不是前人留下的话说，人一过了中年，有谁还记得祖父原来的模样。

一场生活，一个跌落，人生的梦幻，不是迷醉在现实的锦囊里，就是绊倒在社会的迷彩衣下。

明知道是尘世上一匆匆过客，却一直是想得到，做不到。于是，人用了身不由己这几个字作为托词。六道轮回，从复到灭，是一个人，一个王朝逃不脱的气数。

人无法把握光明与黑暗的去向，结果的局面常常令人瞠目又咋舌。

人总信奉誓言，在决定胜败面前，一切的誓言全是谎言。

与现实拼搏是每个人生活的必然选择。生活和生命的真实修行一直静候在一棵草的根下。

风的历史很长很长，风中麦芒的梦很短很短。麦熟一晌，蚕老一时，人在睁眼闭眼间收获了岁月留下的一地细末。

时光不歇脚，而人不能不喘息。

想起旧日的慢时光

年终的盘点，让人又一次望见了年轮的凋零，不管你是否情愿，旧的一定要退隐，新的依然要孕育。苍茫的庙宇上，飘动着零与玖的旌旗，谁是当初，谁是终结，人说不清。这些年来，忙于俗事，把光阴撂在了脑后，还没来得及清点一下眼前溜过的日月，乍一回眸，却已是跨入中年门槛后又走过了一段距离的人了。

陡然地回坐在往昔的意象中，两眼接不住来时的风光。细数这几十载的风霜雨雪，兜住的是满目空茫，失去的是纯属的真我。

昔日的旧友相见，一句"真快啊"的喟叹，刺穿了曾经怀揣的心事，想飞的翅膀翱翔着，飞低了年月。

究竟是时间晃悠得欢了，还是人心扑闪得找不见了足音。在尘世，爱为何，怨为何，一架烟火的秋千，荡诱惑，荡魅力，也荡飞了人的时光。

奔跑的脚步让有棱有角的追赶成为人生无尽头的鹅卵石，沉淀到生命的河底。打捞的心声恪守着水样的契约，人用流逝祈祷，雾霭里，坟茔上的一株枯草用含血的苦笑回忆已往的翠色。

这么多年来，人人都如同暴雨前的蚁群，匆匆地赶着时潮。红尘是枝迷人的罂粟，摇曳生姿，且风情万种，使人从遥远追向遥远。时势让有官运的人，可着毕生的力气捞摸官帽；民风在教百姓倾其一生一世的劲头也要抓扑花花彩彩的钞票……人人都是权钱挤压下的病夫，拼着前生后往的解数也要为权为财的谋取而争得所谓的尊严和幸福。

匆忙的身影晃不出岁月的笃定，光阴在一根白发的命题里涅槃。

人腾不出一寸时间留给早霞的体悟，不让悦目的花色晕染初始的箴言；就连眼前掠过的鸟影投下的脆鸣也被人歪扭的心愿阻隔到了天外。

生在尘世，免不了俗事，活在人间，总要羁绊着恩怨。但，生活是只魔球，半边画满风花雪月，半边描着地狱绞刑。

艺术是用来呼唤灵魂的，现实是用来击落岁月的。

太快的步伐，导致人失去品味生活的能力。一个人的生命揭底也就几十年的光景，谋生存的算计总是在人不知不觉间掠走了人的光阴。

明天的太阳照旧升起，但注定不是人的今天。险峻的俗事任人有多高的本领也难以抵达。人从尘埃里挺起，飞过炊烟的言说，掠过霓虹灯的缱绻，过山过水，人蹚不过时间这条河。

权力有光彩，金钱有魅力，可谁能真正懂得高处不胜寒的教诫；又有谁在物欲横流的今天，能够达到见好就收的坦然境界呢。

过于超速的现实生活，让我们丢失了生命中至真至贵的东西。回想往昔的慢时光，让过去的岁月和旧事在心头弥漫开来，那种贴心，那种亲近，使人犹如踱步到了天堂的国度。

那时的冬闲时节，人们聚集在火塘前，说着古人的趣事，话着今人的轶闻。树枝柴禾点亮了生活的快乐，植物枯干的宿命，燃旺了一群人对美好未来的向往。

谁家的母牛今冬生了两头小犊，就喜兴了一个村庄的炊烟；年跟前了，谁家里又添了人丁，多一口人，就多了整个冬天的温暖。大家在希望树下憧憬，用一年的汗水灌醉来年的收获；评头品足的趣味蜜一样甜了人们的日子。

往日的清闲，是大家咀嚼一路走过的甜酸苦辣的最好时光。牛到了夜晚，需要反刍，人到了星月相映时，需要静娴，这就是生命中馈赠感恩时刻的一种滋味。

那种时月，人腾出空闲，由心情谢恩。山有山的道，人有人的命，地有地的情。盛年景，人把希望之花怒放在一粒饱满的粮食里；败年月，人和一枚扁瘪的谷粒相凝视，默默地对语。

无论石同水谁先来到人间，石打不开自己的沉默，水翻卷起的浪花把来与去的宿命述说。在静和动的默念下，山也罢，河也罢，一并都是人们应该敬畏的神明。

木鱼上的鱼牵手不了水中的鱼，敲击的脆声同样犹如黎明前晶莹的露珠，在人们的静默中清澈地滑向太阳升起的地方。

旧时的日月让人有时间品咂大自然所恩赐的万般景象，那时过的日子才是人生的真味道。五谷杂粮的气息，穿透了整个生活的内质，一缕飘来的白云，装点了人们的诗意画卷。

如今，大家都在狂抓疯捞中被时光带走了美好的一瞥。钱和权可以将人领进坟墓，而人却带不走一分钱。

赶得太急，伤身；追得太紧，伤神。生命的旅程本就不远，何苦跑得气喘吁吁，累得连望一眼麦芽顶土时那养目的嫩绿的空闲都没有了。

能停下来，是一种境界；能歇一歇，是对自己生命的一种负责；能从一尾雪花的悠悠下坠中读出唐时的韵致，是人生的最美享受。

怀着远古的思念，回想着过去的时光，如血的心结湮灭了曾经的追撵。如今，捧一掬有限的光阴在手，让逶迤的阅历从心底升起，凝眸处，原来人还没活透，青春早已变枯黄。

风像一个人的灵魂缘着月光的发丝话古今，我在一杯清茶里看佛门里的禅，淡定似花，开遍了生命的山山水水。

今夜，不见月亮，星花一闪，映亮了人来与去的目光。

梦想开花的声音

立在时光的崖边上，低头回望一路撒下的梦想花束，却原来梦的终极愿望，一直就在人生想象的水雾云霭处摇曳生姿。

小时候的梦想，飘飞着炊烟的曼妙，不知道袅娜的心事缥缈了天空哪一处的向往。白云是头顶自由的女神，我把双手伸进明净的水中，搅起云影一波连一波，将丝丝心绪荡向河的尽头。

趔趔趄趄的幻境，在梦想开花的地方，捧一掬温润的热土，也捂不住对遥远的眺望。

儿时的光阴很短，梦想很绵长。一只小鸽子捎来远方的信息，让幻想在孩提时代孤独地飘飞。

贴住一株草含泪的念想，女儿家用生命中的第一次接触世相，点亮了人间的荒芜。

草有草命，人有人运，当草在寒风中瑟瑟发抖时，人怀揣对未来的梦想，清澈地向命运奔跑。

人熟悉自己的梦想，像草棵熟悉每一缕来自远方的风。曾经听外婆说过，人就是禾苗上路过的云影，人就是一株谷物摇晃的样子。

我让梦想住进一粒谷的金黄里，收获外婆的自悟，囤积时光的感受。

梦想在每个人的成长里发轫，她将双膝烙进了人的血骨里，为了膜拜，她跪成了涅槃。

人是风，人是雨，攀不住前来的，也够不着后往的，我终于明白，外婆眼里风和影的传奇。

站在古人与后人的中间，去了的，谁不是一股风，跟来的，谁不是一个影。

观前看后，一拨接一拨的兴兴衰衰，谁在你来我往的途中凝视过自我的身影。

希望总是在一次次的失望背后挣扎，人前的伤痛，人背后揉，一滴含泪的微笑，跌落在忧伤的冷面上。

外婆曾把自己的梦想开放在一抹庄稼的着色上，人期盼的谷粒就在瑞气下高贵了一季的饱满。

梦想喜好流浪，这也是一种归宿。神灵的脚下有道场，我的孩提时光在凹陷的低洼处，看到了离人最远的高空。

外婆眸子上掠过的风，平淡又娴静；外婆目光里的影平庸又淡然。外婆受得了寂寞和痛苦，在人世的夹缝里盛开一世的练达与豁放。

梦想用一生的汗水来祈祷，人以永世的缱绻去默诵。

不是所有的举动都能用是非善恶来下一个准确的定论，不是全部的爱恨都被情仇所圈定。梦想她就在每个人心中的某块地带，悄悄地放生。

长大后才知道，梦想其实不是一片白云那么简单。小时候的梦想总有幸福和甜美相伴，成了大人后，梦想总是一手牵着天使的掌，一手扯着魔鬼的脚。

尘世的骨骼里烙下的伤痕，拓印着梦想的原始骨气。我在梦想的树上，品尝着成长的苦涩。岁月摇晃，荡得曾经的美好憧憬一派苍凉。

梦想的枝头挂满了沧桑的寓言，谁人背后的影子，不是一抹痛苦的经过。

既然青春已逝，发端于云天之外的梦想，何时才能驻足在人生经过的路口。

不问地老天荒，梦想只臣服于人生的风生水起。以一朵花的品质，梦想在人的生命旅程上撒满了一地的诺言。

在这纷纷扰扰的红尘，梦想在泅渡岁月，而人，成为时光的殒笛。

低矮的暮色里，人的梦想放高了翅膀，向着不知的未来飞去。

翱翔的勇气护卫着人的日子拔节生长，万般的渴望全在痛苦之上返青。

外婆的梦想曾经犹如一杆耐旱的庄稼，最懂得牛脊梁上飞落的牛虻，这虫把细细的腰弯成了弓状，只为一星血的吸吮。外婆在土地里点播生活，一只小米粒样的蚊蝇，扇动的翅翼，透亮了外婆对古往今来的彻悟。

外婆说，自己就是牛背上的一飞蝇，最喜欢吸闻牛身上的血腥气，忽闪忽闪，就落地为泥了。

尘世上的事，大凡小事都用大的声音说，遇上大事都惯用小声说。外婆说，她和田地里的季风一样，从来没有秘密可言，一生都用高嗓门说着低处的话。

梦想在苍茫的大地上匍匐前行，远大的理想在脚下飞抵了天空。

无论人生的道路多么泥泞，文字会给我一双飞翔的翅膀，过山，过水，过天涯。

到了夜晚，梦想一扭身，素洁了一世花开的声。

梦，静好在千年的烟尘中

不再用"一朵花的审美来批判果实"，不再纠结于命理的罂粟香蕴之中。一扭身，我转过命运悲惨的祭坛，一个人孤零零地，品味寂寞的品质。

孤独的温床是红尘中喧闹的过滤，我顺势枕在心灵平静的梦的缤纷上，对着俗烟里的情与爱起誓，随缘，随性；恋起则有，恋落则无。

静静地，让心牵住情缘的手，不要一步三回头地眺望。让我默默地嗅着爱情生命散发的草香，步履坚定地去白云山下朝佛。

既然生于尘埃，一脸的迷茫，就不要透视生命的内核。风尘里，你我他，都是路人，全是苦行者。生命的来来往往，风白雨黑，这个过程不是让人来纠正你对他错的。世间本就无所谓正确与错误，唯有爱才是至理的企及。

悲悯的情怀在静穆的时刻总仰望佛的恩典。在滚滚尘世，灼伤的那一抹微笑，回到安宁的古宅里沉思。这时，我豢养的真实推开一个世纪前的向往，把成片的感伤荒芜在繁华的旧园子里，任苍凉烟雨了心庙前的红枫。

无论谁左手点燃凡间的烟火，接花开的心声，送果实的箴言；还是右手摇曳玫瑰的芳菲，把爱情的典故破开，注定的，都是一路人。人生就是经过，不管汉室的伟业，还是唐京的霸气，抑或是风流一世的才子佳人，全是他人眼里的景色。生命的一程，是路过，生活的烟尘总在旅人或长或短的路途中绵延着伸和缩不一的必然。

山沟下那一片红柿子，是火红了凋谢的无可置疑，还是经历了一场爱的血洗，才从里红到了外。灯笼似的妖娆，宁静着霜叶的恬适，把期待的眼神泊好在一片甜美之中。

万事万物的细软，全在季节的手势里。青涩时期的懵懂，常常让人勇敢地去爱了；到了明白什么是爱的时候，却不能爱，甚至不敢去爱。这冥冥之中的不可抗拒，到底风韵了何方的章程。

天国的那一声鸟鸣，缱绻了上苍的风生水起；逶迤的思念把倒在时间长河里的亲朋打捞。生命和爱情，谁更接近神堂的烛光，起于哪里，又落自何方。

娓娓的秋色点晕了时节的冷暖，一抹清晨的炊烟，像情思，如怀念，点亮了烟火人家的五味杂陈。

心独行，人却不是侠客。在凄惨悲苦命运腌制过的日子背面，我把心翻过来，仔细清点，爱依然是一根扎人最疼的针尖。

多少个夜晚，想把曾经的创伤宽松，只怨那疤痕的赖性难泯，它总在人忍受苦痛的时辰，顽皮又龇牙，搅扰起一片洪荒言说。

烟雨最初的起誓不是雾的飘逸，也不是云的娇媚，它们一心把情爱飞起，美梦了玄幻人间的天堂。

独自一人，让目光的灵魂对视另一个灵魂，使一片叶侧耳细听另一片叶的凋零。拯救不是人类的初创，它存在于叶对花的忠诚里。

久久地愣神在时光的慈眉善目之下，是一种安谧着幸福的感觉。安静下来的姿势，是一种对生活的虔敬，是一份尊重，是千年之约灵魂的一次放香，是自寻快乐的一种缄默。从此，我生命的态度将是别人眼中路过的风景。

岁月是沧桑的智者。思考者，永远是伤者，痛者；日月历练的愚人，从来就是累人，苦人。有一种爱一开始就注定没结局，本是那烫手的山芋，不能握在心中，却还是雾里看花，但做不到若即若离。

目光扯不下红尘的情与爱，物与欲，终究哪里才是我们理想中的安放？

不是我念佛，是佛在念我。佛念人生苦短，只有自救佛才能相助。我们在睁眼合目，再睁眼，再合目中循环往复，情爱和物欲引领我们，已步向永久地闭上眼睛的那条不归路。

佛有言，说红尘无爱。我就此操起划船的桨，甩去世俗香熏的繁华，无论前世今生渡我的，是一片霞的早晨，还是鸟啼的黄昏，我自摇橹的梦境，以静好的姿态飘摇在千年缘源的烟尘中。

于是，我可以把自己想象成木盆里混沌沉睡的婴儿，漂流在大海的浪涛之上，幸福着万年的相约；我还可以把自己幻化成一个小女孩子的惬意人生，开心着，快乐着……

当有一天，突然听见男人夸赞女人，是聪明的宝贝儿时，让我用掉千百年的泪来灌溉面颊……

身处凡俗，我宁肯活在梦中，也不愿醒来……

沉默的梦

春深处，夜沉了，心也沦陷进一片焦虑的缥缈里。野外路旁的花朵，还依然是白天那种媚态可掬吗，抑或是到了夜晚，也和人一样，喜欢在黑暗中点亮自己沉默的梦。

夜肆意飞扬，但它把亘远的端庄秀丽成深情的遥望。夜为自己铺展开无穷尽的空间，一定是相信人间牵魂的文字已为梦想照亮了前进中的生活。

思想家萨特曾讲，人类在焦虑中，意识到了自己的自由。可是，来到俗界，一粒尘的讲述，却把足够多的悯情给了人。

生活总是用颤抖之身蹭来往返无边的挑战，政治的鸟通常用翅膀展开拥有的天堂。如果人可以将良性的一面立在佛视野里开始和结束的界端，那繁茂的疼痛就会简化了昔日权欲的缱绻。

神说："要有光……"于是，就有了光；人说："要流血……"人类的历史终于在血流成河中洗练了一份钢铁般的意志。

鸟在夜的心脏把脉着白天鸣叫的信仰。一种精神让鸟类学会了思忖，它们明白一个使今天人类难以搞懂的简单道理，那就是如果不会自尊自爱，何以能够惜爱众生！

嗟来之食，金山银堆，替代不了民生的拥戴。仰望的星光，是佛祖的心愿，凡尘里的荣华富贵，一直穿行在欲望的大街，看不见时光的风向，让来自尘外的呼救空洞了一生的苍白。

历史的伤一直痛在殷红的血腥里。你死我活的政情，在光阴的面前，只不过是一枚草尖接近一寸傍晚的刹那言说。

四季早一步晚一步到来，只是人的感觉不同罢了，人性一旦步上歧途，将是一条不归路。

一个国家，一个民族，最可怕的是思想的混乱，最可悲的是精神的腐烂。官场腐败，导致民心腐朽，五千年的辉煌文明，把昔日的好梦揉碎，在惶惑，迷茫，无助又无望地翘首……

现实中，你为谋得一顶官帽而焦虑不安，他为得到一笔钱财如坐针毡……牛郎织女的爱情坚贞，宁为玉碎不为瓦全的气节全成了今人的笑料，谁能在一颗星的光影下，反思曾经歪歪扭扭的行为。

风的梦里有人的五谷杂粮，人却看不见风的色彩。不敢正视自己的残缺，让人时常做着掩耳盗铃的游戏。

生活的思想推不开虚掩的灵魂之门，伤和痛的距离不仅仅是一串悔心的泪的问题，它能使一个民族彻底覆灭！

作威作福的肥相，不是强盛，他只能让一个人走向灭顶。流年的记忆，是佛的洪恩，人眼看不见，并不代表它没存在过。

费解的心思一直藏在生与死的门后，岁月明白自己的追寻，在众神闭目之际，和人类一起从春夜里哭醒。

生命在这一场等候下，让嫦娥的故乡在远方流泪。悲在情的季节里摇曳出缤纷的梦呓，谁在史册的无言大美面前，望见了众生之苦。

一滴血湮灭不了醒悟时分的挣扎，跌落下去，只要还有攀缘的信心，过往的惊恐将是一片开满玫瑰的处女地。

尼采的思想一直在那里无声地呐喊，信仰的心海让曾经的洪荒思潮返青。俗语说，人生一场梦，那是时光的诺言，与岁月齐肩并进，一个人到底能走出几步。

故乡门前的那棵绿树，载着风霜雪月的命，越过了悲喜交加的夜晚，向流光借来一晨，在雅中开，开出一树的情结。

午休不是养病，养精蓄锐是生命体的需要，也是历史的必要。天边的云把自己旋舞成好看的图腾，是为了落下的雨水绽放出美丽的一瞬。昙花一现虽然短促，也要弥足一世的永恒。

人性的气质在光阴深处散香，情感的梦想从来就不承认现实中的三五九等。众生平等，是佛前那炷香的贵气言谈。生活中掳来的权力和财富，永远超越不了一朵花的微笑。夜深人静处，命运伴随着时间去远方皈依。

遥想着昨夜的星辰，就是拥住了幸福。

沉默的梦不在白天人的眼里绽放，却在光阴的童谣里笑成了一朵花……

喧闹里，乘一叶静谧

生命在游离的天际头漫无目的地漂泊数十载，沐一身的刺雨，在苦痛中才想起时光的缠绵。佛总是叮嘱人要见性，可人生的血汗才是路上真正的诺言。

煌煌尘世，常常漫过天地亘久的神话故事，繁茂的模样需要肃穆了心池，才能辨认得清。还有太多的命理需要去解冻。蓦然回首，光阴打坐在心台上，你才真正明白，行年就是真理。

每个人一旦跨过四十这个坎儿，就会有一种声音不停地耳提面命，它在你生命的时空外穿越了人生的秘籍和你进行痛苦的呐喊。蓝天上飘着俯视你的白云，它们变换姿势，来回倒腾着哭与笑的年月。

一直疲于奔命的人，流浪的心这会儿才懂得在某一个黄昏偷空歇歇脚。想今生的经过，劳苦于喧闹的人间，似乎为了争得一个光环戴在头顶，却在争抢的掌股间流逝了甜美的滋味。

行将消失的青春已让人望不见来时的风情，就连远逝的背影都没来得及目送一程，就这样回落进现实的灰尘里，怅然若失，迷茫挂满了脸颊。

似乎只有一恍惚间的心跳，人还不知道青春涩动的倾情又魅力着生命的回味，还没等到灿心的体味缱绻，就一头扎进了红尘的灰蒙中。其后，就迷失了久远的起誓，混沌中洪水里的挣扎物一样，扑腾着，还想打捞擦肩而过的财物。

这时候，人不知道从神到人，再由人返神，哭闹之间，一串泪结束的轮回所注目的神圣。人忽视了时间，流年却打湿的衣衫一样，紧紧黏贴着你的脊背。

一次苦涩的转世，让人渐次地洞开了尘世远处的那只眼眸。这时，手拎岁月的衣襟，像幼儿扯着老母的裙裾，瞳孔里斟满恐惧和瞭望。终是抵不过光阴的洪荒，是它硬生生从人紧攥的手心冲溃了娘亲的慈爱……

不清楚云游的时辰要把身边的至亲带向何方，从此，一呼一息间阻隔了千年万载的遥望和伫立。难道亲人的情缘，仅在红尘里就短促得如同一丝气息，只是闪动一瞬的凝望，却道是还缘了前世今生的哪种牵挂呢？此后，一直就空洞了人一世的缺憾。

想捞起时光，就像猴子捞月亮。人只有背着年月艰难行走。时而还空想，要捧起水中的弯月，就是捧住了天上的一颗心。尘埃很深的双手再怎么密而不疏，也难握住时间流出指缝的风雅。光阴一跳，梦也跟着跳了下去。

情缘里的默对经不起别离，从眼前消失的面孔再也打捞不出曾经的期望。呼息的树上结满鸟鸣感动的祭祀，却把天长地久的誓愿全摇曳成一地的虚无。眼里汪的两潭水，深不见底，幽远了酸楚的典章，苦痛了心的冰凉。

当人从岁月的逆流溯回而上时，这才被情深缘浅的船只载上了岸。千年的日夜叠加，沉淀的是缘起缘落的清新与寂寞。躯体的苦累也罢，心灵的挣扎也好，全在泪水的承载里，因为天地阴阳的王道许诺才古老着它特异的神圣。

人拉着时空的纤绳，一步一窝血汗地艰难前行。时刻感受着剥离、羽化的苦闷，人就站在生的此岸眺望死的彼岸，却道是花团锦簇，一派安然释然和了然。

不用再问来时我是谁，去时谁是我这个话题了。天上的星月和云彩，心明如镜，却就是不告诉尘埃深重的人。

雨雾蒙蒙，无声的放手是一种默然的约定。情，是创伤也能医伤。

于是，流年转月，轻吟着人对逝去的仰望，却原来生和死就是光阴的永恒绽放，人的一呼一息，只是动与静的美丽的圆满。动时抓住的东西皆乌有，静时分享的是至上的平等与平和。

至此，无论是皇胄国戚，还是街头乞讨，虽然以同样的肉身，相同的姿势出窍，却有道是生命的过程迥然着天壤差别，这个过渡所充满的奇谜幽谛，全在静息中得了注释。

静夜中，我放下心中的散漫，乘一叶凉爽的谧寂，把辽阔的沧桑期许。心，柔美，宛如风吻六月荷莲……

昨夜，夏雨把流年看望

昨夜的雨让大地接住了炎夏第一串莅临的脚步。躺在屋子里，耳听的已不再是前段时间那种丝丝绵绵的柔细，或是踮着脚尖来到人间探寻的顾盼的雨声了。这雨一下起来就噼噼啪啪，热情又率真，把一个季节的爽快实实在在地甩到夜的面前。

不用亮灯，黑影里我看着黑暗，黑暗也看着我。唯有那窗外的雨声极有品位地高歌着，听起来犹如天籁之音。

没有白亮光束的透视，人在黑暗中，思想和想象就是怒放的黑牡丹。夜有多深，花的香气就有多深，人只是这黑暗里一条享受天韵的虫儿呢。

雨声真诚又率性，这就符合了季节的道场了。昨日夏至，一帘水泊串起后继的飞扑。如同人，世世代代在泪水的年轮里，一茬茬地哭着笑着，来了去了。

人的上世，也不能说是偶然，他们经转轮回，不知是孤魂还是野鬼，也不清楚是修行了千年万载的缘情，才得以落草降生。而这雨，同样是经了转山转水的冶浴，才有凝晶成珠的给力，从天而降，与大地合奏，敲出这么美妙的音响来。

我看到黑夜在雨里深邃着一份静穆，把遥远的时令的记忆打湿。水响，是一种诗意的，充满情爱的飘拂。在这里，你不知道时间藏到什么地方去了。看不见岁月的沧桑，闻不到光阴催朽的五味杂陈。人融化成雨，肆意在夜的怀襟里驰骋着无尽的想象。

这时，夜像母亲的慈爱眼眸，人就是那爱中的晶莹光亮呢。它能照彻人红尘以外的真实性情。

人间真情的回归，时常要借助大自然倾心搭建的平台。人转来转去，最终还不是季节里的一小滴水。日月的风，是带沙的咒，它能穿透人的躯体，扭回头，还要让人感恩它曾经的庄严。

尘世里，谁都是浪人。归来归去皆为途，唯留思考在飞扬。

白日里，失去青春的惜，命运不乖的叹，在一个新季节到来的雨水响声中，全湿了翅膀的鸟儿一样，龟缩起飞翔的梦幻，躲进羞涩的暗影里，哑了鸣脆。

雨水为了看望夏至这个节气，纵身一跳，就圆满了所有的情结。没有人生命中难解的那个纠结。

大自然总是用大无畏的神性关照着人间。可人常常禁不起三生石上镌刻的情愫因缘的拷问，在千年的日夜等待里，缠绕着寂寞的前尘，一味地追赶着光阴的脚步，到头来，天长地久成埃尘，皆化作虚无，还不知到底是神秘了谁的向往。

生命的悲剧不在于吃了多少苦，实在是因为人错过了什么。情缘，人缘，一个缘字怎得了，苦了心，伤了神，时常近在咫尺却不能谋面，枉然了黛玉葬花的荷锄。

通常，人因为孤独而峻显出优秀。在孤寂里，人为自己种下企盼，认定尘世中肯定会有值得你等待的一个身影，只是你还不知道他（她）的浪迹是为了谁的牵挂。

期待经历着艰难的转世，情缘的眼角依然会滑落一行苦水。捧着情，人就像捧着自己的心跳。年轮落在心上，冰凉的眼注视着漠远的高空，思绪沾满烟火的味道。

雨，一跃，从高空跳下，也把梦压落到地面上。即便跳没了自己，也要把信仰的星花烁耀出夜的水湿绚丽。

信仰的汗水是路上摇曳的微笑，触目遇缘的心动，风情了尘世的爱恋。幸福部落里绵密的思维，沉默着一种约定。企望烙进心里，生命注定苍凉。

在雨响人静的夜晚，每一滴的落地，都是一种祭拜。水的面孔不需要去辨认。天的韵律下，人只要怀拥修行的秘籍，捡拾流年的星星点点，把佛要人显见的梵性，凝视成一挂向往，让雨的看望渗透了身体的各个角落，只把白天的故事说给夜的呢喃。从此，不再为归宿愁了岁月的禅……

梦没错，只是因为错过

明白了梦的葳蕤不是现实生活的翠绿，纵然让岁月将梦风干成一片落叶，也改不掉梦要飞翔的习惯，即使在尘世折了翅膀，还含情脉脉把天空当爱恋。

投生到凡俗间，谁能把握好自己一生的相随相遇。命运时常跟人玩捉迷藏的游戏，尽管有时很残酷。活在世上，谁都是自己的灯下黑。不是转世误了天时，实在是今世的苦难让人奈何不了生活的风生水起。

记忆的鹅卵石潜在时光的水底，成就一枚智慧。思考的石头早已把泪水翻跹成冬日的飞雪。严寒用一颗水漾的心拥抱冬季，把人间的苦难修炼成千年的梅花，在等候的枝梢同春天遥相呼应。

蜡梅不是因为误算了天时才绽放给冬季的。一颗慧心，同样需要磨砺。

为爱，错过了天缘，梅花把雪花的热心捧起，笑红了一个季度的涅槃。

人从迷顿到野蛮，再摸黑进入文明，不是盘古的血汗积淀出天地的分明，而是人类的手脚并用搅浑了开启的意旨。地球的主宰生灵，贴心的出路真的很烫脚。足下的途径亲切又生疏。

习惯的生活更迭无语，是谁在暗中偷偷告知今人，恶性循环的文明绝对没有出路。

城市的大规模扩张，疯狂的程度令乌鸦咋舌。如果惯常的认识成为眼眸中利益的至上，人算里啼血的子规也喑哑了泣声。

滚滚红尘，巨浪滔天。沉思的季节悄悄地改了容颜。冬天的太阳一露脸就烧红了天，四季乱了阵脚。蛮荒的天色在返祖的羞赧中，慌乱地披上一件文明的衬衣，把五千年的光阴染黑。

智慧伤心的情绪躲在现代人的黑影下泪流满面。时潮不反省，文明用渗血的创伤把尘埃涤荡。

世俗的最边缘之后会是什么样的场景。满苍穹的星花把文字串缀成铺天的警示。刘汉的咸阳威风，李唐的长安霸气，赵宋的江山韵致……谁是苍生的救世主？

荆棘鸟一生只有一次带血的出声呐喊，感动得了大唐的风，撼动得了江河的一往情深。那血和泪的喷放，唯有诗者蓬乱着发髻的头颅才是历史的把脉处。

政治的思想精深远邃，双手接住佛恩，浩荡的前路映亮岁月的瞳孔。

诗人啊，你是前世修行的百年灯芯焰吗，今生来到人间，遇不上神庙的集会，你为爱要让尘埃将你埋灭吗。

远年的眺望没有错落了时运，遥迢的路途源泉，谁是拯救诗仙的那条鱼。

　　山那边的灵魂无须觊觎，文字总要散香在历史的各个角落。令人神往又使人心痛的文明，拉着时空的拐杖，时常抓不住自己，风一来，晃晃荡荡欲擒又纵。

　　文明与文化的距离，不是一条河，也不是一架山的间隔，它是一掬竹风的积淀，它是一捧鸟鸣的婉约，它是一枚月光语的述说，它是灵魂一路走来足迹的稳实和富有。

　　文化的祝福是发自内心的期望，人间的苦难不缥缈，它实实在在地左右着人的生活。生命的劳苦一直是背在人身上的重压，就这样翻过一条沟，人看见的依然是前辈模糊的后影。

　　虽然痛苦是生活的真谛，人还是要在艰难的跋涉中把追逐的步履点醒。

　　时常，走得快就成为走得远的牵绊。历史可以不歇脚，人确实需要停下来，反复咀嚼一下南来北往的迁徙，究竟苦了谁的历程。

　　历史有时潜入水底，在那里思考变迁。鹅卵石的哲学冲不出浪花的清醒，人还能明晰其中的端倪吗。

　　文化的苦苦追索，感受的是在招摇过后，一锭深沉的救赎。泅渡不属于人类的发明，它是远方莫名的力量，在人间袅娜起的梵音，成为永久的等待。

　　从此之后，诗者啊，你去寻找你的未来，历史扭过头，把掉在身后的禅意捡起。

神的爱河里我拥起一座沙漠

总是因为学不会情感里的粗粝，才换来今生如麻的烦恼，让你扯不去，撕不离。我也知道，风吞不下季节的痛，所有的爱就只是挂满泪珠的凄美。

尽管岁月洗尽了铅华，却还改不了梦想的玄幻。喜欢现实生活中那滴永不抵达夜晚的水，不要载覆了孤独的意境，在半明半暗中，任思想的嗓子噙着对命运的哽噎，呜咽起婆娑尘世里肉体所受的折磨。

世间人说，记得，是因为一份懂得。可那古刹里的脆声木鱼却告诉世人，永远要感谢给你逆境的众生，同时还要人认识到，每一种创伤，都是一种成熟。日子在飞，记忆却是飘不落的日子，在夜的梦里萦绕。

花把自己一点一点绽裂，让时间撕碎从前骨朵的幻想，那碎裂的痛带着鬼魅的香，大美了日夜的感喟。

我把光阴冉冉在半透明的黑影中，我的风景里就多了另一种风景。本就清楚，笔下可怜的文字，伴随着同情或者叫怜悯，终是扛不起穷人的命运，却还要做一些无能为力的叹息在心头。常常是枕着前世的牵缘，把无端的悲怆浸湿了来生的往昔。

夜色里，一切的放下都在前人渐行渐远的身影后，圆寂了曾经的所有。半遮半掩的模样，熟知着我黑暗中的思想，就像土地认识一年一茬熟透的庄稼。难道，在人们的当初，是被我仿佛复制到墙上的影子一样，印制到今夜的我的情愫里。祖先的背影，在历史的雾霭下拐了个弯，就模糊了我黑暗中的视线。

却道是，懂了，就疼了。那就不要懂吧。放下，但不是放弃。

我不知道，我是否还在先辈们世世代代踏过的路上徘徊，咀嚼的还是他们反刍过的百般滋味。他们已有的伤痕，一样地在我的心上怒放。

日月不老，它把沧桑披挂在人的身上，使我的祖辈们一层层地隐去了昔日的繁华，然，为何还要魂归今天的梦绕。

先贤的智慧是要人摆脱一世的烦扰，而我却一直深陷思考的泥淖不得轻松。循声追忆，岁月的河里翻卷的浪花，是先人们远逝的几多遗憾，它们唧哝着祖先的无奈，扬风远航而去，我还在期待着往事的所有。

回首往昔，我把自己的爱弄丢了，悬在时空的想象里。追索过，探寻过，全部的付出，换来的却是眼前云雾一样的情缘。人真悲哀，可怜，仅仅几十年的生命过程，还要把认真、细致抓在心上似乎还嫌生活的重负不够沉，再背上一皮囊的情殇。是要累倒到寂没了才懂得佛让你放手的慧心么？

这是对自己的负责，还是在惩罚？抑或是另种拯救？尘世的滚烫与冰冷，使目前的所有眼眸都转动着金钱的卷尺，万事万物都在让钞票衡量着一切的轻重。而我却要在缘起缘落的纠结里寻觅着自己的踪迹。

为情所困，为前世的所欠，今生的还债景象而汪实了苦泪。注定要在悲楚里咽下自己，何苦还要寻根溯源？

在昼伏夜上的轮回里，我把自己经传成神山上的一块石，不为补天，也要沉落着时空磨砺产生的紧致纹络，让四季的风去阅览，让日月的宿命来诠释。

日子收割了一代代亲切的面孔，还留着情缘在田野里晃影。虽然伤痛着，却能在疼痛里脱颖，羽化，飘弋起灵魂的潇洒。

心脉合着夜的沉静在对语。我是前世的一条会飞的乌色花鱼，只为暗夜里的悲戚而翔。

本是尘间一微粒，总还要思考天空的旷远。我无法弄清，是我迷糊了自己，还是谁的贤哲在我灵魂的黎明点亮了露珠的晶莹。

有言曰，人类一思考，上帝就发笑。神梦往的企盼牵动着人的风筝。尘缘里的匆匆过客，再怎么心揣万千端倪，也还在神的钦定里。

于是，在夜的秘籍氛围里，神的爱河里我拥起一座金色的沙漠，把三千年换来的今生等待豁达成不问过去和未来，也不管山顶上的风寒有多烈，一甩飘逸的长袖，静默在时间和空间之外，守候另一个清晨和黄昏……

今夜星花迷人

有人说安谧是一种境界。确实，人在独处时，心灵的宁静会让你忘了身在红尘。今夜的星空灿烂，星花迷人，有夏季的风在耳边私语。我跟随着星的皎洁，风的信念，寻找着往来路途上丢失的那串念珠。

夜色下，我的情绪锃亮白灼，右眼抓不住流年芳华，左眼握着来世的幸福，就忆起了童年的夏夜。有记得，就是因为生命深邃里珍藏的那份懂得，才会在岁月腾起的尘烟中找寻遗漏的珍贵。

一声狗叫滑落进暗夜里，风衔着儿时的美梦一直在头间轻吟。是要换回枝丫间的绿凉，还是想把记忆里的盘根往事掘挖出来，献给无际的星空。

我不知道，星河流淌的奥秘，我却明白，星花怒放，是苍穹打开凝视的思考呢。满天银点闪烁，那是浩渺的光年无法注释的彩练当舞。

难道，星空也搞不清，蔚蓝的前世和今生是在闪亮中陨落，还是在似暗非暗中盘踞。

不然，那道道划过天空的流星，是怎样划破了夜幕，淌着白亮的伤口，飞落的呢？

娘常告诉我，说，天上一颗星，地下一个人。我想，这种延伸，绝不是民风俗情的风流。这种说法，肯定有一定的来头。这是上天和凡尘的机缘。

星星闪动的风姿时常悠扬了我的好奇，于是，我在先人的传说里一步步走来，一直走进童年的记忆。

小时候，每当夏夜来临，村里的男人和女人，小的跟着老的，家家拉一片席子，来到靠河的东场，纳凉说趣事。于是，晒麦场上褪去白天的收获，接上夜晚的趣闻，一席片子就是一家人的生活；一团劳作后歇息的身影，就是东场河畔上一枚诉求的目光。乡亲们卸下一整天的苦累，让夏夜承载所有的疲劳，却始终卸不掉套在肩上土地对他们的一生折磨。

乘凉的夜晚，只是短暂的休憩，像牛去掉轭头进了圈，待天一亮，还得将翻地的攀绳搭上肩头。

再辛苦的日子，再乏累的生活，却始终累不倒人们对未来的追索。于是，传说，传奇，神话，寓言，都在夏夜一代代地接力着。天上的事，地下的非，传承着祖先的过往。繁茂的故事在纳凉场上，把人间烟火染得泛绿。

儿时的我，想象犹如一片稚嫩的丛林，从大人们的嘴里咀嚼过的先祖创世纪的滋味，就鸟鸣了我林梢的歌谣。婶子们回味着月中吴刚，叔们垂涎起嫦娥的曼妙，场畔的几棵树在乡间的风俗里渐渐变老，几片还黄未枯的叶子悄悄地飞落在夜的脚下。

一弯新月融入我年少的生命里，我不知道，西边天空那道斜斜飞逝，拖着一条明晃晃尾巴的陨星是否如同村子里年年隐去的身影……

天河流逝着星的困惑，而土地永恒的爱情却老是挂着泪珠的凄美，在人间灵动地顾盼。

流星刺疼了天空的企念，时间在黑白交替中伤痕了四野的寂谧。光阴不能走回头路，神奇的传说世世代代一程下来，不见苍老，但显青绿一片。

想人间的许多道理，孤独的身子怎就有了连带，怎就被孕育了许多的情缘，爱情，亲情，友情，所有这一切拎在心上沉甸甸的，放在尘间你又割舍不下。时常，人可以不要生命，却要把情牢牢抓在手中。

日月像风，又似雨，陨星划伤的不仅仅是夜空的传闻，它还包含人欲哭无泪的困扰。

我在娘说话的气息里睁大着童真的眼，我的嗅觉不时地跟着娘的故事发生着怪异的变化。一会儿我闻到了月宫的冰香，一忽儿我又吸嗅着吴刚的桂花酒味儿，只是小河里的蛙声还一直鸣叫着流水的往昔。

那时，物质的瘦乏丝毫没有削弱人们对日子的丰满企望。每一天的故事都把生命的分分秒秒打扮得细腻又美妙，生活过得滋润又湿润。

曾几何时，在追赶岁月的旅途中，丢下了许多的弥障在道中，现在拧回头来看，却在极致的付出后值与不值中疼痛了整个经过。

不知道鸟和鸡的区别缘分是不是因为都长了一双翅膀。就像看不清一闪即逝的流星雨，它不是沐浴了夜空，而是刺伤了苍天的泪眼。

陪着时光渐渐变老，我还是没能弄清，肉体原本是个谜团的道理。

把手伸进夏夜的星空里，摸一把儿时的寓言故事，我的指甲就开出了花。泪眼婆娑中，我看见夜掰开的最后一枚莲骨朵和我一样，含着痛楚的泪。

　　我知道，在眼里，泪是热的，一出眼眶，刚一染尘事，就冷凉了一切的曾经。

　　于是，我从夏夜的心脏站起，用眼角的晶莹和神做一个暖热的交汇，一路轻盈，璀璨了生命的全部。

蝉儿脱壳为哪般

　　记得小时候，玩伴们哭闹时，总有一个强大的身影来哄乖，然后，哭变成了笑，绽放在童年的记忆里。而我，自知没有这个身影的抚慰，也就在很多想哭的时候，把小女孩子的娇闹，悄悄地咽进了肚里。这个影子，就是父亲的影子。

　　父亲，在女儿家的心里，总是带有强盛的意蕴，里面涵盖着果敢、勇猛和战胜一切灾难的力量。你可以在父亲的大树下乘凉，听鸟在绿叶间细数生活的惬意；还可以观看白月亮怎样穿透树冠，撒下斑驳的清凉，美妙了你成长的路径。寒霜时，父亲不但是阻隔雪冻的小屋，还是你暖心的火炉……即便是天塌下来，你都不会害怕，因为你有父亲带给你的一份踏实，你知道他有足够的能力为你撑起一片天。

　　所有的这一切我都没有，伙伴们娇滴滴的哭泣里涵盖了女孩儿一生的柔情。可我，却在童年的梦幻里跑着跳着，就丢失了父亲的声音。没人能知道，时光在一个年仅几岁的女孩子心里所沉压下的苦痛。

　　时间在我短短的几载生命里就很绝情地从我的生活中夺走了父亲，那时候我没有抱怨过光阴的无情，只是老有一种担忧积在心底，让我有时喘不过气。那就是每当寒冬腊月，夜深人静的时候，村里突然响起妇人撕心裂肺的哭声，我就会本能地蜷缩起身躯。可，还是被有人去世的消息惊惧了一个冬季。

后来，我在缺失的情感里失去了女孩子应有的娇情，也在女儿的柔情里不自觉地渗进了刚毅、果勇和隐忍的东西。这些，虽不是我的本意，但我确实不知道是谁的气脉在冥冥当中注入我本娇柔的性情里来的。

生活赐给你的所有内涵，是在一点一滴的细致中渗透你的灵魂的。从此，时间让我扶着它的拐杖战战兢兢地成长，只是我不会了哭泣，有的只剩下心的滴血。

缺失的在岁月一去不回头，无论你倾其一生一世，你都无法寻觅到半点的安慰。

几十年光阴荏苒，我如同磨道的蒙眼驴，只知道闷着头曳那永远转不出的生活石碾。

打小至今，似乎习惯了没人为你遮风挡雨的日子，你自然而然地，雨时，抓把伞，雪时，披件衣。

曾一度，在挣扎中忘却了时光的陪伴；曾一季，把岁月遗弃在追寻的途中；曾一时，抛却了光阴的扶持……迷离中，扑蛾的灯一样，死撞着生命的钟……当有一天突然有所清醒时，眸眼反照，来时的路径却一派惨烈，一片狼藉。生命的钟暗哑了声音。

这时，我看见的自己已是一个血肉模糊，心身伤痕累累，肉絮飘冉的一个十足的怪物。

我要和自己说话！没有肉，还可以对着自己的骨头吼叫！

总想在现实生活中找到一个父亲样的身影，却兜了满怀废掉大半生的清风在心头。我知道，父亲的缘，在我只是三生转世修行的几年跟随，以后的分，靠我怎么使出生命全部的积累也换不来星点的呵护。

努力，求索，只是生命旅行中，如同儿童嘴里吹出的彩色气泡，在岁月的空间，能飞多远呢。

数年的追寻，这个过程实在漫长、耗人，苦涩的滋味太幽远。只是，耗完了青春，熬却了幻想，到头来从不会了的哭泣又拥有了泪流。

寻觅原来也是人间一枚够苦的果啊。却让我倾倒出了几十个春夏秋冬的时日。生命的短促，我能耗起几多清晨与黄昏啊！

小时候，看到有父亲的大手为玩伴拭泪，粗糙的手掌打扮了儿时女孩儿细腻的生活。父亲的哄乖声，是一剂良药，它能抚平女子一生的伤痕。

我那会儿像个偷花贼，躲在暗处，觊觎着别家女儿讨要父亲的爱怜。可我，到如今还是空空如也。

没有了在风雨时为你打开的那把伞，我就独自上路了。孤苦着，一头撞进时光的红尘里，空蒙了今生的企盼。

儿时的同伴可以在父亲的面前破涕为笑，那时，我不会哭；如今，我时常会无端地，一个人静静地流泪，不再为寻觅，也不为生活，却道是淌出了命中血的注定。

哭，已不是小时玩伴的幸福，已道是痛彻心骨的倾诉。

泪滴洞穿不了时光流逝的身影，却时常换来生命的讽刺。

在不会哭到会哭之间，这条线残酷得太让人刻骨铭心了，它是我前陈后往盟约的一个结呢。

很多时候，生活就像那穿鞋，眼光怎么也照不出放进鞋中脚的滋味。

时节就要进入夏至了，我知道，那鸣夏的蝉正在土下苏醒挣扎。此时，它和我从前一样，正经历着黑暗的重压和蜕变的痛苦，在懵懂中求生。

当某一天顶出土层时，吱啦一响，蜕却了外壳，蝉就修行得道了，"知了"一声，飞上树梢头，把一个季节的秘密全知道了。

但愿这一天，我生命的魂灵跟着知了虫，虽不是鸟儿的翅膀，却能飞上绿荫覆盖的丛林头上，为秋的收获高诵"知道了——知道了"……

夏日荷花心事多

季节以它固有的张望情愫进入到夏天，那水塘里的莲就熬夜的灯一样，散发出醉人的光晕，悠远了人眷恋自然的机缘。这时，你朴素的思维与藕的青泥贴得很近，腥臭着，清香着，把莲花五味杂陈的心事迤逦成施予的经过，美妙了年深岁久的夏日。

风总是眼含向往，让触角到处延伸，一直伸进梦的想象里。风时常比光更加愁肠百结，没有什么力量能够阻隔它的光顾。不管洋房别墅它照样闯，还是茅屋草舍它也会去亲昵。心念，是风的过往修炼，生命纯粹的色彩了然无痕，一任人的觉悟去反刍。

循着风的脚尖，我在这个欲雨未下的早晨，把自己的梦想一瘦再瘦，提一篮青绿灵动的纯情，来到郊外，寻觅一池的莲的心事。

生命其实就是一个寻觅的过程。这个过程也曾累倒了几多先贤，而后来者还是勇往不竭。

没有阳光的朗照，正是夏日神秘的企及。天空迷蒙的样子，欲雨还休，让人感受起来有如初嫁新娘的玄幻，那明眸间的顾盼，惆怅了今后生活的万般叹息与惊喜，使人顿生怜情。

是的，夏季刚刚经历了送走青春身影，经过剥离的情殇，在经脉百转的柔情里，憧憬着，却又承载着。在这个季节，它要把走散的时光聚拢一起，来实现秋日收获的五谷杂粮。像步入婆家门槛的女人，要在年轻的生命里融入另一池花开花落，从此，掀开少女娇羞的井盖，让蛙的掌片天际，豁然了前世许给今生的诺言。

通向荷塘的小径在刚收过麦子的一片田地里忧郁地向前绕去。路的细碎瘦小，让我想到在黑暗中作为的蚯蚓，是想洞穿曾经的过往，还是梦寐着泥土的永恒。路把自己修炼成莲池的等待，让生命的纯度色彩一脚蹚进荷的意念里。

这是一片不大的池塘，但从它所处的凹陷湿地以及四岸沧桑的迹象看，这是一处陈年老塘。规模谈不上，规格还是个不方不圆且泥腥气很厚的污水池。

这丑陋却恰到了好处。无人问津，也总算逃出了被开发的劫难。前方不远处，有一菜庵，想必是这莲池的主人了。他们可能只忙于司务大棚的好收入，只把这塘藕当作生活中的一个小捎带了吧。

也正合了莲的清静。莲在这里优然悠然，一任季风的倾诉，等待春天的萌动，夏日的嫣红，秋月的凋零，雪落的潜藏。

池子里的污泥是那种青中夹杂着黑臭的颜色，看样子很深，如果一脚踩进去，会陷没了人身的感觉。这经年老塘，被时光磨旧的往事在四壁参差的野花野草丛上沉默了所有的性情，只把沉痛的缘起缘落佛化成花的含蓄，藕的高洁。

朦朦胧胧的天色为荷塘披挂了一件曼妙的纱衣。池里的花有红色、白色，还有承前启后的粉红。粉，这种过渡色尤显神秘莫测，它中和了天道的多元色彩，使所有的纯度，再怎么地锐气凌波，都在它的涵融里共生糅圆了。总之，这一池的红和白，在百年的风霜雨沐里，无论是多梦的季节，还是花开的岁月，全被粉色流淌不变的血液做了远逝与来生的诠释。不管白的还是红的，梦里走了多少路，醒来后发现还在身边的粉红里。叶子如盖，正碧绿，心仪里正升腾起翠生的念想。忆念有多深，只有花能猜透。翠绿不是望穿岁月的娉婷，而是把前世的承诺顶成一柄禅事，即便立在污泥中，也要把根洁白了日月天地的清爽。

塘中的花，高洁清远得令人心抵天地之外，在这里，所有的生活琐碎以及命运的飞飞落落，全从记忆的台阶上歇下了脚。看到自生自灭的这池荷花，一种生命原始的尊严感撞击了你。于是，那片片的翠叶，朵朵的花颜，都有了亲切的嘱咐。一段花事，了结了千年渊缘。人可以不问生活，却要在经年累月的柔情里把莲的往事攥在心上。

神仙居住的地方到底有多高，它就在莲的心事里。

生动绵长的记忆给荷花部落一个亘古的等待。从此，荷的馨香为我阻隔岁月的寒气，把那宿命里的飞溅收拢成池塘里的蛙声阵阵，在一生一世的等候里，把光阴花开的细致渗透进我水样的灵魂……

倚在岁月的窗口听风

越来越喜欢独处，也不知道这是命中的无常教诲的一种凝香积淀，还是生性里带有的天质。其实，我本也明白，年轻时就没有过花舞蝶飘的性情表现，到了今天这个年份上，就更是与宠辱皆世界合拢相拥了。

时常不敢出门，总怕目光触伤了悲悯。走在街上，病残的那些身影，像一双带血的脚，深深浅浅地蹚搅着我心底的那方清澈。我无力撑持任何生命的悲情，却要在自己的情殇深处汪一潭婉影，照痛了自身的遥远。

还有那靠乞讨生着活着的摇摆，他们或男或女，是老是少，一概的披头散发，皆蓬头垢面。你无法从这些木讷冷漓的表情上读出半点的喜怒哀乐抑或是悲伤。唯一体现他们还是人而不是一截木桩或石头，就是他们还在走动，还在扒拉吃的东西。一样的生命降世，却要迥然不同的结局，这是犯了谁的错？哪怕生命只是个过程，如何要将人的前缘后尘清算得如此明晰，而让人被围猎在一方无奈中，只等命运来捕获？

明知道，悯情无力举起穷人的运道，渺小的我为何总是伤及了那潜入在心灵深处的大塘，而喊疼了一个难以言说的隐名。

我也清楚，我的梦里春风来过，我仅能做的就是捡起那散落的花香。看心的眼里，有光阴游动的摇曳，有忧伤在淌动，还有飘着水草的花尘，正心思妖娆。岁月的沉稳静谧，越来越使我内心的伤口充满了别样的惊恐。我已无法面对残心疾身的任何种类的生命，总怕自己一不小心的一个哈欠会撞缺了所有的不规则的命宿。

青春消殒，日落月上的时光在轮回中点染着我头上的发色。一坨又一坨的日子，全在红的阳光和白的月色下空蒙了本来的性情，时间的河岸口任心事在水面飘摇成一波涅槃的水域，把那命运打湿的衣衫，还腥臭地贴在身上。

情殇为何物，它怎就晾不干人生的苦涩？谁都不能拽住时空的裙裾不松手，所有的折磨都被流年的利齿咬透了滋味。

搅缠在悲怆的敏感情绪里，我已无法看清千年前先人的表情，红男绿女，他们是怎样从情渊的黑暗处摸到天明的。于是，似乎有了种期待，灿烂了夜的头冠；仿佛有了种念想，轻盈了白日的绣鞋。

尽管，受伤的情愫泥泞了我生命中很长的一段路，尽管我无能、无力修复这里的坑坑洼洼，我却一直高举着心灯，在难以复原的苦楚里，明晃晃地映彻了风铃下的木鱼声响。

于是，在某一个曼妙的时刻，白月亮皎洁了我的怀想。我似乎听到了从上古的遥远疆域，老祖先吆牛的声音从岁月的泥土中突破发芽了；而牛的笑声，却绿油油的，青茵了蓝天的高妙。

我不知道蓝天究竟有多高，想问那飞天的白云。白云一舞袖，就将我的梦从天涯拎到了我的身前。

命运溅湿了前尘和后往，天堂承接了我的目光。在古往今来的凡尘世事中漂泊，生命的时月已托不起更沉的期盼。我在聆听与遗忘的三岔路口徘徊、彳亍得太久，把情缘里的钟敲得过响，过猛，以至于连自己都找不着音律的起始。

故来人的出现一下子惊飞了魂灵远郊的群鸟。夜深人静里，我成了一个怪物，被时空的远虑纠缠，让清蒙的烟雨笼罩。本来就不知晓自己是谁，在这时刻更加缥缈了前世今生。

总喜欢认真对待所遇到的每一个人，连同人的每一句话，每一个细微的眼波。总是这些细致击溃了人生所有的经过。

感情的脆弱迷蒙了天边的云，云中蓄有多少凉水，只有眼里的泪最清楚，悲怜不是内在实质的表象，它是直达天空的通透阶梯；它也不是软弱的理想，它却能像蝴蝶一样点缀我的童年。

时光一去不返程，青春不再，几十年间沉积了对苦难苍生的牵挂，让我再也无须回首，凝望今生的错落情殇，把纠结戳破，兀自与俏云轻盈婉飘。

然后，倚在岁月的窗口听风的智慧。于是，我把期待里的那朵莲，盘桓出生命进程中一块方正的净地，里面坐着佛，让大山样的深沉坚毅起所有的流淌……

岁月陪人自流泪

又是一次年末时，光阴不觉老的滋味，人却改了容颜。回望依然是走过时间桥头的一种心态，静静地品读日升月落的一天，谁在人的内心深处悄悄地捂住思念，让岁月咀雨嚼风，之后伤了自尊，暗暗地陪人流泪。

佛客居他乡的日子，把命运交给了晨钟暮鼓，让俗世的凡心费猜几许。时光总是如那绵绵细雨，温婉着人的年岁，在丝丝抽殒中改变着人的相貌。青春曾伴随着人一同开垦处女地，没能种出大片的玫瑰，到头来让人看到的是一地的美丽罂粟。

其实，生活何尝不是那枚摇曳生姿的花呢。它诱人又伤人，它美好且蛊惑，谁是花香与毒韵的直接操纵。爱的命运静静地、慢慢地游过来，在经过罂粟花蕊的时辰，尽管小心翼翼，还是伤了花心，苍老了年轮。

花朵总是勾起人对爱情的向往。时间可以沧桑人的躯干，而爱情即便是在寒夜里也要把嫦娥的故乡眺望。不是吴刚的桂花酒醉了人间的岁月，来世一趟，情爱才是人一生可依仗的手拐。

现实生活的虚妄，让人假装看不见爱情，刨开心内的土窝，谁人不是埋藏着一捧温热的恋爱种子，在黑暗中等待发芽。

时空的品质任人性的初始蔓延，而扼住生命本真的根基，往往是人为自己套住了轭头。虽然劳苦一直是生活的本质，但在三世轮回的因果树上，那枚被光阴遗漏在枝梢的，就成了神。

众神双手合十，与人在今生的一场等候面前同声祷告。前世的修行再怎么水深火热，也换不来眼前石子花开的笑靥。

岁月把刀直接捅进了王室的心脏，使历史记住了霸王别姬的泪水以怎样的剜心之痛刺伤了乌江头顶上的黑云的。

血雨腥风历来是江山的照碑，人等不回灵魂叩响柴门的声起，就已经披甲上阵了。季节在所谓的俗世辉煌外静候，天宫的门紧挨着地狱之穴，盛大的宴会摆放着生与死的珍馐，无论品尝那道菜，总是一头走进坟墓，一头步上云梯。

历史记载王侯的情绪，蛊惑后人。世代的思维在史书里寻找前人的足迹，迷惑了一代又一代人的双眼。绊倒在先人丢下的石块面前，人一脸迷茫，满头灰尘，还要前赴后继。

显示生前的威武，是每个帝王将相的心事，谁在光阴的身后窥视，那曾经的伤在痛的风口摆起猎猎的祭祀。爱恨情仇撩不起人一生的追求，千古兴亡事，谁敢小觑岁月的一个小小的手势。滔滔红尘，王冠也罢，金屋银闺也罢，谁敢向流光借用一个早晨。

佛成全人的记忆，不是让人记住坟墓里的陪葬如何神秘了后人的黑纱，它是叫人记住昨天的修行，向往明日的皈依。有时，把今天当成一种清寂，也许大雅的等待就在人面前飞扬。

达尔文的进化论一推出，就撞跌了人性初始的一角。好在晚年的他终于洞悉到生命本质的渊源，当时光递给他一副拐棍时，他紧握不放，一直走向忏悔，走进皈依。

岁月在细无声处静候，它点点滴滴的渗透，可以穿越人类的全过程。时间的琐琐碎碎，打磨人的每一个日子。劳苦的众生在凡尘之内，看不到摇曳山头那枝花的心情，月亮在一瞬间拾起了花香的永恒。

痛苦虽然是生命的内在，但不能为它祝福，不然，困苦中的人会堵了自己出行的门！

一生是一个过程，也是一种心情。命背着人，人扛着运，行走在这段路程上。虽不像骆驼过沙漠，可有时要比驼队艰难得多。

驼铃歌唱生生不息，黄沙漠海把绿洲的感情向往。人渴望的辉煌烫手，接过来是伤势，扔过去是疼痛。

历史不会哭泣，它把难过全交到了时光的手中。岁月涅槃，在悲喜交加里悲悯众相之苦，一滴血掉下来，砸得远方的洪荒一片风声水没……

谁立在人性的背后，告诉来者，你不哭，前面还有春天要过，只侧耳聆听，岁月陪人的流泪声。

时光的意念里，蝶花翩跹

夏夜的风总是禅意浓厚，拂在树梢上，木就显了灵性；叶子便把天长地久的爱恋故事沙沙地说给人间。烟火里的记忆随之婀娜起缠情绵绵的过往，将人一生的守候和等待凝望成岁月的前尘后世；人一跌落，就弥漫了时光的意念。

我站立在夏季的星空里，孩童般数着天上的星子。小时候娘常告诉我说，头顶的一颗星，就是地上一个人的记载呢，做了好事坏事，星儿全放在心上。

有了娘的教诲，数十年的风雨兼程，我一直把自己捆绑在娘的期盼里。今夜，星空下，我已寻不见娘的身影和面容，可娘的话语如同星辉，清凉了我一生的夏季。

遥望苍穹，繁星闪烁，我本是风中一絮，不慎落入尘世，轻微得不抵一尾鸟的羽绒，怎敢向苍天询道自己的星宿。

可是，几十年的生命流逝，我却要向顶上的星光寻找自己已有的好或不好，刚与柔，隐忍及叛逆。

因为娘告诫，星花本是一个人做事处世的所有记录呢。

这时，思念的记忆如流星雨，陨落了我无奈的遐想。我在娘的亲切里回望，光阴发黄的日历总是散发着冷清，我追撵着娘的声音，却一直被遗落着曾经的期待。

夜，幽邃绵长，像神念里的禅音，静默而庄严。在这无尽的邈远地界，我的心双膝跪地，都怕惊了泥土的梦幻。我只好捧上颤抖的虔诚，把生命的意义全部奉上。

不是想逃离现实，实在是红尘间的鬼魅太深重，让我走着走着，就乱了脚印。如果来世是为了看望遥遥无期的等待，那么今生的错失又跌落在谁的得意里？

我不知道，是不是数千年的修行才换得今世的为人，假若这样都是错的，一生的陪伴难道仅仅是为了偿还前世的孽缘？

夜，很平静地流淌在我的周围，它只把孤苦扔进我的思索里。尘世间，我总是孤独一人，空寂着所有的情感，连一根麦秸样的拐棍陪伴也不曾有过。我在红尘里晃荡，蹒跚着情缘里的寄托，多次即将跌倒，却又在摇摇欲坠间直起了腰身。

空洞的期盼，幻灭了我无以言说的厚望，我在迷蒙中泪眼婆娑，寻不见归途的路。纵然活着还不知路在哪方，何必还要苦苦追求，煎熬所剩无几的岁月？

心井里的蛙疼痛在片掌大的泥沙中，有谁能读懂，蛙眼里泪滴的海阔？

夏日的夜，悠闲淡定安详，满天星花是太空诗意的膜拜呢。它像娘的语句，能凉爽炎夏的燥热，超度难眠的灵魂。

星子的光束抚摸着我留在身后的脚印。步履维艰，都是为了寻找。为了一个无望的寄宿，我把星空望穿。

风从遥远的地方过来，带着奇妙的传说，把夏的梦想传播。我在夜的幻彩下，思绪是天河里养成的一尾鱼，不会游泳，却能飞出没有翅膀的韵致。

倾其毕生的抗争，也没有换得现实的尘埃落定。回想，反思，觉不出自己有什么特别的典章，也找不到神缘里的摇曳，却时常无法让外力来告诉自己，那个解脱苦楚的秘密。

皈依也许最适合我。我把自己隐身在娘的语气浓荫里，像可怜的雏鸟隐缩进树叶背后，等待老母来探食……

不能远离世故，也不能从容应对，我在寂寥中聆听自己的内伤流血汩汩。这伤口深如洞穴，有风穿过，我却找不到一块堵洞的石料。

夜风继续轻舞，曼妙了星子的幻想，凄迷了我的因果。我的青春在泪滴的苦涩中老去，而关于爱情的故事却一醉年轻了千年万代。

我拖着生命的沉重，往返于寻觅的途中，而光阴，是否能亮起彻夜的一盏灯。

菩提悟道，成就了永恒，超越了生死和时空，是禅定的功德。我看见星子嘴角挂着解密的微笑，翅翼轻颤，就把岁月飞成了蝶花的样子。我在这样的姿态里面，捏着生死的花瓣，飞过眼泪，飞过忧伤，把娘的话栽进去，结的果子依然是那果未果，缘未缘的诠释。

今夜，光阴的星空灼灼里，我注定圆不了一个生命的句号。

时间，在梦中开花

　　细观生命里的风景，红尘的华章很精彩，无论是奔着物有的双臂所挥舞的狂欢，孤寂了夜的阑珊，还是追赶情缘的脚步，踩晕了生活的矜持，人都是质与念里一个疼痛的惑。你不为物压，便要受情累。

　　雨在下的时候，是风的情绪在摇曳。一片叶子抱定另一片叶子的梦想是拯救。雨水改变了阳光下万物的颜色，让树木显现出爱的色泽。我能想到的，小草也能想到。雨水本是云彩说不出的泪流，它在天空把一个个清澈的灵魂抛洒。心灵的念里，报春也罢，啼血也行，全是生命经过的季度。

　　读不懂俗世里的恩恩怨怨，洞穿不出人间虚伪演绎的剧务，看自负的人类自欺欺人，睁眼说着启目的话，闭口谈起心揣的刀。凝神静观红尘凡事，但见笑脸成花的客，其心底早已埋下了冰霜块垒，岂不知，一把悬空的寒，是为自己赏下索命的剑。

　　风雨岁月的轮旋，灵魂的落碎四处飘荡。佛总是要人放下，自我拯救。然，尘世的蛊惑，绚丽耀目，鬼魅难耐，有谁能逃离自我的桎梏拂袖而往，细听古刹的风韵，而释然了所有。

　　明知烂漫红尘是一所虚妄的奔，人人却都要去把玄幻茫追赶。也许承载了过多的人生苦难，我驻足在年月的身影里，爬在孤寂的肩头，惑然地把曾经的过往打探，那埋在心层下的伤，还暗自悄悄地渗着血和疼。已然的生命经历，惨然了岁月的凄凉。我跟着我的年轮不禁悸动了牵念的悲戚。

黑暗也摁不住人狂妄的追赶步伐，掩埋不是救助的办法。天穹不说话，却把万有玄机涂满人间，光阴虽然无语，它让星辰的神秘唱彻了宇宙的心跳。

人世贫血的日子苍白得让季节凝滞。那游荡在民俗灵魂里的腥气，氤氲了几千年的风雨轮回。叶子把一朵朵的叹息绽开在人类文明的河畔上，让清澈的水域涤荡污浊，普度众生。

有几多乡村的温暖和疼痛，在跟着潮流盲目奔跑过程中，本想擦胭抹粉的，却没料想，连最初出发时穿的鞋袜也跑丢了魂，到头来，蓬头垢面，满脸恍惚。

生活的方式，并不是你坐轿车就高贵，我双腿走路就卑下。过去，把崇高的人格魅力作为人生的最美好去瞻望，总在平淡的日子里不断地修正自己的所作所为，以期怀着真理的阳光周周正正地活一个人。娘时常教说，吃糠咽菜是修养，人穷志不能穷。可就在这母亲温热的话语还没有走出四十个年轮的门槛，就被时尚的寒流覆没了路径。我站立在老屋门口，让灵魂靠近老娘火炕的温暖。

冷热尘世，我用生命的思念为一段忽悠的追寻赎罪。天上的太阳和月亮，让人类无法争抢，它们永远不会属于某个国家。那一天，人世再也滴不出忏悔的泪时，石头就会流血！

在燕子南飞北往的岁月里，飘弋着季节忧郁的歌，它歌唱世界的苦难和灾难、幻觉、意志和痛苦。真理的宝石已被战争和掠夺粉碎成尘埃，散落于人世的贪欲中。昨天西方的尼采说："上帝死了。"今天的上帝说："尼采死了。"尼采和上帝一样伟大，而明天的盲从们依然不思也不想，糊糊涂涂过着往常的日子，死时还不明白攥在手心的那枚匕对自己下了毒手！

时光的镜子很真切，你照与不照，它就在你的生命里。一个国家，一个民族，你反思与不反思，太阳和月亮就在头顶。在人世，布施者和被爱者，不是伟大和卑微的造就。大情怀只是一株草的朴素，大智慧也彰显在日常的平淡中。

　　我也曾在自己沧桑的年轮里沉寂着苦想，我也是尘世一支笛子吹出的普普通通的曲调，和大多数民众一样，以血泪的痛养着命宿的无奈，谛听着那遥远的歌。

　　天和地的对视，就是两片叶子的相望。国家，民族，一个人的命运就是流水喊疼的命运。

　　今天，黎明时分，相约宁静，让那在佛前哭泣的鸽子，在时间的梦中声花绽放……

第二辑

那朵老花为谁守岁月

"姑姑等等"唤醒了唐时的风情

"姑姑——等等",一句悠长的呼唤,是这种叫鹁鸪鸟携带着唐时的风情,从时光的漠远深邃处飞来,发出的凄美叫声。

五月、六月的风,总是带着湿湿润润的缠绵,阴天时,有雾在天地间氤氲,却让人时刻感觉到细雨的拂面。小风的慧根就给这鸟鸣披了神秘,乍听起来,总有一嘘苍凉岁月的心事,悄悄地走出梦的家园,任鹁鸪鸟的吟唱敲开一世纪前的惆怅和彷徨。

有时,生命不经意的抬头,就惊了千年万世的遗漏。时空轻叹一声,传说的故事便如云似雾地袅娜了起来。

"姑姑——等等",这声腔像一片绿芽,思念似的青韵了我的想象。我在那绵长的鸟叫声里,寻找着载满花香绿意的梦。

品读这声音,你就读懂了夏季悠远的农耕文化。仔细听听,"姑姑——等等",像等了千余年的承诺,却始终顶不出我们的希望一样。但,终是一抹空洞,也要把那被痛苦濡湿的幸福,举上岁月的头顶。

其实,很多鸟儿都承载着讨论人类生活的使命。它们不思考自己,时常把绒绒的羽毛梳理成风中的情致,来打量散落在人世的迷茫命运。

在三秦大地,鹁鸪鸟的传奇故事,一直都像一锅生活的内容,煮着四季的情趣,喂养着一代又一代秦地儿女。虽是秦文化跌跌撞撞,总还依稀着兴盛的体味。无论在哪块土地,都生长传说,繁茂了谷物对时间的感叹。

大老碗里的黏面,搅裹着汉时的风,唐朝的情。待住下筷子时,你才知道，原来，如麻的情殇一直都立在光阴中进行凝望。传说，在一千多年前，唐太宗李世民北出长安，准备去三原的白鹿原上狩猎。当时，李世民骑的是昭陵六骏之一的照夜白。这马把转了几世修炼得来的灵光，倾其生命的全部，都给了这个英名垂史的皇上。此马无论白天黑夜，它的性灵从不休息，一直在怒放。它有三不过，遇宝贝不过，遇美人不过，遇刺客不过。

当李世民狩猎的队伍行至三原以北，也就是渭河平原的北边缘时，在一个依山傍水的村子里，有一对姑嫂正在河里洗衣服。嫂嫂虽身为村妇，却体态轻盈，眉眼顾盼生情。而小姑子呢，却是一个满头长着秃痂的小女子。嫂嫂见狩猎的一队人马携一路的贵气过来，就急忙用棒槌将小姑子追赶到桥底下躲起来……

嫂嫂在等待……

照夜白立在桥头就是不走。李世民遂派兵到桥下搜出了长秃痂且发长拖地的女子。命人带进村里一富户人家，让伺候着上楼梳洗。

这一洗，洗盈了女子的娇容，也靓丽了她命运的缘全。女子的头发如瀑，从楼上垂至楼底。

这女子就是后来的长孙皇后。

从此，这个村子就被冠名曰，楼底村。一直沿用到至今。

就在李世民着轿送女子去长安宫时，嫂嫂一直在后面追赶，喊，"姑姑——等等"，"姑姑——等等"……

嫂嫂跑丢了花鞋，追散了发髻；草刺划烂了衣衫，伤破了皮肉……但无论怎样，也创痛不了一个女人对幸福生活的向往。风雨雷电中，嫂嫂把自己追成了一只鸟，纵使长了翅膀，也没赶上皇家的车辇轮子……

没能成为贵室粉黛，至少还有翅膀可以飞翔。有梦想，总可爱。

我就挽了这湿湿的鸟鸣，穿梭在季节的烟雨里，照彻遥远的传奇。

于是，就在唐时酸楚的风情中，种下我草尖上的命宿，把生活中所有的风景，都盛开在经幡摇曳的笑容里，体悟岁月苍茫的缘觉笛音。

尘世的汪洋，湮灭不了经传的千回万载。唐时的情殇，不是周庄梦里的蝶。情怀只是孤独了千余年的那抹残阳，一直在爱触着的一尊荒凉。

一株狗尾草在墙角阴地里摇晃，在它身上我找不到唐时的月。而它，风中自娱自乐的样子，很可爱，一下子带我去了童年。

"姑姑——等等"，鹁鸪鸟正好路过，声调像它的故事一样，有点酸涩，但，从空中过滤下来，犹如一件天外的袈衣披到了我的身上。顿时，我背上几十年厚积的尘埃，刹那间，匿了影迹。

我对命运说，血肉模糊了，我还能交出骨头！

粽叶飘香巍峨了屈原的魂

端午节祭祀的屈原，演变到今天，已成为一种飘香的记忆。粽叶包裹着的不是生活的神秘，而是历史的一处奇崛。芦苇叶的清香，袅娜出文臣怪异又端直的禀赋，让今天的端午节飘逸起屈原巍峨挺立的魂灵来。

早已不是女娲补天的神话传奇，屈原，是历史文明进程中一个实实在在的血肉之躯。汨罗江的鱼，真的会通了人性，只食米物，而不吞噬屈家体骨。

无论怎么传，怎样说，事件的沧桑总是凄迷哀婉，难展愁颜。屈氏的屈，为是让《离骚》要步上岁月的漫道，一直求索走来，从古走到今，由今再走向幽远。

莫不是光阴也需要情殇的陪伴。它也有着人一样的情感和缘结。一路跳着跳着，就猛醒了情觉，顺势把人搭赔进去。

屈原正好赶在这个点上，跟着时空来了。就如同转世轮回的刹那所产生的结果一样。难道，乾坤之间，万事万物，都讲究这一个交叉点？时光再长再远，它所携带的悠蕴终要体现出宇宙的某种秘结。

人间常说，早死早托生。托生成什么，却没了下解。只说是佛讲，世间万象皆有因果。陨落的花朵，也许魂儿飘呀飞呀时，是盲从的，但，总要寻到落脚的地点。

托生转世，也是天地大道的秩序美呢。虽然人间历史常常讽刺了情缘，但传奇的故事却一直美丽着生命的所以。

我们如果游走在岁月的河岸，把屈原走了几千年的委屈牵到跟前，那灵魂的岑寂会让我们颤抖！屈原他一定是孤独得被无助、无望捆绑了心神，才做出这种借死亡而求得慰藉的方式。

佛说，蛇不能流泪，蛇一流泪就成了龙。我们宁静在端午的承诺里，用我们已被自己的古老文化舔干的嘴唇来吻嗅屈原的灵魂，那,《离骚》的惊世，还能清冽了端午的粽香？

曾经被痛苦淋湿过的幸福，一直就凄美在历史追索的意念里。"吾将上下而求索"，奔波的岁月无悔，人的心灵诉求怎么也要把红尘路上的纠结打开。不然，人眼里的水就是灰尘。

生命可以在黑暗里跌跌撞撞，就像屈原，文雄才略，怎就迈不出楚怀王这个坎儿？

许是汨罗江的水太诱惑了屈原的情缘，许是屈氏生命的大才气太钟情于江水的深幽。不然，怎一肉之躯就填满了华夏文明行程的那些经过。

是水神的邀请，才使得屈原面对死亡所具有的果敢和勇往。若不然，汨罗江也就平常得只是一条水了。到底人和神的路途相隔有多远？站立在时光的山口，聆听来自古老楚国刮来的风。风，走近了，又远了，也是把握不住命运的摇晃。难道，屈原的命该是水中的注定。

用现实一些的眼光来照耀屈原的生命，想，该不是他个性的太过坚挺，才演绎出中华文化凄惨哀迷的这一精彩。

红尘很重，生命很轻。苦难的岁月依然金光琉璃。历史一拐弯，谁还能说起来时的路？我们一回头，仅看到祖先一个清晰又模糊的背影。

飘香的粽叶不必再奢望得到屈氏清凉的凝眸，只在端午的节气里打开六月的石榴花。

人人内心都有的那个隐秘纠结，从此不在尘世间绚烂，却要从历史的凄迷清香中，找到悠远朦胧的彩妍。

那疼痛了人今生的命运迂回，在端午时节咀嚼出了曲线美的滋味。

因为，汨罗江的浪花，有的跳上了岸，有的却要把心灯点进岩石上……

镰刀点亮麦子的希望

　　季节游走在人的记忆里，把怀想撒进农时的芒种。于是，华夏大地从南到北，庄稼渐第畅想起金黄色的喜悦。老农乐了，一年的虔敬在眉眼间惬意地淌流。农人不等天亮即起身，把那磨了一次又一次的镰刀，再一次搭上长长的磨石。

　　"嚓，嚓，嚓"，磨镰声悠长的耐味，在庄稼汉粗糙的大手里，完满了祖训细腻的企及。这韵律有致的磨刀声一起，老农的生命就像重活了一世。就是这滋味绵绵的声韵，养活了庄稼院里一个又一个的日子。

　　农家人对磨刀声的钟情，一年年，一月月，一日日，像永不褪色的土地爱恋着种子。

　　日子就这样从磨刀声的黎明里霞光一样飘走了。如果把农家庄院里的磨镰声能够捆绑起来，庄稼人的生命就如同地里割倒的麦个子，一茬茬地倒下了青春，刈割了中年，放翻了壮年。进入老年，还要把麦镰铮铮地攥在骨节突起的手上。

　　时光蹉跎了发丝，却怎么也损伤不了农人对庄稼的缠绵。他们已不知道自个生命的渐次剥蚀，无论生与息都要让粮食的繁荣热闹了每一个收获的日子。

　　时间和尘世的灰尘掩埋了很多事物，湮灭不了的是农人对泥土的誓言。

　　今生命中注定，要以庄稼为伴，老农就遵守命运的钦敬。把伺弄农作物当成巡道的天职，一方面总结从老祖先手里传下的农谚，一方面圆了土地对农夫的企盼。

农耕文明从农人的嘴里说不出，却嫌口头语言太显苍白和浅薄了，一旦在他们心头燃起，那就是轰轰烈烈，炙烤了一个民族从上古至今传承的全部过程。

庄稼人可以短知少识，但他们把农耕文化在内心深处酿成了浓浓的酒香。有知识，不一定有文化。但，有文化却能让一个人的生命体悟，辉煌了刀耕火种的灿烂星宿。

就像那缄口不语的泥土，尽管味道腥涩，却始终弥漫着穿透岁月的芳香。

守候着庄稼，农夫就守住了千年往事。种子在泥土里长时间体味黑暗和突破，久久地凝视着光阴，要把内心里雄浑的理想顶出生命的舞动。

一粒麦子，给了老农一生多少美好的想象，爱恨的风流里，摇碎了几多年轮，却掠不走庄稼汉爱怜种子裹着汗水的安宁。

银镰悄悄走出梦的家园，把时光的感慨追寻。

"嚓，嚓，嚓"，磨镰刀声叫醒了季节的激情，点亮了种子无限的希望。麦粒为举起接力的叶芽，就要返祖回屋，去先人一代代去过的地方，在黑暗中思考自己。

考虑发芽的路该怎么走。

如同今天的我们，混沌中迷迷茫茫。行走在成长的路上，走着走着就丢失了自己的童年；行着行着，就甩去了祖先的衣衫。于是，我们赤裸裸，可怜得就像是那缺了羽毛的鸟。

为了一把谷米的诱惑，而背上一生的负累，这是我们今天的通病，用今天来赌明天。

在我们的周围，一些人为洋房、为洋车拼尽了生活的全部。似乎拥有了这些，生命才显了尊严。

他们过度地透支了理想的邪气，红尘阡陌，祖先的温情里没了他们的影子。好多时候，我们行走着，走着走着，就看不见他们了。还有很多人的名字，我们喊着喊着就没有了应声……

日月的等待禅悟了时光的苍茫，镰刀的记忆锁定的是收割的欢快。我们厚重的文化渊源，点醒不了我们今天的足痕，《山海经》的一角就会因为今人所追求的眼前而痛割截缺。

"嚓，嚓，嚓"，银镰在磨石上扯出对未来的憧憬。老农知道，这是岁月的叮咛，在失语的村庄里酝酿。

待拾起腰身时，熟麦的早晨看到的，却是和弯镰一样的庄稼人，他们把自己的身骨早已曲成了镰刀似的祈祷。

在生命的古宅里闲憩

如果将落叶理解为是一种归隐，就知道了这个世界本是一次轮回的开始。而人生，实质上就是一场平常的落。每一天，每一时，每一刻，都在怀揣一份时月的花飞花坠，把人生命古宅里的情阙亘久成袅娜的逝年，在空廖中无声地歌唱。

画家兼作家刘墉曾在他的那本《一生能有多少爱》里，提到男人、女人和孩子，前世、来生和情缘这种凝重又疼痛温馨的话题。每每触及书中的诠解，我的记忆就像被雪漂白的香熏，却被茫然的大石沉压进一种无音的掩埋里。

爱有多长，情有多深？我们每一个人自小就在情与爱中把珍藏于蛐蛐歌声里的夙愿寄存于青草丛中。我时常把自己隐入光阴的背后，以蜷缩不安的姿势，固守着曾经孤独的景色。

人生的一路情致，在一场风花雪月的婆娑尘世面前，一缕缥缈就把人牵手。风中，那片求爱的心结，低落了多少生命的过往。清早的霞光不会等到夕阳如血时才去追逐梦里的释怀。飘拂的情缘总是在山的那边回眸。人坚韧的执着，通常怅然了自己一生的依恋。

生命被岁月缩了水，爱和被爱却婉约了时空的苍凉。

曾经我们自恃爱情的主宰，结果的悲欢离合一下子葬埋了我们堆积在夙愿里的痴心妄想。

已然有过王子与公主的洁白想象，终是红尘的吵闹声淹没了所有的企盼。我们那葳蕤的幻想，憔悴了底蕴的颓衰，连我们周围的空气也布满了回落的情绪。

在爱与情里爬行，我们的身影雕刻着溃败。匍匐在岁月的野河滩，凝视来时的景况，生活即使富殷，抑或清苦，那装载着心愿的船只，鼓起的还是遥望的南来和北往。

我的生命已习惯了阴雨霏霏的气象，命运的呢喃声常常啄穿了我孤苦的夜晚。水湿的世界把猫头鹰的怪叫引灌，迷乱了我前世的心缘，跌伤了我今生的错落。

我念着恬静中梦里的初衷，总想把人生的疑难破悉。过多的艰辛生活夹裹着血迹斑斑的心路过往，我不知道天庭上的那轮红日还会不会再提说缘发缘终的反复。

当年那固执的寻找，在磕磕绊绊中尘埃落定。却道是，满面灰土，一身伤疤，只能站在沧桑的海岸，一脸茫然。

不知道喧哗的尘世本是一个湮灭情缘的沼泽。天水爱抚内心的那段往事，却在风的掌骨间遗漏了年岁的流逝。

人间的情爱故事总是在夜空里起始，美丽着已过的纠结，完成的还是一个结束的模样。

总希望有一处能够安置悲情凄殇的茔地，爱与不爱都只是或长或短的途径。流年逝岁悄然无声，而爱，依然犹如醉酒中的李白，邀月酹酒。

往往，爱得深，伤得重。这是游走在人间一个什么样的花脸鬼魅呢。就像命运，你看不见，它也不让你碰触到，一直却是你一生长在身上的隐形翅膀，时时刻刻掌控着你生命的方向。

如果，一只叫虫就是一个堪培拉，那么，在一个有约的季节，我会把宿命的色彩涂满天宇里的鸣响盒。

野花把希望疯长，我让情缘中的蒿草不再枯荒了深秋的渴念。我在流星逝月的心尖上，盘桓一个恒久的梦，美了夜空，倩了苍穹。

寻不见世俗里的寄望，我在静穆里羽化、破茧，在天启的洁净中，走过风，浴过雨，把远方的孤寂照亮。让机缘闲憩在我仰望的梢头。我孑然突兀的枯干身影，骤然间淋湿了风旱的家园。

曾经少女的梦，碎了一池的月亮。脆弱的未来，一声啼哭，惊醒了起与落的烟雨。黑暗下，我如同摘星戴花的痴人，不再打捞躺进水里的时月，只把脚下的这一方地跪拜。

幻觉中，我已无力在荆风棘雨钻穿之间，等候春暖花开。但，生命的呼吸却还在坚守，在等待。等待着瞭看漂泊的期遇。

吉卜赛人称，时间是用来流浪的，灵魂是用来歌唱的。大半辈子春华秋实的岁月，我生了，我死了，纠缠在一起，没有开始，也没有结束，只是一切还在足下。

身后的脚窝其实就是《周易》的最佳解读。

我把自己的爱弄丢了，一个人柔美在生命的古宅里，看院落有太阳的情深，有月亮的爱恋。栖息在这安谧幽静中，我一凝神，灵魂把人生的爱情缠绵得洁白如雪，香韵了天地的碎念。

至此，一滴滴留在时光怀念里深藏了数十年的泪驭风而来，全部年华化作无涯缱绻……

山坡上，那朵老花为谁守岁月

我坐在秦岭腹地那个叫平安村的半山腰间，一块平整的大青石却平整不了我心中一直沉痛的那个结。我还不知道平安村由来已久的人文传说，以及山乡野趣饱满的情爱饥饿了几多人的相恋。而在我面前还静默地驻守在坡地间的这朵老花，却把沧桑撑进了我的心里。我看见躲在时光后面老花那童真的眼神，依然像今天的清晨一眼透亮明眸。

老花它和人一样在等待吗？五百年的修行才能换来今生的回眸。这一刹那间的相遇，为花的它要冶炼几千载，方可得来那一瞬。

多少个日日夜夜，时光举着风，吻过花的脸，花皱了眉；云舞着袖，让雾亲过花的眼，花愁白了头；晨露驮起鸟的歌，把花朵来拥抱，一下子憔悴了花儿所有的守望。

这朵老花，在我的面前，苍白着花容，尽管眸里的岁月已被等候熬干了美貌，可那坚挺的注定却曼妙了花儿全部的想象。

老花明白，威力无穷的光阴，不是一朵娇柔的小花可以问道的。流年的王者风范，亘古着它雄性的禀赋，无论是韧性的花香，还是脆弱的花容，都会匍匐在它的脚下。

时空的伟男子气概，让所有的生命臣服。老花无须看清，动月移日后花园里的三千粉黛是怎样空守寂寥，它只把自己一生的盼望坚守。

昨夜的星辰，也总是水汪汪的，不为天空守日月，却在企望着人间爱情的湿润。

有小风顺着山头拂来，几片碎云就裹着山地随性的脾气到了跟前。我感到有凉凉的细雨诗意地轻飘，像给人身上飞落了一件质地极好的蚕纱披衫，一阵舒适立刻贯通了我身体的每个拐角。我看到老花，终于舒展了眉头，把几世的轮回灿然成一瞬间的笑靥。

细微的雨丝，悭吝得让你只有感觉，而无法看清它的神态。我的心一阵悸痛，也疼痛了秦岭腹地这个叫平安村的蛋清色的早晨。

白色的花瓣纷纷坠落，在我的面前，我仿佛看到了前因后果星辰的无奈在飘逝。时光不流泪，而我的心在滴血。

我放开自己的想象，如同受伤的兽，致伤又疗伤，舔得伤痕刺骨兼容了那些舒适。我晓得，老花拼了命地等待，也许就是圆了这片细雨的情恋，还了花朵一生的爱情守望。

尽管，只是一片刻的相拥，老花就知足了，从此，陨落成为一种缘结。

时常，万有生命都是在流浪中渴望，在渴望中寻找。等待，是为了相遇。在这里，一场宿缘，能否安慰一颗受伤的花魂？山风不思考，绿草却把优秀的灵魂铺满了山地。

浩瀚的等待遥遥无期，就像一个人，倾其毕生的眺望在呼唤。云来雨往的年岁里，穿梭于心灵的空间，人却绕着情缘的磨道耗尽了自己的一生。

在老花的眼里，凋零也许是一种寄宿。然而，天堂里的我和地狱里的我临立在山野早晨的风中，在婆娑不定的人世间，忘了初衷的应允，也和老花一样，全部的年华都化作了无涯的期候，最终等来一场凉凉的细雨，濡湿了几千年前的凝望。

天空的日月星辰，永远都是低头向下的。而不如尘间一瓣凋花的我，再怎么仰脸渴求，也得不来上天的告诉。

一朵花的眉宇，迎接的不仅仅是春风的萌动。在穿梭的岁月里，山神护佑的故乡，洁净安谧。人在故乡行，要把自己裸炼成纯真的孩童，去寻找土层下蚯蚓在黑暗里的爱情预言，追逐风过云掠留下的高贵足迹，人就会在老花坠落的容颜里，安然了黑与白的倾诉。

其实，我知道，我和老花一样，那个暗藏的等候，一上路，就已经很老了，怎禁得住尘世的风吹雨打。

清晨，还是以它宿命的亮白色照耀着山坡上万众生命的样态，我夹杂在这其中，但求不要搅扰了鸟鸣的命运，以及花草树木、虫蚵的美妙怀想。

在这里，生命的四五十年仿佛不曾流过。岁月不驻足回望，我却把老花嫩草所交流的情感兜了个满怀。这时，我为自己曾经的逃离和躲避而羞赧。我该是有着老花一样飞落的释然，把自己埋进泥土，不管黑夜和黎明，都会有一扇幸福的窗在为你清香。

守望的岁月不再苍绿得凄凉，我双手合十在胸前，把老花和渐渐老去的我，芬芳成满山的湿润，滋养了前世的承诺，也养活了老花今生的灵空。

这时，我醉了。灵魂的琼浆里，我把生命交给幻起幻落，任由因果逍遥了也枯或荣……

豆腐坊里豆花香

冬季的霜花一落到人间，就如同老祖母头上的白发，总能勾起人对往昔的回忆。那豆腐坊，还有磨豆腐的石碾以及这里面的人和故事，无一不牵动着我的思绪。

豆腐坊里袅娜的豆花香还在逗惹着六爷和他的儿子大闷的眼神么。

三十多年过去了，岁月读不懂昔日饥饿的挠心，光阴如河流冲刷着人的记忆，我的脚步在揪心的催促下，丢开俗事的缠绕，一拐弯就钻到了乡下的雾霭里。

久居钢筋水泥箍匝起的城区，吃着各种添加剂培植出来的食物，呼吸着车流旋起的浓浓汽油味，满眼的花花彩彩商品几近掏空了心底那仅存的一方土垒。

往事翱翔过生命的极地，透过繁忙的车流人流，我忆想起家乡的豆腐，还有曾经守护神一样看护着豆腐坊的六爷和他的儿子大闷。

一下车，那从南山上拂来的一排带着陈年枯木朽叶的气流迎面冲进了鼻翼，这久违的味道让人有种返祖的亲切感。脚下是一畦连着一畦的冬麦，很幸福地闪动着绿汪汪的企盼，拥住季节的衣袂，一直铺展到村庄的足心下。

西沉的太阳晕晕地给村落田野洇渍一层层的淡橘色，从山里头又上来几抹薄云，似诗如画，带人进入仙境。我深深地从胸中舒出一口长气，仿佛一下子将堵塞了多年的污浊全吐给了乡野。

让清新的气流夹裹着青绿麦苗的气息洗涤陈腐的积淀，我似乎能听见乡村古老的传说正在我的体内淌流。年轻的时候，感到土里刨食的父老很可怜，到了今天，方才意识到离开泥土，在城里风中雨中血中的冲撞，是多么的可悲！

在乡下，只要播种，就会有收获，即便是布谷鸟不再鸣叫，也耽误不了种麦的耕耘；而城里，多少人洒汗如雨，血一趟，泪一趟，到头来拼得鸡飞蛋打一场空，落得身无定所，妻离子散……

人和土地打交道简单，只因为泥土是根的温床；人和人打交道复杂，那是因为人是南来北往皆为利奔的追逐客。

南边游弋的白云在一转念间就很神奇地与村庄上头的炊烟融合到了一起。终南山莽莽苍苍，豪迈着亿万年的庄严凝重，令人不由得心生敬畏。远处的大鸟，只闻其声，不见其影，空空地向着无遮无拦的天际恣意地喊叫，那种随性随情的声音叫人想起神的福祉。

鸟声一起就击落了西天边最后一抹晚霞，夜幕随着天雾掺和着乡村人间房屋上柴草的烟气，极浓地覆盖了下来。

我顺着夜下通向村落的小路，一步一步丈量着忐忑，缓缓走去。

两三条护庄的狗汪汪叫着，风地里的落叶一样从村子里滚出来，朦胧的夜色下，我还是看清了它们的大小和身上不同的毛色。

小路虽然不宽敞，但一个人行走在上面显得孤单吊影。狗跳猫叫的声音，很亲切地唤醒了我安眠已久的思念。

月亮还没升起来，头顶的星星不大一会儿就缀满了天空，一颗赛似一颗的晶亮。朦朦胧胧的感觉让不远处的村庄显得很安详，一家家明晃的灯火映照着幸福的幻象。

我知道，村子里再也不会出现我儿时那种的热闹景象了。那时，青壮劳力使庄子里一年四季澎湃着滚烫的激情，他们在这里演绎着一个村堡亘古不变的情爱恩怨，搅动着部落绵延不绝的生命本质。如今，他们都走了，放下故乡陈旧的追念，打工去了他乡，寻找异地的梦想去了。

一拨又一拨的青壮劳力，背着铺盖卷，顶着寒风，鱼贯地出了庄。像雨前的蚁群，把匆忙的身影一投进灯红酒绿的城里，有的被呛进了泔水，有的沉入到茫然的谷底。

对异地他乡的向往好像是人本性里暗藏了几千年的潜能，人在沿着前人的脚印行走时，自然而然会生发叛逆的选择。超越先祖，超越自我的思维倾向，颠覆了祖先血液里激荡的原始心情。

那时，村庄的傍黑时分是最令人心驰神往的一刻，老人们在灯下挑拣着来年的粮食种子，挑拣着烟火人家饱满的生活乐趣；小孩子们庄前屋后自由自性地捉着迷藏，玩着过家家。那个时辰，鸡儿已上架，敛声静气地打起了瞌睡，狗呀猫呀的也激情奔放地随着顽童们跳来奔去。

小孩子们时常会在玉米秸秆隆起的影子里遇上偷情的青年男女，“妈呀”一声大喊大叫，就惊出了一段男女媾和的艳闻。

性与情让村庄野性的爱弥漫起一股又一股令人战栗又让人倾心的味道。

……

眼下的村子，如同被抽取了筋骨的病人，除了老人就是孩子，蔫塌塌地，守着凄清和孤独。

我一步一步地往村头走去，星光下，“哐哐”的脚步声很空洞，如同踩在一口偌大的瓷瓮上。我的心不由得也跟着空旷起来。

虽然星夜模糊了田野和村庄的距离，但随着双脚的渐行渐近，我还是看到了村南头土岗坎儿上的那间老豆腐坊。夜色下，它蹲守在高处，孤零零地，像一位看护村落灵魂的老人，穿越了时光的沧桑，默默地念着佛陀。

老磨坊幸免于被拆毁，还得感谢他主人的远见卓识。把磨坊建造在倚靠着土梁的半洼间，就背靠住了时间的荫护。土坎下的村子，约三分之一的老庄子已被拆除，一条宽展展的马路从这里拐了个弯，上塬去了。

老磨坊很幸运，它躲过了一劫。

我不知道老磨坊是哪朝哪代的建筑，只是小时候听村里的老人说，这磨坊曾是村里的大户人家孔姓的祖上留下来的。

村子里就这一家姓孔的，还独门独户的。据说原是山西大槐树下的一男丁，到了这里当了上门女婿。这女婿木匠活做得在方圆百十里都有了名气，岁月渐深，家旺财兴，主家置得良田百亩，骡马满厩，高门长庭，长工短工满院跑，豆腐坊也就在那个最兴盛的时期，带着主人的踌躇满志落座在村头的高岗上。

后来，在村人的俗语"富不过三代"的咒怨中，孔家的人丁一代不如一代，就像一潭冒眼的水，经过光阴的草地过滤，愣是三房四妾地一生一个女孩，直到 20 世纪 60 年代，家里除了从前被国家没收的房屋和土地外，只留一个孤寡老妪，凄惨惨地总是半睁半闭着昏沉沉的双眼，撵着太阳畔畔晒暖暖了。

看着无力挣扎的老妇低垂的苍苍白头，没人敢和她搭腔，仿佛只要有谁跟她说上一句话，谁就会在一瞬间成为众所矢之的怪物一样。

孔家的人一茬茬地从岁月的源头走过，模糊的身影述说着兴与衰的惆怅；一批批的生命，在时月的草径间，倒进了光阴的万丈深渊，穿红的成了花，着绿的变成了草。

然，孔家的老磨坊依然守护着曾经的辉煌，安稳地蹲坐在土塄坎上。当年的老妇人无神的目光，在与磨坊的眼力相接时，撞疼了上下五千年难泯的心声。

后来，老妇人去了，将孔家一脉奄奄一息的维系彻底断绝于滔天红尘，而磨坊却仍不倒。

磨坊的每根椽、每条檩都铸进了不灭的精魂；瓦砾上的雕虫刻鸟，是人固守的精神图腾；门窗间的游鱼闲鹿，将纯真纯善的意愿尽情地镌刻在木质的恩赐上。

夜很静，星子在村庄上头烁动，遥远的样子让人想起古人的眼光。我急切又稍带一些惊惧的脚步在老磨坊稳实的影子下不由得迟缓了起来。想快点靠近，又害怕走进去的心情一下子揪住了我之前的急切感受。在离老磨坊不足百米远的土路上，我停下了前行的步伐，颤悠着，站住了。

夜下田野的气味总是夹裹着某种远古的想象，我的思绪随着一抹流星划过，落进了 20 世纪 70 年代的豆花飘香中。

六爷曾是当年生产队里最忠实的磨坊看守人。老人清瘦矮小的身躯，却扛得起全村人饱满的信任。对于生产队的物什，从一把铁犁到一粒粮食；从一条布口袋，到一根牛绳，他都记得清清楚楚，任谁也别想从他手下沾一星点生产队的光。哪怕是队里的一根黄瓜菜，谁要是偷摘了，如果被六爷知道，一准撵你个鸡飞狗跳墙，也要追回来，还到集体的堆里。

时常，六爷在乘凉的半夜时分，悄悄地爬起来，猫着细腰，顺渠沟溜到生产队的菜园子外，趴在一个土坎儿上，睁大双眼，紧紧盯着夜猫子一样备受饥饿折磨得难以入眠的本村几个半大小伙子，防备着他们来偷食可以生吃的菜蔬。

对于集体的东西，六爷从来不会多沾一点光，在他看来，偷拿生产队的，就是对集体主义思想的一种背叛，就是犯下了弥天大罪。六爷不会多喝公家一口水，他也决不允许任何人多占集体的半点便宜。

六爷的大腰黑棉裤，通常是在腰间打上深深的一个褶子，黑棉袄上老是在中间用一条指头一样粗细的草绳扎着，说是这样不钻风，保暖。

生产队队长把六爷当成了看护神。每当年末，冬闲时节，大家都没了活干，可六爷却要忙上一月多的时间。

大雪来访，瓦砾上坐满了白腾腾的天外客，家家大人小孩在自家的热土炕上拉古往今来的闲话，说着前朝后往的趣事，六爷就被生产队指派到了老磨坊，日夜为大家烧磨过年的豆腐。

儿子大闷是六爷唯一的亲人，自然，六爷磨豆腐，大闷也要来帮忙。

黄豆泡得肥胀肥胀，大闷干树枝一样的胳膊一伸出，黑垢塞满的指甲轻轻往鼓囊囊的胀豆身上一扎，一种人与谷豆相亲的舒适迅速流遍了大闷的全身，他觉得浑身有种说不出的滋润感。

到了夜里，当漫天的星星像饥饿人难眠的眼一样眨巴着灰青色的光时，饥肠咕咕的大闷拼命吸嗅着从石碾上弥漫开来的豆腥气，看着白花花的豆汁稠稠地流进了大黑铁锅里，大闷大口大口地咽着唾液，耳根下的黑垢痂就跟着皮肤一会儿一个坑，一会儿一个坑地上来了，下去了。

推石碾已是大闷这些年稔熟的活道。夜深了，碾道更深。呼呼呼的两页石碾盘，碾轧着饱胀的豆粒，惬意地转着，哼唱着，转得大闷细麻秆一样的双腿渐渐打起了颤悠。

带着渴望，带着白香白香的豆腐气息，在大闷一直未等到豆花上屉的美妙时刻呈现在眼前之时，连饥带饿，大闷挺着干瘦的身子骨，肚子扛住推碾杠，手抓着木杠节，生生地睡了过去……

梦中的大闷，有生以来第一次敞开肚皮，对着满天地堆着的豆腐块，狼吞虎咽起来。

当大闷吃得满心欢喜之际，一串狗叫声惊醒了他的好梦。

睁开扯满了血丝的小眼睛，大闷感觉嘴角有酸酸的涎水在蠕动。从麦秸窝里站起来，大闷心里空落落的，磨坊里劳累了一整夜的爹不知什么时候出去了。而让大闷双眼放花的，还是被爹整理的那一木屉又一木屉，排列整齐有致的布包豆腐。

屋外，昨夜呈现在大闷眼里，密密匝匝的银亮星星，在一个梦的时辰里，就神奇地飞落成一地白灿灿的雪了。

大闷来不及思考晴朗的夜空为何仅用一段梦的时光就变幻成白雪皑皑的白昼了，此时此刻对他来说具有神奇吸引力的，还是屋子里到处散发着浓浓清香的豆腐包。

耳根下又是一会儿一个坑地上了下了，嘴角开始蠕动，酸水一股接一股往肚子里流。

大闷立在原地，小眼睛像要长出双爪来。

他没敢动。

爹的训话声一遍遍地在耳畔响起。

"再饿，也不能偷吃集体的东西！"

大闷知道，爹就是渴死，也从没偷摘过生产队一根黄瓜菜；爹就是饿昏在碾道里，也不会吃一口集体的豆腐。

公家的东西，在大闷爹的骨血里烙下了深深的印痕，保护好集体的一针一线，捍卫大锅饭的信念，已成为大闷爹永生不变的坚守。

大闷好饿，白灿灿的雪光从磨坊的窗格子间照射进来，让大闷更加感到寒冷和饥饿。

大闷的两眼发瓷，他死死地原地戳站在麦秸草窝里，恰似一桩直挺挺的木乃伊。

突然，中间那块木屉边儿上，一把专用来切削豆腐的刀让大闷脑幕豁然一亮，他蹑手蹑脚走过去，慢慢地，用右手的大拇指和食指将刀片夹了起来。

明明屋里只有他一人，大闷却感到似乎有一群人的眼睛在房的旮旯拐角觊觎着，只等一哇声出来，逮住他一样。

大闷实在是太饿了，他牢记着爹的教诲，但辘辘饥肠逼迫着他，他不得不颤颤抖抖地揭起了豆腐包的一角。

白花花的豆腐一亮出，大闷浑身的胆气就往脑门儿上冲。为了不被爹和队上的人看出来，大闷手里的刀片只贴着豆腐的边缘，薄薄地削下一片。

这一薄亮得能透过去看清木屉的豆腐片，颤颤悠悠地，一到了嘴里，大闷还没来得及尝一下味道，就雪片一样，带着温润，带着舒适，瞬间融滑进了喉咙。

大闷吧唧着嘴，歪头向切削了片儿的豆腐块边缘一望，刹那间，他心花怒放，紧绷的心弦一下子放松了。他左一瞧，右一看，怎么也望不出被偷吃了的痕迹来。

大闷又猛地咽下了一口口香香的涎水，手中的刀再也不打颤了，他坚毅地顺着边边又切下一片。

薄薄的豆腐片，从大包豆腐上割下来，大闷无法用手拿住，他只能一次次地伸出长长的舌尖，从刀片上一遍遍地舔食。

此刻，大闷再也不用像刚才第一次那样心惊胆战了，再也不用绷住呼吸，生怕有人听到、看到了。他一片片地切割着，每次都精准又确切，不在大豆腐块上留一丝的破绽。

大闷得意极了，他为自己的新创造而陶醉；他为自己能想出这一既饱了肚子，又不会被人发觉的技能而得意。

屋外的雪越下越大，像筛糠一样，填满了远远近近的大沟小岔，那纷纷艳艳的阵势让大闷有了种从未有过的舒畅感。雪在地上越垒越厚，惊得房檐下的鸟雀唧唧喳喳叫个不停，"噗"一声飞下来，"呼"一声又蹿上去。

大闷一直在那里薄薄地削下一片又一片，眼看着半大块的豆腐在他扬扬得意的杰作下空出了一半的木屉，但他的胃口仿佛是一只着了魔的皮囊，永远也填不满似的，让他还是不断地感受着饥饿的折磨。

大闷忘情地、小心翼翼地切削着，薄如翅翼的豆腐片抿在刀面上，大闷的舌头不知道舔那刀片子已有上百次还是上千次了，直到舔得舌头发麻，刀片发热，他也未觉得有一点的饱感。但是，尽管这样，还是丝毫不影响大闷对豆腐香的感受。他说不清，这豆腐怎么会这么诱人，这般的清香、好吃，就是让他就这样吃上几天几夜也不会有半点的倦意。

不知道雪是什么时候停下的，茫茫雪野此刻很静谧。在云层后面发散着微弱光韵的太阳照在雪地上，刺人的眼目。

一群裹着破衣烂袄的村民，腋下夹着面盆之类的东西，脏兮兮的枯树叶一般，嘻嘻哈哈着，往豆腐坊滚来。

人们吸溜着鼻涕，口里的白气随着呼吸出了进了。几条瘦瘦的长条子狗，正一前一后地追撵着，欢叫着，恰似村民们喜悦的心情一样。是啊，眼看着人一到豆腐坊，就能分到一年一次只有过节才能有的豆腐了，谁不欢天喜地呢。

人们没钱买多一些的肉，年上待客全凭豆腐撑面子呢。每到腊月天，只要豆腐坊里的豆花香气一飘起，就飘香了全村人对年的期盼。家家闻着豆花香，户户沉醉在过节的梦想里。

那年头，年就是一村一寨对传统文化的继承与守望，天大的事，到了年跟前，也要放一放；再过不去的恩恩怨怨，时间一进入腊月，也要讲出一年的吉祥话来。

年，是守候，也是延续；年，是万民景仰的节日。平时舍不得吃的，年上要吃；平时舍不得穿的，年节要穿；平常不请的神灵，年跟前必须请到。

四季的祝福给了年，未来的憧憬在年的日子里绚丽多姿。人们把希望的聚焦，全光耀在对年的气息里了。

六爷是分豆腐的高手，一刀下去，三斤五斤不差半两，自然，六爷是走在人群最前头的一个。

"咯吱咯吱"的踩雪声，到了房檐，"噗噗噗"地猛跺了几下，抖净了鞋面上的雪粉，六爷还未进豆腐坊的门，在外面就大声喊儿子：

"大闷。大闷。还没睡醒。快起来，准备给大家分豆腐。"

六爷一脚跷进木门槛里面，见大闷直挺挺立在那里，手中还握着刀片子。

"哦，早就起来了。"六爷说着，来到了大闷跟前。

此时的大闷笑眯眯的，嘴角边的豆腐花子像白色的梦幻，一点点地晕开来。

六爷被眼前的景象怵呆了，他的儿子大闷足足吃完了一木屉多的豆腐，活活地撑死在豆腐坊里了！

云层刚一裂开缝，就把太阳的光放射了出来，豆腐坊的木窗棂霎时有了仙气，显得古朴典雅，从窗格子间透进来的阳光，似乎还带着太阳的体温，照在拥住大闷的一群人惊愕的脸上，张张面孔，唯有大闷的脸是吃饱后一种惬意的笑容。

……

夜下的冬麦田地，那种黑色的绿铺展在村子的四边，像庄稼人一年的希冀，静悄悄地氤氲在浅冬的时辰里。遥望着坎塄儿上的豆腐坊，我不敢走进去了，因为我知道，大闷一生的企盼还在那里散香。

还有六爷生命里无悔的坚守，此刻都在这星光闪烁的夜空里，苍茫着岁月一丝不苟的豆花香味……

年味

年的味道，一尾一尾，跟随着腊月这个特异的月份，悠悠地来到人间。我跟着年味，跟着岁岁的祈祷，一同站到了季节的末梢。

小儿手中的鞭炮，炸响了火红的期盼，召唤远方的年的气息，一步步逼近。烟火人家，在火药味道的香熏下，浓烈了年年岁岁的祝愿。

我的心情执掌一枚呛呛的瞭望，翘首着年在时间的搀扶下，捻灭了谁的灯火。

如果年是光阴河里不知疲倦的一尾鱼，那么，鱼头心系着初始的愿望，悠然了前来者欢喜的美妙；而鱼尾一摆，就晃丢了人欲越过季末的最后一道坎儿。

总是到了腊月，思念亲人的情怀会缥缈了对年的眷顾。每当这时，年是门槛，沧桑在年的旷达里贪恋凋零的气味。

不知道当鱼在深水里，探头向往白云的心情时，那潜藏在河底的鹅卵石还会把千年的缄默点化成生生世世的光滑，不再发出声响么。

年是始，也是终。始的是生者年年的希望，终的是逝者难以翻过的鬼门关。

立在年头和年尾的交汇点上，凝眸着生活的此岸与彼岸，黑白人世，谁把念想的情愫弥漫了腊月的悲催。

喜庆的红纸屑，飞散着人对日子的沉湎，噼啪作响的姿态，喊出了人生又一个迎来。

年是接迎，也是送走。该来的，迎着春天的又一缕煦风，绽然开放；

该去的，年在一阵悲喜交加下，痛心疾首地伴着枯萎，咽下最后一片雪花的忠告。

过去的年关，人们的性情会在腊月天里呈奉最绵柔的气息。该争执的，不喊了；平时要大声嘈嚷的事情，这会儿也敛声静气了；就连蒸年馍时绽开的馍馍，也被说成是粮食见了年，笑开了花……

年怀揣心事，一头拴着喜乐吉祥，一头绊着消殒的蹒跚。升升降降，一直在年的匍匐下，丈量着天堂与地狱的距离。

一切的美好憧憬，在腊月的日子里伸展，好年景的翘盼，在年的墙根底下，悄悄透出一抹新绿。

年把双膝烙进乞念的心石上，为了拜谒，一跪，就点亮了永恒。

年很遥远，年很贴近。远时，任一个人使出一生一世的追撵，也终难抵达；近时，它就在人的眼睑上，翩然飞舞。

腊月，一直是年的贴心棉袄，我不知道，时光尽头的娘，身上是否披了一件隔尘的袈衣。

今生的情深缘浅，年做了见证。一切的遇见，已成浮尘，随年飘散。

年的连心桥上，娘已不在；而我，还在浮世的熙熙攘攘里，望着水雾蒸腾的远方，寻找着修行的船。

远方其实不远，它就在人的眼皮底下，来来往往。

尽管行走的旅途时常会遇上陡崖峭壁，但在最无助时，人从未敢忘记谒拜。

年的气味，在人的掌心里轮回成箩纹和涡纹，一个巴掌，铸就了命运的山川河流。

年放逐灵的神异，在犀秘之地，捕捉时间的魂。

与年相约，淡定了生生世世的攀缘；和年有一个千载的期允，把隔世的轮转，默念成庙堂上的一袅烟火，圆融了来与去的祷念。

　　年在时光的幽深处，浅唱着对万般生命的枯和荣。人望着先祖消失的背影，把迎面的悲伤，抟成一疙瘩痛，沉进时间的沟底。

　　十二生肖的文化品格，在年的转经筒上领悟。悟风，悟雨，悟自己。

　　俗常的幸福时辰走过年，走过月，走过烟火人家逶迤的企盼。

　　岁月锃亮，人间许多美妙的想象，在噼噼啪啪的年跟前，上路。

　　年的凛然，让世代上了年岁的人敬畏；年的嬉戏，令少儿着迷。年把味道抻展拽长，扯着前人的魂，拉着后人的魄。

　　一道道年坎儿，循环不断地喂养着日渐消瘦的记忆；但，生的活的，还要扶着日子一天天地肥胖起来。

　　过去的老年人，总要围着火炉子度过除夕夜，似乎过了新旧年的交替时间点，人就翻越了死亡的劫数，来年就是一个平安的轮回。

　　求生的欲望颗颗饱满，而年轮的宿命时常干瘪了一代代人渴望的眼神。

　　年的味道庄重又轻佻，绵长中化解了瞬间的亘久。

　　年的叶尖挑着我的思念，如同黎明前一颗颗硕大的露珠，向着来日的第一抹霞光，飞去。

　　人过日子是修行，日子过人是涅槃。

　　生为谁奔，死为谁停，痛苦的生命不在于有无，而在于今生的错过。

　　年愈来愈近，味道越来越浓。退却在时光某块空旷地的娘，还品咂来世相逢的滋味吗。

　　当年味淡去时，岁月一扭身，你我已成陌生旅途上的擦肩。

　　待回眸时，原来都在梦里梦外……

平安村里那弯山月亮

当弯月在山乡平安村亮起微笑时，白天的燠热像红尘里的人一样，把一些邪性消殒在夜色里了。这时，有凉爽的岚气从山头漫步下来，如同从古刹传出的梵音，过滤了人白天所有的念欲。人赤条条，裸奔起来，回还了生命之前一切的纯真。

秦岭腹地，收纳了人的躯体，人就是一条干净如初的土虫。你的思想在夜色里濯洗，抖落从尘世背驮的大堆贪婪，出水鸭子般，亮起了圆眸，静听山神遥远记忆敲响的木鱼生脆。

前面的那弯新月，有了大山的托举，不再显得孤单影吊，也显不出天宇的高漠和幽旷。今夜的月亮是我的。凝望着它，我就像看到了我前尘后世的情缘。它离我那么近，把亲昵挂了一脸。

我的双眼拥住弯月，犹如搂住了几个世纪的性宿。

成为今世的人，托生在业重的尘埃里，生命不知道是从山根起步，向上涉爬，还是由山头始足，往下一路追寻。时月的山风，洞穿了我的年龄，还把叮咚作响的风铃悬挂在我远望的窗棂。再怎么要掩埋我的尸骨，我也要让自己洁净的情怀烟雨了今夜的山月。

时常凝望逼仄了我岁月的时空，我很不甘，大半辈子的漂泊生涯，湮灭了本该属于我的美好韶华。如今，我是奔波得焦头烂额，留在身后的却只有满目荒凉，一地沧桑。

不知道生来跋涉为了什么，艰难地付出，穿梭于刺林，饮尽的是人间无常的滚烫及冰凉。迷途的羔羊，跪乳是怕找不到返回的路。曾经，我想从我的身体里扯出那发紫的血管，将所有的液体倒掉。

我找不到来时的路，看不清去时之途，将平安村的月夜拥抱。

人从哪里来，要向哪里去，这个暗藏秘咒的古老又年轻的话题，曾经折磨了千万代人的困惑，绊倒了从创世纪初到末的全部双脚。不是人仰马翻，就是浴血奋战。这把悬在人类头顶的无形尖刀啊，让人防不胜防。

这是天地与人的一个紧箍咒吗？还是人这种生命本源里存有的一个纠。

人一生的长短你无法主宰，你的奇奇妙妙的思想更是飘摇了你已有的风花雪月。今夜的弯月再怎么透出父母般的慈爱，也叫停不了你身前身后与谁同的流年脚步。

残月满日的逝岁去年，封杀过千军万马的率领，所到之处，尸野遍地，白骨累累，身后花繁果硕的却是菩提的悟香。

谷雨的笑声灿烂在豌豆花的寂寥中

谷雨是在十六年前从后沟垴的白家坪村嫁过来的。

那时，她犹如老外婆的心事一样，怀着忐忑还有神秘，从沟垴顺着一条蜿蜒曲折的坡路走下来的。一直走到半沟腰的这个从此永远归于她的家。

没有多么隆重的婚礼，只有从娘怀里挣脱出来时的一串鞭炮声。飞溅的红纸，就将谷雨送上了人生正式的旅程。这一串鞭炮，从此炸开了作为女人的真正门扉。谷雨是在婆家同样只有一串鞭炮的迎接声中，上了那个名叫平顺的男人的炕。

只记得送亲的娘家人一走，随着帮忙的四邻五舍也鸟儿似的散去，谷雨和平顺就并排坐在炕沿上，心慌慌的，互不看对方的脸，一直坐着，谁也憋不出一个字来。

这个时候的山村，不像过去那么热闹了。原来谁家结婚，整个沟道都跟着喜兴。结了婚的，在这时会忆想当年自己与汉子的初夜，不觉也会心跳几下。当然，这种心跳，会夹杂进许多老道的味儿。就像那绿，不是春的嫩绿，而是夏的老绿一样。没结婚的，在这一天里，在别人的红炮声中，也炸开了对未来的那个他无限的憧憬。

接着，结和没结过婚的，全都怀着各自复杂的乐兴，涌进新婚夫妇的洞房，闹个不休，玩个不够。你一推，我一搡，村里的光棍汉趁机还在新娘圆圆的臀部偷偷捏一下……

到了谷雨结婚的年代，山村已没了以往的喜庆景象，人们再也腾不出过去的那份情致了，都忙忙地，奔生活去了。村子里除了老弱病残幼，年轻的，包括一些壮年人，都把心中的向往从山清水秀的家乡迁徙到假山假水的城里去了。谷雨不明白，当今的人为啥搁着真的不要，反去亲切那虚境呢？

昔日被太阳染红的大哥大叔脸，如今只有到了年关才见个身影，个个满面黄灰色，就像城里刮起的沙尘天。

谷雨结婚那阵，她觉得冷清的新婚初夜，尽管她怀着满腔的热情和希望，准备融入这个新家的。可少了洞房的热闹，她还是有些许遗憾。她羡慕过去的人情气场，再多么贫穷，人的情趣却丰腴得能迷醉了大山。谁家结婚，都让整个沟道惊喜多日！

谷雨知道，往昔的喜庆场面从此再也不会有了。人们也不再是从前的人们了。过去，谁家过喜事，十里八乡的人家都跟着心跳。

如今，东家过事，不关西邻的心；甚或亲戚家的危，也牵动不了侄儿、外甥的情……

人们不再喜欢欣赏内心的花开水流，不再需要精心细致的那条山路的润目了。那蜿蜒的小径，被祖辈的双足踩得发白，曲廻婉约，美妙地缱绻在山坡上。山路迷人，天使的翅膀一样，从这村连起那庄。其实，山梁上的小径，就是神为山民伸出的手掌呢，它牵起了山庄的心，连接的是人家情感最原始的魂。

可是，眼下的人，心跳太快，追逐的步履太急了些，全然顾不上抚摸念想里的情窦。谷雨弄不清，他们在为谁活？为什么这么疲惫？

当夜怀揣着对太阳的企望而沉静下来时，谷雨把自己的新婚夜迷醉在由女儿红到红少妇的陶醉中。她可以搞不懂别人的情缘，但她却知道自己身为人妇的承担。她羞涩，却要自己的汉子酣畅；她难为情，但必须让自己的男人胆正！

她遵守着自己的本该。她不想让别人晓情，只叫自己的汉子感受。其实，谷雨的新婚初始，夜是一直大睁着眼的。

从此，谷雨在岁月的河流里把自己淘洗，一如那颗丢进清明湿润里的谷粒。

后来，谷雨在三年的时间接连为自家汉子生出两个儿子，一家人喜得把希望挂满了庄前屋后的树梢，个个骄傲得像椿树挂在头顶的翎子。

尽管一家人还生活在几十年前的老屋里，可谷雨觉着这样才美气，柴火，烟熏，火燎，这样子有着耐人的气场。她感到，只有柴烟的袅娜，才是正常的山乡人家；屋里常年四季氤氲着秸秆的味道，人才有盼头，才活得踏实，生命才有真意义。

可是，随着儿子的渐长，加之环山公路在村子脚下的开通，村里的烟火也像被大马路的穿插安装了翅膀，飞得没了影迹。公路，在一定程度上它就是人欲望的双足，它占据了城里人的信念还不够，还要把触角伸进谷雨的山庄里来。

谷雨的汉子心动了，一改前些年的顺畅。他要出去，要到离谷雨几百里外的城里去。

"再也不能守着这穷山了……"这是汉子临走时撂给谷雨唯一的一句话。

这一去，就再也没有了音信。

谷雨年复一年地侍弄着全家九亩多的坡地，伺候着年迈的公婆和幼小。她在劳作中，感知不出白天和黑夜，但她却把四季怀揣在心尖上。因为，季节能暖她的心，春种秋收，可以填饱她对收获的渴望，对孤寂的充斥。

时光在谷雨的心上是悄无声息的，而两个儿子的渐长及两老的日衰境况，她还是感到光阴不断地耳提面命，似乎在告诫着人什么……

夜晚也当成白天用。麦收时节，坡地东一片，西一坨，谷雨常常刚倒下困乏的身子，打个盹，一激灵醒来，见窗间亮蒙蒙一片，忙跳下炕，从屋后墙上卸了麦镰，就上了坡。

整个沟道死寂一片，连鸟儿都还在酣睡之中。当鸟儿甜美的梦被夜露濡湿时，谷雨已割倒了后梁垴所有的麦子。待她抬起酸痛的腰身，抹一把被汗水迷蒙的眼，抬头向天空一望，下弦月明得像银子做的，好看得淑女一般，婷婷地，伫立在地畔的那棵大叶杨的树梢上。谷雨这才明白，其实时辰才刚刚接近黎明时分。

原来，她割麦割了大半夜。

谷雨长长吁出一口气。她来不及回味所有的辛劳和辛酸，只因眼前要做的事体每天都是成大堆地摆在她的面前，她无暇思考更多的该与不该，对和不对。

她看着身后一捆捆被自己割倒又打理得整齐的麦个子，排列在坡地间，她的内心深处就会涌荡起对粮食的成就感。她看不透，自己对于粮食的那种特别的亲近和亲切，但她却知道，只有粮食才是人的唯一。

谷雨想，这恐怕就是人常说的命吧。她就是粮食的命。若不然，怎会出生在谷雨节气的那天，还下了场纷纷的谷子雨呢。

谷雨是念过书，上过学的，虽然初中没毕业，但她明白，谷雨这个农时节气的来源。说是上天为了赐谢汉字始祖仓颉，就在这一天为人间下了一场谷子雨。谷雨想，自己前世一定是粒谷物。在那天，魂灵飘啊飘，突遇苍天撒谷雨，于是，就撞了大运，转世托生了。

"怪不得那么爱庄稼，这样惜粮食。"谷雨这样认为着，也这样灿烂着命运的尊许。就像头顶的月亮，圆时饱满，瘪时残缺，这也是它的宿命呢。月在圆圆缺缺间，揶阖了时光的绚丽；而人，在恩恩怨怨中，残缺了年华的过往。

所以，谷雨从来不抱怨谁，也没有摇摆过对风雨中命运的躁动。

村子里的光棍汉赖牛，曾在她的面前显摆过，说，你就是个傻，男人在城里盘了新窝，跟别的女人下了新崽，你还死守空房，为人家养了老的养小的……你呀，可怜虫……还以为自己守贞洁呢……谷雨的心被赖牛的话泼了一盆凉水，但这凉旋即即逝。她不需要想那么深，生活原本就要浅显一些，只要内心遵循的东西深邃。

年迈的公婆和两个儿子离不开谷雨，他们不能没有她。谷雨只认定了这一条道。

可是，山根下的那条马路，谷雨曾无数次地指责过它，是她把自己的男人交给这条路的，而今，九年过去了，它却没能把自己的汉子送回来！

眼下，两个儿子也已上了初中，公公三年前也病故，是谷雨独自一人亲手送埋了公公。尽管为老人治病、过丧事，让她背了一身的债，但始终压不垮她信念里对日子的支撑。

谷雨不愿设想自己的男人在城里的生活，她只盼望着婆婆的身体好好地，让她一心一意侍弄庄稼，还债，供儿子念书。

谷雨不需要侍弄恩与仇。况且，在这个沟道，跟她一样的家庭远不止就这一家。

现实总要在人的命运里鲜活自己的多能。人只有守住本分，就护住了根本。

婆婆时常在悠长的冬夜，会对谷雨说，你全当他死了。

谷雨在黑处大睁着眼，似对着婆婆，又像在给黑夜和自己说，咱不想他。

冬夜很深，很远，它把谷雨简白素净的话语传播成雪的寓言，纯粹得神奇。

又是一年谷雨天。还好，今年的谷雨纷纷扬扬地飘飞着稠密的思绪。山坡上，谷雨，这个已年近四十的女人，把劳作的身影种进了湿润的土中。

待她站起腰身时，在一片绿色的麦块田里，她惊愕地发现，一株豌豆苗风情地摇曳着。多少年了，谷雨只能靠记忆打捞的豌豆花，此刻就在她的面前。很神奇，让她不由一阵心悸，一阵感动。她明白，多极化的现实，多头并进的生活，早已单调了地头的庄稼，

从前的荞麦呀，燕麦呀，豌豆哇，扁豆哇等多类作物，从庄稼人的视线上退役了。眼前，这一株豌豆，它夹杂在麦的绿林中，独自领略着同类的风姿，该不是另一魂灵的转世吧。

是谁在时光的漠视里，遗落了这一颗豌豆？

豌豆花儿紫粉紫粉，雨中，像夹起了翅翼的蝶。

谷雨笑了。笑得虔敬又带着感激的惬意。

她感激雨中的豌豆花。感激它们曾养活了她生命的秘密。这个秘密在丰满富态的光阴里，穿越了谷雨节气四月的风，养活了一个人一生的日子。

第三辑

生活是修行，也是迷痛

寂寞叩响超度的无言

通常一颗激情的心，会在目触到事物的一刹那间被寂寞捆住了手脚。茫然四顾，我望不见自己来时的路，却被古人的一程追索与挣扎缥缈了所有的情结。

桀骜不驯的命运，把人的生命挤压得支离破碎。有的人落草茅舍，有些人降生皇室；有的生来缺胳膊少腿，还有的天生的耳聋眼看不见……这一切的众生样态，我无能探知其中的深浅，只薄薄地傻想，无论皇宫贵体，还是草芥芸生，来世的姿势都是相同的，肉体的本原是同等且平等的。

我想拨开生命的丛林，窥探其弥深在花香草盛纵幽远处的小径。只怨自己的目力太钝，常常无法穿透命宿的奥秘。这其中的白，总是以天启的慈爱凝视着我，又魅力，又诱惑；而黑，却以命中轮回的色调在聆听。

多少个这样的日子，我的思想在寂寥中空畅，我在先哲们干净的情感里，纯化着自己的浅陋，体验古人怎样洞穿探寻的暗道，爬出岁月的苍凉，把卑微的野花插上傍晚时分那血红的高贵！

本身，一出世就生活在一个和平的年月，就是生命最大的恩赐了，再加上健全的四肢，人就完全是天地间非常宠幸的一条生灵了。然，漠莽红尘，惑力的磁性太强，让本原的姿态变畸形，使灵魂阳光的笑声发出了猫头鹰般的怪叫。

我时常扶不住鸟儿的歌唱，晕晕乎乎地把躁动的生命晃荡成魔鬼的手掌。喧闹的尘埃，不管是官宦门庭，还是富商裕贾；抑或是茅屋草民，或者露宿街头的乞讨，谁的躯架不都是由血肉骨骼构组而成的，谁都有着同样的七情六欲，个个身怀心事，到头来，却不知道繁荣了谁的全部道场。

命运的故乡要把我埋葬，我前望，看不见来时天空那片云的辙痕；后瞧，未来的轨迹模糊难辨。我想豁出一千年的时光去氤氲一个梦，在某个有约的季节，圆缘了我今生的情节。

我从未将自己的生命看得有多贵重，但，亲朋的遭际时常憔悴了我年轻的情愫。他们的悲惨命运，他们的偶间离去，都让我心泪喷涌。我不知道该问道谁，天上的圆月在尘世间又残缺了谁的注定？白月亮的皎洁，在苍生身上黑墨了哪个的宿星？

我茫然无助，背着我曾经少女时拥住的那个七彩梦幻，躲在光阴的清凉一隅，暗自舔伤，孤苦等待……

摇摆不定的人生，是同一个太阳照耀下的生命百相，这一路的足迹，实在是悖逆了光束的本意。风起时，我的思维也跟着彳亍。烟雨迷蒙中，我仿佛一不小心撞开了一扇古老而陌生的门楣。在门口，我眼眸清澈地呼唤着人灵魂的液。

风把无数的寓言故事扬起，像猎猎马尾，飘扬在我的追逐里。深厚的涅槃使生命的气息释然了我朝觐的心情。在孤苦伶仃的冷寂中，我靠近神灯取暖，命里的纠结骤然散落一地。

轮年转月带走了我的青春，却把气盛的情愫留了下来。我体验着穷人的命运，撞碎了自尊的寂然，将一生的追逐泥泞成家乡的满天繁星，清亮着老屋柴门的情爱。

我已习惯了自个儿的柔软和坚硬，自个儿的卑微和高贵。尘缘的情结，人影幢幢，来了又去，我的一一触摸，竟挂烂了一生的殇缘。我独守寂寞，成为孤苦的落魄人。

时常一个人孩子般地泪流满面，还肩扛着那个孤傲，把一个女人的忧伤袅娜成柔韧的曲线美，装饰了来自遥远的古树的那个梦。

是尘世的缘太深，还是爱得过认真？人生如果可以来第二次选择，我宁可钻进深山老林，过一世远离尘嚣的穿山甲的日子。

岁月的记忆沧桑了人的面容，一切的过往都将在善待中珍惜。

芸芸众生相，就是那野花和希望追寻的真谛。故乡的小河它不在乎自己的命运，却翻转着无数的传说。岸上，小草和小虫在烟火里抒情着民俗的风雅，一只小蜻蜓把恒远的爱情点进河的流淌中。

河水穿越了自己的灵魂，我如释重负地把一枚微笑送进水中，像完成了一次残缺又完满的旅行，深藏了几十年的那滴心泪，一落下，就端坐在时光的尽头……

追寻点化生命的清澈

七月的鸟鸣脆生悠长，听起来似乎有了佛念的底蕴。想该是鸟儿们把春的冲动和惊喜，怀柔成炎夏的承负，就囿寓了季节的清醒。从此，不再冲撞，用心聆听那季风与阴阳的倾诉，在心头盘结了远方一个凉爽的追求。

我将自己流动在炎热的鸟叫声里，溯源逆上在行光走云的年轮中，我寻不见来时的身影，不知道岁月的河道风在什么季节吹散了奔忙的脚印。

直到生命过了四十载后，人才有了意识，这才觉出时间原来才是人一生一世的念想呢。四十以前的自己，只清楚着奔波，像流浪的猫，把行年肆意地忽略。这一忽略，竟是生命旅程中一大半消耗的迷愚，你无法用鸟的诗境鸣叫抒情你昏暗的生活。

四十年，仿佛生命不曾拂过。民俗称，四十而不惑，这是尘间文化散发的远古风情。有道是佛言，一个人修行，念佛可以管四十里。难道，人世，佛间还有一个融通共济的缘结？这个结，在四十的数寿里交叉，交叉点该是神疆人域里所有的阴阳璀璨了。

人只有迈出四十的门槛，才渐次地步入广阔。往昔的一切奔命，曾经在浑水中摸鱼，在黑暗里跌跌撞撞。到头来，一身腥臭，但求得知晓了从前的迷茫。这时，时光为人清点思念，这才回望已经的缥缈，恍然心悟，血里汗里艰难地跋涉，只不过是自己枉转了一个圈，原来的攀爬其实一直就从没离开过原先的出发点。

不知道人活着的意义，生活的成长，实质等于在寻死亡。

那时，离开了时光的玄机，心灵参透不了生命的真谛，一切的行动围绕着尘世的繁华，追逐着更加遥远的梦，却忘记了故乡炊烟的命运。飘忽着，遗丢了自己来世的秘密。

当望见了岁月的山峰时，人才挣脱了红尘的盖头，却道是，爬上山顶后才明白，人原来还要回还到从前的山根下。

不清楚黑夜有多深，遥远有多远。肉身永远驮不起神说里的音韵。在多少个黑夜里的夜，我孤独地在追寻中消殒着自己的生命。

活着，人总是要追寻一些东西的，不是肉体可以享用的锦绣，而是内敛的一种至境。

无论是流火的七月，还是鸟啭的接承，我只是悬在时月上空一串晃荡的碎念。山风点亮季节的召唤，也参悟了四季的宿命。空气的亲吻，靠近了泥土的清香，山神福荫的故乡，她从不问诘自己命运的源头，久远地守护那只摇摆在屋檐烟火里拉丝结网的蜘蛛的爱情。

我把自己的从前全部埋掉，我孑然凝眉的身影骤然清凉起来，在炎热的夏季，湿润了梦中的绿林。

心在静谧中等待，企念里，与神的邂逅，一个浅笑，了结了尘缘里一切的背叛。

摇曳的岁月，剥蚀着我的躯体，却沧桑不了我的虔诚。穿越万般黑暗，我的灵就在光阴的尽头翩跹，翅飞下，花也飞，青涩化成蝶。

远方的寂寞爱得太深沉，把缀果的枝头压得弯了腰，驼了背，抵住了尘埃，所以，学会了忧伤。

在云来雨往的年岁里，我的第一声啼哭落进了尘灰，就缘定了为灵魂而笑的痛苦。一生的追寻，剥离，我像风中的小草一样向大地和神弯腰鞠拜。在心灵和肉体发生车祸时，那一夜，我哭了。回望逝月谢日的时空，那惊醒的少女梦，全在祖辈们模糊的泪眼里幻灭了。

生时，我是一朵云，去时，我企盼着是一场雨。

我在我的年轮后园垦荒拓土，撒些天地人道的种，引得灵河水的激泼，任因果的浩渺瑰丽了我的认定。无论果还是未果，都是经年的繁华。一株石榴树，正在笑开的梦魇里把自己的年岁张大。

我被七月的鸟声唤醒，追寻的魅惑苦中带甜，这是我生命中一个不变的念。我独行着，游走在岁月的魂灵里。炎夏的夜空，让未来挂在了树梢上。烟雨岚气中，日和月同时遥想在天长地久的坤雾下。时光一定晴，我看到我生命的所剩，寻找也好，追求也罢；有回应也行，无应答也成，全是成长的经过。

开垦不问收谷为几何。在余下的命理体征中，从此少了问缘由。今生的欠我，不奢求归还，生命的所欠，用心倾予。

云彩遥望记忆里的日子

一到夏天，总爱看雨前云彩奔走的壮美景观。那些云，或青或白，有时还血红着，在人头顶很匆忙的样子，翻卷，飞腾。当然，这情况大多都是有疾风在催赶。云们也极紧张地边跑边改变着已有的姿势，一忽儿像万马在奔腾，一阵子又如同群羊牧原野，有时，在人不经意地一眨眼间，它们就很神速地把自己排列成一队雄鹰……总之，天际头似乎就是云彩命运的全部意义。它们被风牵着记忆的日子，顾盼着雨前的景致，随时准备着扭身转世倾盆的水下。于是，跌落尘间，涤荡了灰尘，也染了烟火。

这时的云儿像人，把灵魂和肉体都摆放在星落日上的挣扎岁月里，进行着苦痛的彷徨和忧伤。雨水是活着的爱恋，被爱是天空绚烂的向往。一旦舞裙甩下水的渴念，云将轻浮了一生的追求。

空中的历史也沉重，它常常让云在游弋中涅槃一桩心事。布施的雨水淋湿了生命的别离，也泥泞了梦中一段长长的路。

就像人，一生一世，活着，就是在爱和被爱中帛裂、挣扎。痛着自己的痛，撕碎着情缘的绿叶。攘攘红尘，接踵擦肩，人影幢幢，稠密如夏日之雨滴，与某个人的相遇却在艰难的徘徊中期望着一刹那的撞见。这个过程，虽然如同雨水跌落，看似简单，却氤氲着天地奥秘的渊邃。

爱与被爱，其实是人一生的陪伴。一朵花的眉间点缀着缘满缘结的心晃。人的日子时常在一瓣又一瓣的剥落里，圆满着挂着泪珠的爱，把岁月染成了凄美的粉红。

若不然，人间传说的牛郎和织女，梁山伯与祝英台怎会穿透时空的绵长悠远，在人的记忆深处，刺痛了情殇的魅惑。

时间推搡着人步入生死轨道，人走着走着，就遗漏着，把小时穿过的那双童鞋走丢了。

多少人因为尘世的路径太过泥泞，蛊惑太深重，跌了童鞋甚至连脚都要遗落了，还嫌伸出的双臂不够长，不够繁多，扣搂的东西太轻太少，以致丧失了原本性情中仅剩的一小方寸清凉。物欲茂盛稠密，十指太短又粗疏，抓不紧世间念欲里的所有。

就连情爱也做了物质的陪葬。如今，谁家女子选情郎，首先看房子，再看车子，其次还有折子。现实在当下我们的周围，成了历史进程中最王道的耀眼明珠。为了物欲的满足，人人血红了眼，到处充满敌视的目光。仇官，恨富，仇视挡了财路的一切亲情……

可怜了一群骨瘦如柴的灵魂，还在聆听祖先的情绪，对着空洞呐喊。通常，一帮照样瘦骨嶙峋的文字撑不住一首饱满的诗歌，扒不出尘埃遥远的情愿。怪不得造字的始祖仓颉是"天雨粟，鬼夜哭"的。

当文字扑倒了我们，我们只有泪流满面，确实无力扛起任何一个时代的命运。

我们的泪中，一边是过去和远方，一边是在期望中幻灭的圆满。

本是尘间一絮灰，却要把暗紫色的情绪举出贵气来。静想时，来世该不是那雨水里的云，一挨红尘就灰蒙了颜面。

时常用风的姿势仰望载水的云，灵河岸上曾经订下前世属性的盟约，就此醉了千年的了却。情生，爱缘，纵然不见了落脚的宿地，把那心底潜藏的疼痛拖出泥沙之地，在静观遗失到水里倒影的梦中，圆结那邂逅的永恒话题。

心，目送出花香一朵。把视力搁上行月游日的开始，亲吻路间的步履，馨香了对生命探索的缠绵亘古。

于是，我钻进千百年的仰望里，把云端的前世今生晶莹成特异的觐拜，在岁月的阴差阳错中，一转身，魂归雨中草场……

灵魂的愿里，一醉千年

谁都知道，生命是一趟没有回程的旅行，但谁都不清楚，生命是为谁在奔波。几十年的行程，当你知道驻足回望时，那一路的蝶飞花影，只是绚丽了光阴的彩眉。

我把时间的泪花舔舐，当作滋养命运不乖的性情。我迎风站在时空的这边，瞭望那面的风景，一双红色的绣花鞋，怎么也勘破不了生是为谁的秘籍。在行走的过程中，却黑了所有的想象。

曾经因为八大仙的首神铁拐李的人生遭际而枉凝眉，又在自己今世的情园子里，把那滴悬而无意跌落的露珠吻得染湿了红尘。

凡间传说，总是带着久旱未雨而又喜降大滴天水时腾起浓烈的尘土味道，让人的思想刺破天日的玄机，穿梭于风季的时光，把神仙的异化来探寻。

铁拐李，颠簸的双脚，歪斜着身子，从唐时的月亮下摇晃而来。纵然是为了妻子生子所需的清油，他隔墙挖洞，偷窃邻人。许是冥冥之中，有谁给他准备了一柄偷油的葫芦瓢，代替了铁拐李的头颅，刚一伸进墙洞，就被人家用刀砍了瓢。从此，铁拐李无颜面对村邻，遂丢了葫芦柄，逃离故土，远游他乡……

漂泊乞讨三十载，蓬头垢面不像人。忽一日，有了念想，有了牵绊，就回家一探。不料，到了自家门前，屋里灯火阑珊，人声鼎沸，高门大房煞显威风，大红灯笼悬起了家门的骄傲。一打听，却原来是自己当年偷油险些丢了性命，为的是顺利降生来世的儿子，如今已是考中举人，仕途辉煌，一派兴盛的景象。而铁拐李却被把自家门的人，赶撵出村。心酸的往事，记忆着生命的漂泊。铁拐李乞讨的生涯撞响了时运之缘的那口摆动的钟。他经过内心世界的搏斗和脱胎换骨，最终凝眸成一首千古传诵，曰，三十年前去偷油，钢刀砍掉葫芦头。儿孙自有儿孙福，何必为儿孙做马牛。

一首诗，扛不起人世的炎凉。这诗句，在三十个春夏秋冬的炙烤炉里，凝结，晶化，由水样年华静默于一种幻听，终于结晶成墨香里的注目，凄美在人间对神灵的诗意向往。

一瓢葫芦头，替代了铁拐李的死亡，换得了他的觉悟成仙，这其中的缘由，究竟是诗化了谁的杰作？

光阴像圣贤，蹲在历史的文化山口，抿嘴而笑。我却将双脚深深地陷进铁拐李的神道传诵中，泥泞着胶着的情愫。

许多时候，思想是很无辜的。它本是一个很独性的灵异，却时常被人为地强加进一些表面的感情，使它与人息息相关。有时，我感到我的日子在养活我的年轮，又觉得时间其实就是生命的销蚀剂，它无时无刻不在剥离着你与时月的依附，还不愿说出它在水一方的那种带有折磨使命的守望。

铁拐李的命运漂泊，流浪出一个神仙的缘化。而凡间尘世，我们每一个人，何尝不是一枚动荡的土尘呢。人生之路漫长又短暂，旅途中，一切的相遇，相知，相恋，皆是一种情缘。现实中，相伴相依的，不一定就真的在一起。生命的旅途，谁都会在行着行着之中，就遇到了一双眼睛，它在吵闹的红尘里，静穆地凝视，并且带着你的心，远离世俗。你见或者不见，它都会选择不离不弃。

这是怎样的一个美丽意外？这是啼血的杜鹃吗？它该不是早已站在我生命的肩头歌唱了千百年，还撕不碎我今世的爱恋。

人世的迷香离我很近，仿佛就在我的眼皮内。心里的佛灯很亲，一直就辉映着我脚步的壮美。

佛时常告诫人，说，不要有爱情，要有慈悲。我的灵魂老是面朝镜中的自己，认不出前生后往的模样。

不是我不想皈顺神灵，只因为我走不出神的目光所照耀的地方。所以，要在百般寂苦里挣扎，再托生。

岁月能使人的韶华褪尽，却苍凉不了人的情缘。灵魂把贵气的血液涤荡。总想在有限的时光里，寻一块温暖的地方，既能安抚战栗的爱恋，又能搁置文字的芳香。

情爱总是以它激越了数千年的图腾拓印在人的伤痛里。感情的问题，你说不清，他也道不明。不知道缘分是不是就像神道上铁拐李与葫芦头的亲近。

缘，被西方国家称为蝴蝶效应。我感到有点浅显了一些，与咱们本土的神文化相比较，西方的想象简直就是那种由粗野、低贱、俗不可耐的女人散发出的一种味道。

再不必问津，情缘的始在哪里；也不可再究，生命的终极是什么。

爱恋中，伴着两颗相似的灵魂，在生命的时空下，相望，化解记忆中最初的渴望。

心魂再也不必坐进季节的石头上哑然失笑，而是拥住生命的余韵，谛听远泊归来的情爱歌吟，在灵魂的愿里，醉眠……

生活是修行，也是迷痛

假如流传于人间的转世一说成为时空意念里的一处大景观，我期盼我的来世是亲近泥土的那棵树。上半身沐浴阳光，洒下阴凉；下半身扎进冰冷，在黑暗中捂热一地的光明。

做一棵树，即使不开花，也能把心事挂满枝头。季节里，站成阴阳两极的永恒。风霜雨雪中，不摇摆命运的喜与忧；月光下，静谧起期许的安详。

是树，就不再打听远处的丧钟在为谁敲想，也不去过问世上最伤神的爱情为谁痛。站立在尘土中，任生活的修行香韵了天苍野茫。

沉默，是一树繁多的美语。风掠过叶子时把战栗的幸福抖得凄迷哀婉。那种贱贱的香甜，是从城市的方向漫过来的钞票味，带着极端的物欲，若醒若醉地挂上梢头。

树影子摇曳着往事，让一次次的回首在鸟儿的细数间捧出当初的拥有。浸浸漫漫，潮涨潮落，露珠似泪水冲痛了往昔。循环轮回中，懂得了神的教诲，放手是拥有；明白了淡定原来是憧憬里最初的怀恋。

心如一只风筝，兜满了前生后往的迷离，使春风在眼眸里旋回。不管白天与黑夜，只把昼的光簇探讨；夜里的蝙蝠不流泪，却要将情爱痴叫成黑暗的心跳。

成长的旅途时常电闪雷鸣，树从不依靠，一直做脚下土地的贴心知己。春风曾渡着蝶儿蜂儿的秘密，在树梢头荡漾；还有执拗着生命的蚁群，爬行起了对生活的渴望。

随着树叶的坠落和诱发，生命中的飞禽虫蚋们也是不断地有上来和掉落的，不断地有始和终。于是，出现的，不出现了；记住的，成就了永恒。记忆的风铃在来与去之间唯美了光阴的容颜。对于树，记住的东西都是痛彻的东西。怎敢忘了，一路过来的磕磕绊绊曾踢伤过往来的遭遇；忘不了最初如女儿红般的岁月，是谁的利斧斫伤了水做的梦境？树把一蓬心酸的往事晾晒不干，泼一地清凉，斑驳一片想象。

思想自根茎处向上下两极穿越，即便倾其全部的生命，怎窥得见前世与今生的阴阳交错。

思和想是生命的惑，能生着活着本是个谜。不管是种子从天外飞来，还是秧苗被遗落在一方，总之，扎根了，发芽了。成为树，思想就要在地下和天空同时绽放。

一头承接天体的昭示，一方汲取地心的命理，把白与黑，暖和凉，光与暗一同嚼碎，深深体味，完成一世的承诺。

在上是天，日月星辰，风霜雨雪；在下是地，黑暗冰冷，苦闷挣扎，全是重大的担当。树不是一君之主，也不是自由之浪者，不可成为亘古，更不会在历史的厚重里捭阖。载重是树的宿命。前世，树肯定苦过、累过。土下，黑暗以黑暗的姿势凝视；空中以空虚对峙。

耕牛最懂得土地的厚道。牛尾巴的甩响，不仅仅抽痛的是村庄的记忆。田埂上，老农和牛成为亲弟兄，他们和村头上升起的炊烟一同挥发出映照自己的霞光。

树，穿越五千年的梦境才追到了今生的这一片土，尘世的篇章就这样在驻足间夜色一样泼下来，淹没了曾经的念想。耕牛临死前的眼泪，风化不了对土地的赤诚，牛再也不肯把白天咽下的屈辱在夜里反复咀嚼。

一朵月光是树顶绽起的安谧神态。爱天地道场，就像一珠露水融入另一滴露水。风摇落叶的年华，把晨光旖旎在岁月的心头，却让土地的思想丰润了牛的汗水。

迈开想象的步伐，溯回本初。原来，一直是定局，却也时常怀揣迷津。前世，撞痛了今生的期望。承载的树，就想让前世的喘息与今生的呼吸相融合。

爱的叶子墨绿，吹拂树龄的脉动，随一生的托付绽放在星星的梦呓里。

当世界正酣睡时，作为树，便想起了一个古老的爱情。当然，爱在今天，依然不失隆重的意蕴。思想爬行在转世的隧道口时，一凝神，爱带着上世的爱，把岁月的目光涅槃……

七夕的心跳

七夕前夜，静坐在心跳的门槛上，像迈不出生命道场的祥林嫂一样，让如豆的灯对着我凝视。打开农历七月初七，太多的伤感滴落了太多的泪，一把话语哽咽在心头。

默然，是一个人思想的圣贤，它引领灵异漫步在银河的想象里。牛郎织女的古老爱情，犹如一只在时空外缘飞翔的鸟，把华夏大地上的爱男恋女美好的期允鸣啭成情缘里的归宿，曼妙了天空的神秘。

七月初七，这是国人的爱情节，不是舶来品。也称作乞巧节。我沐浴在有着两千多年沉痛爱情的传说里，任时间在浸透我身体每个部位的同时，也将我的念想漂洗。

心灵很干净，纯如古刹的静穆。乞巧节，已从我生命的草丛里薅锄了翠绿，让我失却了韶华的曳动。但，我的情思依然苍翠欲滴。我经常会在烟雨霏霏的诗意季节里，被寺庙的钟声惊醒。

是那种恢宏的钟鸣，震撼了千年古代传说的心灵。你无法洞透民俗文化厚重的垒堡，就在这博深的人文景观历史面前，皈顺了所有的幻象。

华夏的璀璨文明史无疑是全人类最精髓的思考史。它浩大如苍穹，它是世间五味杂陈唯一精到的酿造库。

不知道今年的七夕节里，那群为爱情作美的鹊子鸟还会避开天庭的指令，重新连搭起一条渴念成金的相会桥梁么？

鹊鸟的可爱，完满了一年一次的相约使命，却把人间情爱的男女企盼，永恒地挂在了天际头。

俗烟里的故事，总是香熏着人们对美好的向往。上古时期的情缘，总是以低眉回想的姿势在尘间相遇。相思，在心头长出萋萋香草，把蚂蚱的情爱也染绿了一身。

那横亘在我们头顶的银河，怎就繁星了前世今生的缘分。那隔河相望的结果就肯定是注定么。牛郎织女的爱缘，究竟幸福了谁的祈愿，又凄婉了谁的定宿？

光阴在传说的怀里暧昧，把天地的梦靥别在意念的胸前。时月无痕，它只能把人的容颜褪色，再划出道道疤印，却无力刺伤人们对梦寐的追求。

文化的意想里有花朵的心情，花的记性里种过缘飞缘落的箴言。性情可以将天空扯下一片，写上两个恩爱的字——爱情。让梦依靠在幻想的门楣上，向屋子的中心靠拢。季节的好风引来了好鸟，在空中飞翔起人们对圆满的渴盼。

心许曾和所有的有情人相约，把爱和痛的凄美默允给苦难和寂寥。一年一次的约会，战栗了叶尖上的等待，星花们依偎在一起，意味悠长。

在这种景象下，已步入秋色年华里的我，透过时光的丛林，在那头又见到了小姑娘时的自己，正花朵一样从布满小花碎草的土路上走来，一直走进岁月的心跳里。

时空是空旷吗？它怎就湮灭了人的情思与爱恋。如果把时间和空间同时攥在爱情的手心，那人间还会有牛郎和织女的悲凉浸满人的心情么。

尘世无常，情常在。盲人点佛灯，不为自己看见，但求照出路人的脚步。小时的我，在乞巧节这一天里，将彩色的意向播撒草籽一样种植进我的仰望里。

这一夜，不为乞求到一双能扎花描朵的巧手，却要在女儿家粉红色的想象里把神圣的爱情渴求。

　　蛐蛐的灵叫，清亮了秋的韵道。我和姐妹们每人都装着对未来的憧憬，蹑手蹑脚地，大气儿不敢出地来到葡萄架下的水井边。唯恐惊扰了天上人间的好事。手抚着心里的默期，把藏了许久的秘密给了夜。

　　乞巧节是女儿们心跳的节。我们把一生的承运都托付在牛郎织女相会的夜晚。

　　夜风很多情，它抚娑着我们一群女儿娇柔的头。却不明白，谁在暗中把我们的簸动涂改了初始的色。

　　命运的棍棒很无情，打得女儿们四分五裂。曾经的葡萄藤，如今还翠绿着当年女儿家的心声吗？几十年的时间，拉得很长很远，生命的道上不时有被光阴的石头绊倒的身影。我们中的姐妹，有的走着喊着就不见了声息。队伍里，出去的出去了，进来的进来了。

　　这不是谁的错，也不究谁的过。在意想之外，我把生命已泥泞成七夕的诺言，把太高太厚的伤痛堆垒成一种祭祀，静静地独坐在七月的路口，掬起一怀的心事，健全一种情缘的心态，在牛郎和织女的银河里，把我丢失在尘间的那只童鞋打捞……

我退到神的跟前，等待

平时，总是一个人活在苦闷和孤独中。常常想起被自己糟蹋过的美好年华，就这样毫无价值地扔进了流年逝月的河道里。前望，两眼泪伤；后瞧，满目疮痍。时光，它疗伤不力，创伤更深。

当我又一次跌落进去往的河流时，光阴又开始在我心底制造绵长的疼痛来折磨我。从前以自己二十多个年轮做赌注，不但输了原本的追寻，还搭上了再也无法返身的韶华岁月。

人的生命到底能有几个二十余载的春夏秋冬，任我胡乱挥霍的。近万个白天黑夜，我像一只猫头鹰，一直把活在黑暗中的傻劲扛在夜的肩头。

曾经在下夜班的路上，一个人孤零零地行走。雪映黑暗，冷岑寂寥，我的心就在脚下咯吱咯吱的冰雪里结成了水凌棒。心很冷，好想有一个亲人的身影来陪我走过雪夜，走过寒冷，走过在心头滚动的惧怕。

盼望的泪眼迷蒙了黑暗里独行的失望。我多少次呼吸着冰凉的血气，让委屈和苦痛弥漫了我全部的生命。

我不知道经常一个人孤苦地行走在夜晚下班的途中，是为了什么。为了可怜地活着，还是仅仅为了这个肉体还能移动，而在自己的岁月里埋下了一枚讽刺人生的蛊？

风来时，我咬紧牙关艰难前行，脖子上套着一家人生活的车攀绳。雷劈头下来，我连躲闪的机会都不给自己留。暴雨迎面泼上，我却忘记了自己还是个女人身，不知道天性里本就是男人体内抽出的那根软筋。

那时候，活着，一个人独自撑持着，看起来坚韧又坚强，其实，那段时间是真正地死了。

我死得阒寂空旷，又密不透风。总希望着在孤寂害怕时会有一种声音来陪伴；总是在风雪夜里，把黑暗望穿，也等不来一句慰藉的话……

日子就这样在花开叶落的企盼中悄悄地溜走了，顺势还带走了我生命里永远无法唤回的年华。

如今，瘫坐在秋色满目的时光里，蓦然回首，惊恐地发现，原来固执地痴迷，却是连一缕风都抵不上的空洞，也枉然了拼尽全力的担负。

不清楚，是谁在我的命理中埋下了坚守的固执，还是自己太执拗，把责任当生命来扛负？

全然不拿生命当根本，只一味地求得女人应该担待起的妇道，要为家庭撑起一片天。却道是，枉费筋骨，空中逮星，伤了铅华，累了情缘。

如今，我目光呆痴，脚步缓慢。回望一路的血雨腥风，心灵失落得感觉自己就像被远古时期遗落在历史某个拐角的一个女人，浑身落满枯叶树屑，神情恍惚如风中一尾野鸡毛。

曾经在梦的黎明出发地，等待爱的芳香；曾经从寻梦的春季，把女儿红的彩蝶羽化；也曾经在幸福和痛苦同时注目的时刻，将心中的秘史缠绕在神的目光上……绚丽的梦幻牵不出一个女儿家浅陋的希冀，拉出来的却时常是堵了心跳的莫奈。

我是世上一粒漂浮的尘埃，到哪里去找落脚的点？想来世时，赤条条只带着生命，隐去时，连什么也无法带走。苦看短暂的人生，只有一路的过程才是实在地有过，我却连这个过程也不曾拥有。

我尽量地后退，一直退到神仙的跟前。风的泪水是它的心灵流淌。

此时，我不能哭，我怕我眼里会溢出血滴，把以往的苦痛烫伤。我要以决绝的方法，刺死自己，然后，在尘世静美的日子里等待。

等待转世而来的另一双手臂，为我，敞开怀抱。

生命像石头

当日子反复吟唱昨日的涡流时，人不知不觉间就在风尘中霜落了头。拧身回眺曾经的过往，无论是满河抖颤的落花，还是逐浪的踏步，都是人生已有的所在，留下的唯有沉淀的思索。

得感谢时光，它厚积在人身上的不仅是青丝换白发的蹉跎，那是人经历了伤痛之后，岁月馈赠的一份永不褪色的回忆呢。可不是么，人的银丝，直到生命的最终，再也不换另色，纯白地伴人走过奈何桥。白发一路闪烁，是满头的归真至纯和雪亮的他样宁静呢。

哪怕时光把人的岁月带向多么遥远，而人的情感却不受岁月的推扯，更加星光四溅，守望那一份所有的圣洁。

就像昨夜的石头，没人能看见它的泪滴。

正是三月春满时，虽不见满目的花红柳绿，却听到了来自心灵的声音，看不到花，似乎有花在开。几只鸟儿清亮的叫声，跌落了一冬的往事，使春的气息在土层下暗香着，把阴坡下旮旯里藏着的一坨瘦瘦的残雪，悄悄地消融了。消融了雪花出发时，少女般美好的幻想。尽管那团绒雪，积聚了整个冬季的希望，还是丢下了那挣扎的痛，濡湿了一路的梦中繁华，提前超度地消散了。就像人，远离了青春，在日与夜的更迭中，憔悴了容颜，却时常回味岁月的叮咛。

不为苦而哭泣，不为生命中的伤痛而悲哀，这就是年轮的给予。我独享着日月的恩赐，留一份可堪琢磨的回忆，在生命的旅途中温润路过时所有的遭遇。

曾经，我本是一只灌满了风尘的鸟，在茫茫苍苍的人世间恣意地飞翔，翅翼上的风速，就是浮尘的梦幻展示的花朵呢。为了追寻所谓看得见的幸福，在生命的伤痛中拼杀。最后，灼伤了拥有的岁月，割裂的是美好的幻想。这一路的跋涉很不容易，但那时却不会去揣摩生命的样子，只知道奔突跳跃，胡乱扑抓……

到头来，才明白，其实人想得到的只不过是自我折磨。

在扑抓的过程中，时间和空间从人的手指缝间滴漏下去了，留下的只有掌心紧握的物欲。这个无底洞，它能装进人生命的所有，哪还在乎你丢进洞口的个体青春。

回头远望，自古至今，人，一代代地被物欲推进到那个人极不情愿去的地方，一排排地归隐了，抛却给在世的人只有一个无奈的缺憾。而人，还是这样，只要一睁开眼，就开始你抢我夺，全然忘记了先辈们的生命哀伤。

生命本是一条充满艰辛的苦旅。人，来世不是自己的选择，但，认识自己却是你的本来。无论是风霜雨雪，还是沟壑纵横，浑厚的岁月会引领你奔上彩虹之路。

幸福其实是在人的心中。金钱和权势绑架不了幸福。

人保持一种内心的安宁，踏踏实实地生活，不要飞浮，不必胡乱扑抓，守着心灵的宁静与祥和，就实在了，就能够有心品读生命的过往；就能够悉心赏阅时光在山河树木间留下的璀璨足迹……

当时间在受难的时候，我们人能为它做点什么？

自私不是人共有的专利。岁月赐给人的恩典远远超出人的想象。天空的思绪，时常看到地上眼泪里的身影。所以，将春天里满枝的鹅黄嫩芽，一夜间变成一树的盼念。

于是，春的梦在枝头摇曳，撼动了季节深处对生命的无限感叹。

我将渐现银发的头伸进春的襟怀，在湿润的早晨，把自己朝觐成一块淡定、沉雅的石头，从此忘记了自己的年龄，像露珠一样，把透明的心灵挂在树叶上……

曾经的痛变得无色无味，生活的筛，细心地撒下每一个日日夜夜，在梨白、杏粉、桃红的花开季节里，走出一路的芳香。

从此，我知道了，低洼处氤渍出的绿草，要比高崖上怒放的花朵更富生命气象。阴暗处的争取，这条路因为圣洁，所以无比艰辛。

人流散了，圣洁还在。生命消逝了，石头还依旧。石头在人眼里是永恒的，人在石头心中只为一缕风。

更何况，手中抓握的钱财和权力。

前面有春风路过，一朵细碎的小兰花，晃悠着，把身旁一块石头的沧桑述说了出来。我在岁月深思的眼里，尽情淌泪，相互间用眼睛理解了眼睛。

此刻，我的灵魂像鸟儿一样，在巢和蓝天之间，俯视着人间的纷繁和仰望着高空的宁静。我无意期盼，而前边的那方石头，却把阳光映成了一面镜子，照一片温暖在我的身上……

所有的相遇都不是初见

世界的本真情愫一直就遵循着轮回的气田，那么人从睁开眼的第一次看到和遇见的都不会是首遇。总是在见到某一个人时，记忆中似乎在哪儿见过；总是到了某一个地方，仿佛曾经来过；总是在酣睡时有很遥远的事情到了梦里……万有的灵异都在人的周围迴回往复，唯独生命是真的没有途径可返回到从前。

纵观人的肉眼看不见的，那才是真正的辽阔，那片世界才是载起诺亚方舟的无垠海域，它泅渡生命的真在，也给予灵魂的安详。

从某种意义上说，其实，人的肉眼所见，皆是空无。在那仅仅是一管状的微小角落里，而人，就偏偏做了管窥领地里可怜的王者。

既然看不到身外的大千缤纷，也就无须定论一路的风景是否美好。眼之所撞，全是堵塞，人却视为至上的浩瀚。错落的本不是世界的无常，总是人的精神性质改变了一切前行的初衷。

人喜欢招摇，这不能怪罪春花的绚丽；张扬也成为人显示威武的靶子，持枪的手稳准狠，云影笑了，轻轻从人身上弋过。一只白蚂蚁在搬动超出本身数十倍的东西时，不仅仅是为了果腹，实在是与自赎的涅槃在呼应。

季风从身边一过，就丢下一支消殒的笛，人感觉不到，身下的沙却清楚。

人风驰电掣，在不知不觉间撞跌了光阴的一角，抓到手的华锦，却原来是生命的剥蚀武器。

　　谁把黎明当黄昏，人的欲望从来没时间观念，睡梦中还在呼唤权力和金钱的靓名。

　　时光总是以默默地缄口诅咒着人的欲念，纵横驰骋的身影，碰伤了岁月的面容，但无论如何，被改变的不是春夏秋冬，不是月亮和太阳，而是人的时空。

　　人一心一意要改造世界，被漠视的真理往往不在言谈中，静默的大山才是唯一的选择。

　　一滴水的灵魂对视着另一滴水，人类嗜杀掠夺的血腥，浸染不了南来的燕呢。一叶虫蚋的喊声，惊扰起人间王冠的辉煌，马的嘶鸣将成吉思汗的剽悍飞扬在人类历史的书典里。身后过来季风的梵语，慈祥了所有权力的禅释：可汗还只是那滴未挂上叶尖的晦露啊。

　　红尘的煌煌再高，只不过是岁月眼角的一点湿，人心洪荒，全在日月星辰的含笑中化为一股轻风。

　　天不说话，滔滔的美言在蓝色中璀璨了神话。誓师的结局往往是成与败的奇迹，而背靠在真谛大树上的影子，一直让人类的假戏真做。

　　历史的回环往复，胜者为王败者寇，文典里的故事有多少真实面孔出示的是真情所在。

　　文明的标尺不是度衡人的锦衣华彩，也不是丈量皇冠的金珠玉粒有多大，它是揣摩一个时代背后的信仰是否还温热着悲悯的情怀。

　　假如轮回的缄语捭阖天地的渊源，那么曾经的文史之蝶翩跹在山坡上的春花间，是否还记得史前人的倾诉。朝露暮烟里的人生，在牧童的鞭哨声中抽响水润与枯干的莫奈。岁月不嗤笑沧桑的面孔，只让经筒的轻吟把狂欢的高喊抚娑。

　　历史的真实面目不在文典书籍中，它一直就端坐在乌有的大殿内。

乌有浩瀚繁星点点，相遇的途中不碰人的因为，只觅光阴的所以。

相遇不是偶然，它是一个人，一个社会，乃至宇宙运行的规律。

一种遵循，它不是守旧，也不是教条，它是相遇的心跳完满了一个季度的膜拜。从此，碰见的路上没有了刮目相看，只有似曾相识。

世界就是你我他，人文的史献就旋转在人的心魂里。残暴是历史咬定的青山，周而复始；血腥堆起长城，那震撼城墙的孟姜女哭不出冤死的魂灵，让一个王朝拎起了另一个王朝的头颅……那么谁又把文字的血溅进了历史的心肺？……

循环不是旋转飞错了巢，那是人在轮回中把目光投歪了位置。

尘世中，你我他不可能齐肩并走，错落杂沓的脚步其实就从来没走出过自己最初的影子。在一轮红日升起前，时间霞光里的所有物什全裸露出了重逢的喜悦和悲怆。

却原来，我不是我，你也不是你；你中有我，我中有你。所有的相遇，不一定都是初见。

千朵花开皆是醉心的缘

在云起雾消的逝水流年面前，人生只不过是匆匆行走的一个过往。大千世界，芸芸众生，皆为旅人。有的走过风，越过雨，完成了四季的满结，有的在中途就停了脚步；还有的连季节的模样还没来得及瞧一眼，就急慌慌去了极乐世界。

这一切都不是人的本意。有绽放，就有陨落，生命自身就充满了凄迷。每一种生命体，既独立又普遍，各自都具备着个体特异的魅力。

千万朵花开，姿势各不同，梦幻也是千姿百态。蜂和蝶时常打探花的秘史，结果是花粉酿成了蜜，在蜂房里团成一屋的心事，把蜂王的权贵烦恼甜美得负起了殉道士的承载。蝶儿不是花，却让自己飞翔成花的美丽，在起起落落间缘还了曾经在做蛹时经受黑暗与冰冷的苦难。

万般叶片展开的是同一种绿色，但每片叶的经络所撑持的样态各不同。绿叶不在乎自己的命运，却在春季一直寻找着所应有的爱恋。

一切性灵的情愫其实早在光阴的某处等候。想谁，爱谁，萦回着一种甜美的伤痛。

柏拉图曾告诉世人，若爱，请深爱。生活需要人的诚实和实在，把自己悬在半空，上不上，下不下，是对生命体的过分摧残。回归大千世界，你活着，不需要远离红尘，让人性的光芒归隐自我。

生活中，有些真的东西错失了，永远不会再回来。就像流失的岁月，今天的时光晃过，一生中再也不会出现今天了。

我们的生活中有太多的无奈，每时每刻都在摇荡和变幻中摆动着我们的思想。佛告诫我们，世界本婆娑。我们在这个多变的空间要抓住什么，该放弃什么。

生命的四季很沉，它浮不起一行人生晃荡的诗。我们在夜色下飞行，不要追逐臆想的影子。静泊轮回，看今生的相逢，是否有如洪水时，神念为你漂来的那根救命木椽。如果水漂是直抵你的搭救，而你还一味地在反诘神的手牵在哪里，你就会在错失机缘里被悔恨湮灭。

生命的千媚百态，都弥漫着我的芬芳。人的十根指头伸出来还很不一致，粗细短长皆情致，各有各的韵律，全都含蓄着天道人道的爱意。

看不惯某个生命体，是人的修行不够。帝王将相的尊贵是一种人为的辉煌美；乞丐庶民，同样是天地之间所要思考的命题。对于所有生命，只要把悲悯情怀拍在心口，你就会呼吸着他们的呼吸，你就会满眼都盈溢着对生灵的尊重。

脱掉了世故的外衣，你的目光炯炯，能够穿透岁月的铜墙铁壁。你会从任何生命体上，发现特异的存有魅力。人性的美点在每个人身上芳香。

爱人，确实是一种辛苦；人爱，时常伴随着情缘。我吻去情殇的泪水，在惊异我的心时，把活出一个真实的自我嫣然成高山流水遇知音，在民俗里交流着烟火的感情。被时月驮着的那段往事，在情愫里艰难爬行。我不想让凌乱的云朵载满我追寻的凄美。童年已被岁月挑破，红颜在无往的错乱里老去。在依恋的灵魂厚重气息中，我还能在故土上女儿般望着戏蝶莞尔一笑。

我有个约定

苦乐年华，埋藏了伤痕累累的已往。我亲昵着所有的生命，把怅然了自己错投的情感缠绕在日月的腰间，让那种珍贵的怀揣固守成相遇相识相逢的热爱，看千般生灵姹紫嫣红，摇落岁月一地斑驳……

总是读不懂黑夜的黑，总是看不清白昼的白，一个梦，摇不醒蝶飞蝶落的前世和今生。回望在来时的途中，我的渴望在血管里冲荡。花开的声音，疼痛了一地的心伤，凋零的还是人沉思的那挂鸣响过的炮仗。

想要明辨这俗间的黑与白，我的思绪常常电闪雷鸣，不是漂泊大雨，就是山洪翻滚。不知道尘世里的香韵，醉了谁的心，慰藉了谁的魂。

没有人告诉过我，什么是天长地久成埃尘，时常，我把苍凉的岁月当葱茏，用心聆听神仙路上的声音。

少女的时候，曾经把白马王子捂在梦的心口上，像母鸡孵化，以期用最滚烫的体温，感动头顶的时空。美好的想象孕育着痛楚的幸福，在企望里，等待着生命里能穿的那双鞋。

一心寄希望于未来，却在种种憧憬里愈陷愈深，不仅湮灭了双腿，以至将要埋没了胸口。

死时的梦醒，是一种怎样的悲悯情怀？我将自己的年华当一片破布，随意地扔给风雨飘摇的岁月。风中，那声喊，叫时光一悸，这才遗落了物什似的，把我来打量。

我总感觉有一双眼睛在俯瞰着我，它静观曾经徘徊不定的我的心思，期待着我丢下尘埃。我在日盛月衰的时月里奔波，寻觅，忘记了烟雨之国里帝王服饰上佩嵌的明珠，曾经映亮了儿时的全部生命。我重背着来自现实生活的巨石，弯着腰，还把错爱当宝剑。

怎就一窍不通误了大半生的时间，我一手握着年华，一手攥着自欺欺人的幸福，暗紫色的情感黑了我一世的无法挽回。

褪去铅华，秋已至，我静坐在日月的光华尽头，无以言对，痴傻了所有的企念。

如果按照佛文化的思想，那轮回之缘，我只得呆若木鸡，任目光在前尘狭长而又宽泛的隧道里穿梭，去寻找那缘结的点石。

早已过了做梦的年龄，却一直未醒，想要和神灵进行一次亲切的交融。

爱的错落，荒芜了我的光阴；这是自己搬起石头砸了自己的脚，还是前世误结的缘？暗夜给了我黑的色调，我却要在黑色中寻找亮光。悖逆的生命性情，是谁许给我的今生，让我把一世的全部代价倾倒在无往的途中。

孤独时，我很无助，很无望，眼里汪实了千年的蛊，无力坠落。

总是像闷着头曳犁的牛，虽没被蒙了眼，却只盯着足下的泥土。从来不招惹那自由自性的云彩，却在身后的脚窝里把早霞和晚晖搂抱。

时间打磨人的青春，我的灵魂依然苍翠蓊郁。那沉在心底的一块痛，时常探出手臂，扶住季风，唤来蜂拥的文字，憩息上我喊神的枝头，等待鸣啭。

文字总是以它亲昵的父爱，抚摸我的嗅觉，我时常闻得出它们身上特异的气味。仿佛造字的始祖仓颉以麻绳记事做字的清香，一瞬间穿越了五千年的时空，在我的潜意识里歌唱。

我怀揣感激，恩爱着我的文字。却原来，痴傻，是为了等待与这些精灵们的相遇。

不是我认识了文字，是文字看清了我。几十载的春花秋月，血中蹚，火里爬，养着已有的疼，到头来缘了宿里的运。

谁言，要扼住命运的咽喉，只怕是命运要掐了人的脖子。

爱是一座发光的坟茔，它葬埋着生命的心酸。岁月默默，而爱依然在土堆上狂歌。

人生的牵手和分手总把明艳的伤痛握在指间。一切的过往，全是因了生命四季的风鸣。既然托生为人，注定一世的飘零不定。

你不是树，也不是草，长着一双会走动的脚，无根却能活，能奔却不可飞。说你是灵长类动物，其实，爱与被爱，也全在你之外的掌握。

人的肉身，说穿了，只不过是神灵智慧的实验物。

前因也罢，后果也是，人把握的不是自己，只能是猪鸭狗羊的性命。

生物链的因果，一投进苍穹的历史深潭，溅起的水花，雾湿了人类的诠释，心跳了岁月的沧桑。

看今朝，谁主沉浮？一个王朝的盛盛衰衰，幻起幻落，是不允许四季存在有哭声的。更何况单独人的个体，你只不过是莽海漠林间一丝微妙的拂动，怎由得你来说朝夕。

思来想往，原来是时间的称帝，把乞民和王子同等地请进了陨逝。

光阴洞穿了自己的灵魂，我把黑暗坐到夜深处，带着自己怪异的卑微和高贵，邀上白日的星和夜间的太阳，与众神相约。相信，有林梢的清风，就会有鸟的歌鸣……

伞下，安宁着我的灵魂

秋天一到，天空高远的样子，让我想起天府权柄的灵异音韵。于是，看头顶的白云，像是淡定了前世的轮回，把遥远的儿歌记忆从祖母的棉花田里飘弋到眼前。一枚思念在秋天的季节里弯腰成一种境界，进入到收割的田野，轻吟心路的绵延。

这个时节的雨，已不是春天的那种热情浪漫，虽然都是一副霏霏靡靡的神态，但秋雨显得沉稳冷静，不再寻找命运轨迹的泰然释然。缠绵的倾诉全然交由宿理去引领。

像步入中年的人，已然与惊恐的战栗远离。迈出的双脚把空洞穿透，品读秋雨的烟尘。这时，我把我的躯体摞进水雾般的音乐池里，让天之仙韵将我漂起来，浮游成一道绝尘的因果，使心灵与秋季的牵手和互望成就一段爱的渊源。

有时，人走着走着，真需要停歇一下。生命是幻觉，时光圆满了催老的使命。

再微小的一粒尘，落进滚滚凡世，满身都充满了奇谜。出世，是缘的一枝风情；入世，是缘分成就的景色。一生一世，从你身边掠过的人影幢幢，像雾里看花；甚至有人还拉过你的臂，你却永远不认识；而有的，仅一句轻微的话语，却成了你永世的重大。缘分，就是那无人抚娑的转经筒，让你思念浩瀚的缝隙，去寻找你万年前跟跄的身影。

夜晚，总是守候着内心深处亘古的宁静。我在这安谧的秋之获里，等待我生命搜寻的慈祥。不为祈祷来世的春风花开，只为细数还有的救赎。

我不是雨夜里掌灯的僧人，面对日夜陪伴我的冷漠，我每晚搂着落寞静听屋外夜鸟爱情的呢喃，我把那声音凝视成啼血的子规，在灵魂的凤里，吼喊一个远古的凄凉。心，推开冬季，爱，还依然大雪纷飞。

命运的车辇已然轧烂了我草丰花艳的往事，本来，我无力回望曾经的痛苦，那汪实在倾诉里的血与泪，搅和到了一起，汩汩，殷红，蹒跚于几世纪前的沼泽地。而我的心灯照旧映亮了神往的坦途。

人生既然是开眼闭眼的一个过程，何必还要把那黑白交错去缱绻。佛认为，刹那就是永恒。寄存在红尘，谁能将自我勘破。我原是尘间不起眼的小卑微，却缘何要使命运总声泪俱下，吼叫着转世前的空穴。

既然是刹那成就了静默，我却为何再把夜的信仰瞭望。庄严不是生死涅槃，我只想摇着月亮船，划向众神相约的海岸。

石头拯救的是岁月的温暖，而我却在滚滚红尘冰冷了情爱的足心。血里水里地穿梭，不是要见证命运赐给的忧伤，几番轮回，生命的沉重把我从女儿红的花开，一下子推进秋的沧桑。这中途的挣扎，是要血肉共建冰与火的旷世宣言吗。

我前世的光阴翘首期盼。我如同追蝶的顽童，在日月的深邃嬉耍、飞舞，忘记了季节的转世决绝。蓦然回首时，我满目的黑白世界，已辨不出黎明和黄昏的霞光是衰老了谁的青春年少。

我追逐蝴蝶的岁月烂漫香飘，在季节的蕴存尽头，有我不熟悉的古人，他弯腰捡拾我生命中所有的努力，把历史的花瓣一页一页启开，让四季的风笑出了声：却原来撑持着天地的盘古，也还是一粒未睡灵醒的夜露，错向混沌要清澈。

时光潋滟，我只想在这背后找一朦胧的寸地，好让自己安宁地沉淀往昔的记忆。灵魂撑开的伞柄，交由天堂的神手执掌，我在伞下抚慰我长满了青草的苦泪……

灵魂和现实是陌路

不知道古代的天堂和现今的天堂有什么差异，只清楚岁月的意念之外，人把生命的目光漂泊成了一道秋色的清凉。沉稳地坐进年轮的凉爽之季，细数已然的过往，看灵魂和现实的距离，你一下空漏了一生的追忆。

季节的轮转只是一种注定，那绵情深重的花草记起绽放的声音，是不是爱的禅诗在缱绻天地的轮回？白昼若是天庭推开的门扉，那么夜晚就是苍天闭合的箴言。

在尘世的洪荒里摆渡，水域的波痕掀开我迷茫无助的追求，把掌心里紧攥的那枚窨捂出了记忆的汗腥。凡俗间的风，带来红，带来黑，心灵却在异乡的河里，漂洗着自己的人生讥讽，漂洗着追梦的纯真。

如果明白了岁月的苍凉是因为大爱的结果，人活在现实中，用淙缓的心思一次次地回眸，让指甲开花，对着东方母亲树上的蝉鸣，看生活中的理解，其实是世上最难理解的词汇。

想牛郎和织女的情爱，这种坚守和凝望，无论是天涯或海角，透彻了心底最初的诺言。还有梁山伯与祝英台，即便是化作蝴蝶飞舞，也要相依相随翩跹到冬季。

掠过头顶的相思，凝望佝偻了腰身的爱情，让人不由得生发悲悯之心。爱情从古时一路下来，纯粹的至真，曾使多少情男恋女为它的高贵而殉道。爱情的双瞳曾深邃着无穷的等候，爱到地老天荒，爱到光阴飘拂起白鬈。

等候，是静美，是爱情灵魂的静穆搀扶。人把思念望弯了月光，让岁月瘦了脸颊，却不改相爱的初衷。

一朵浪花可以走远，爱人的心和被爱的情时常可以穿透轮回的诺言。把爱的追索裸开，人世间就会绚烂起天籁般的灵音。

无语的灵魂，优雅着别一片的花开。牛郎织女，梁山伯与祝英台的传奇在红枫林上面扑簌着曾经的滚烫的情缘。

草捧一掬心事，在秋风萧瑟中似醒若醉。季候和想象拥抱，让现实背面的神谕绞痛了月的光辉。

水捧不上从泉眼飞起的水雾，爱情的高洁追不到当今人们灵魂里的物念渴求。不必拷问一滴水的飘扬，为什么会让湖忆起。心喊痛指尖上的鸟鸣，把尘世的空洞来填补。

情爱从上古走来，走到今天的路口，累了，倦了，它闭起双眼看今朝，睁开眸子望自己。

灵魂和现实的路相距太遥远，漫长得犹如天堂与地狱的间隔。白天的白永远赶不上黑夜的黑，就像太阳和月亮不相谋面。

生活是一种境界，你把心浴火涅槃成凤凰，一滴泪也是古刹门前松柏上挂的禅珠莹光。

让自己在现实生活中回味人生的仓促，把抵达灵魂的情愫呢喃，融入尘土。

本就生来人世，是一粒微小的尘埃，却时常要把灵魂的芳菲去典雅生活的艺苑。不是自寻痛苦，自找情愫的憔悴，谁还能在混沌之中打捞起一枚洁白的记忆呢。

现实对爱情是一种无奈的冷嘲热讽，在时光的斑驳里沉淀冷凝，让心灵的荒漠吐纳浊意，把累极了的枯黄灵魂喊绿，从此不再远离。

于是，袅娜的梵音从远处徐缓而起，带着信仰中最初的一只夜莺，皈依与灵魂的相约。

窗外的那片绿叶，让你耗完了整个季节

轻轻地，我坐进时光的悄然里，把静穆中的回忆爱抚。像佛指拂动我的头发，本来很苍绿悲惨的命运经历，一下子犹如水中的月光，柔软了曾经的过往。

猴子和人到底有没有血缘关系？还是因为相像，就要扯上一些基因的东西来搪塞自己的本源。猴子捞月亮的寓言，美妙了几多童稚的心灵，也烂漫了人们对天宫的企恋。

回味自己的人生，觉得自己何尝不是那水里捞月亮的猴相呢。水漾开涟漪，叽哝着我追寻的讽刺。水动月散，正像我一直以来在尘世散开致命想象。

月儿随水波四面逃窜，猴子愕然；我却在现实生活的尽头，惆怅了所有的向往。我一头雾水，茫然失措，惊惧的程度比猴子更甚一层。

少女时搁置在生命圣殿里的白马王子，他不是供奉的至尊，是生活烟雨里能够在风霜雨雪袭来时，为自己扯一片遮挡的雨布；总以为，心内的这个依靠，是一棵树，是一爿亭；累时，可以歇一下；苦时，可以情浓地啜泣一场……

当时间让我讥笑自己当初的企望时，连我自己也傻呆了。我背负着生活压在肩头的黑夜，一个人孤零零地，夜行驴一样，踏着暗中的墨道，艰难地前行。夜的旷达，容不下一个女人细丝般的渴求。挣着命也要把责任当作一世的无往去顶起。

什么起初的白马王子，其实就是一种臆想。生活中连一片云都盼不来，还渴望会有一场淋漓的大雨么？

没有盼到遮水挡雨的那把伞，我将自己当作了雨伞，心念里的绿色小鸟得不到小憩的树枝，它的本能还要凄美了天空的鸣啭。

我不知道生前为谁漂泊，生后却要苦惨了生命的过程。我没有想要尘世的荣华富贵，只想平平淡淡过一个平常的日子。可为何仅这么一点可怜的愿望，还要让人磨破了血肉，再露出骨茬来换取？

活着，真的就这么苦难。白马王子的诗意缱绻，只能是生命中一颗可望而不可即的美好意念吗？

我时常徘徊在生命的边缘，谛听回往一路的泣诉。那满天的星花，是几千年前我就许下的诺言吗，注定要成为我今世悬在命运太宫欲落未坠的悲凉照耀。

说不清，活着为谁累；也不知道，生来图取什么。人生的一番轮回，究竟威风了谁的典故，我却要跻身其中枉然了一粒尘土的投胎。

荒颓了青春年华，只把心的碎裂捧起。虚度半生风月，情牵还依然沉醉在白马王子的恍惚里。

从来不曾把性命系在心头，却要凝视着情缘里的芳菲渴望着清香散发。

是痴人说梦吗？年龄引领我逐渐老去，而心结里的一坡岚气还照旧氤氲着一份野花的妩媚。

　　朦胧的美，才是最疼痛的美，爱到深处时，那番曾经的灵醒也沉迷了醉里馨香。

　　追赶的脚步不想再急骤，命宿的情缘来时默默，去时悄悄，只是不要再雷鸣了生命的过往。

　　本来，就够苦够累的了，何必再要多一份牵肠挂肚。

　　一场无奈的人生过程，在不经意间从人的目光下溜走了，很快成为尘土，融入泥，汇进风，连尘世的一声狗叫也带不走。

　　情殇时，我学会了掰着指头清点自己的罪，在问责里幡然醒悟，竟然美味了一生一世的牵手。

　　在掩蔽了情缘的心扉时，我不再嘲笑自己的追索，把爱神的清高在眉结打成一只蝴蝶花，不能翩跹，也要妖娆了天地的秘史。

　　情爱本就不方不圆，不高不低，是一种无奈的释怀，它没有世道的一切规律而言。你缥缈着索想，它荒芜了人的心痛。

　　融入不到四大皆空的境地，我把禅叶当作生命窗外一片美丽的翠绿，在这里我要献完一生一世的全部季节。

知了一声起，滑落了夏的时日

民间有言"知了叫唤精咣咣，快给光棍娶婆娘"。这俗语乍听起来就像刚出土的兵马俑，浑身浸透了黄土的风情，在穿越了几千年历史厚重的时光里，披了件百姓生活的铠甲，有种别样烟火思索的韵味。

知了叫声一起，夏的时日在阵阵秋风里倏地滑落。天凉好个秋。游荡在尘世间没能找到自己生活另一半的光棍们，在凉风冬将至的时节，谁来为他们缝做遮寒的棉衣？在隆冬之际，婆娘就是光棍们一世最暖心的一个喊呢。

秦川大地自古以来水土硬，叫出的名字也掷地有声。婆娘，这是对家中女人最硬朗的称谓。这个名称，能在洪荒的岁月里漂浮起一座雄浑的兵马俑大阵，也能顶出华夏大地一部庄严的文明史。

摇晃在人世间的光棍，生命里被谁打残了宿运中的另一面？在他们的眼里，你望不见爱情的影子，说不清是这人之常情的情缘让哪只不谙人间五味的脚踩伤了隐匿，注定他们要孤零零独守今生一盏忽闪的幽灯。

有男有女相绞缠，阴阳互动才是天地的命理。男为阳，女是阴，像白天和夜晚，如月亮与太阳一样合情。阴，可以是影子，也能够成为阳光的全部支撑。

知了的一声叫嚷，唤醒了尘间的俗烟。千年古代的生活，烟熏了人世的呛味炎凉，也企望出了人们对残缺命运的悲悯情怀。

唤叫秋凉的知了虫，很懂得人间的常情，在人们赋予了它很神圣的人文关怀里，这只虫不辱使命，把季节的阵痛喊彻了天空。

本是身为虫，却要长出一对透亮的翅膀。谁能猜透知了在炎炎夏日、土层里，与黑暗、苦闷、封闭进行争斗时的蜕变过程，就是它生命挣扎，拼搏，寻求命运合理的一个过程呢。

知了不是鸟，还要将秋到人间的凉意挂上树梢头。

树叶在蝉鸣下老了青翠。夏季一听到知了的喊叫迅速隐藏起了曾经的热闹，不为谁的绚烂，却要回应这虫声的警告。

隐去，是剥离，是伤痛。但，季风没有足够的修行耐力，在蝉声起处，立刻凉快了每天的早晨和夜晚。

人的生命时常伴随着季节的隆重而摇摆。往生的四季原来也如这气候一样，在短暂又远涉的旅程面前，把时光斑驳，苍凉了宿命里的异想，渐渐地厚重了高空与大地天荒的箴言。

尘世的事很贴近又很遥远，常常让你无所适从。我在蝉声的压抑下，找不到一个合适的座位安身。茫然四顾间，空蒙了一生的企念。

时间牵住我的手走过春，越出夏，把我带向光棍需要婆娘的凉秋之季。让日落月起的时空在目光上游走，漂洗出我大半生的过往。原来生命一直都没在自己的心上休憩过一刻的，过多的拼搏全泡烂在无往的迷离中。

不曾看到过花开的声响，春天却一直在心幡上猎猎飞扬。天空含笑的云朵，不是自己曾经想要的情缘，它太恍惚，太贪恋头顶的飘弋。

泪，从思索里涌出，哽咽了满喉的追求。初始的理想，像倦鸟，再也飞腾不起美妙向往的婉约。回望来时的路，一程凄凉，一袭秋寒。

高空上，那知了虫的叫喊，在我的人生过往中飘拂起苦涩的微笑。秋风像河流，正当，透明又缠绵，也像爱情和祈祷。我无法走出自己，却要与自己进行一场私密的交谈。

　　把情爱的飘带随风就枝，错抛了注目，绞痛的心伤像花瓣脱落时的无助，只有到了靠近地面的一刹，徒然在心头凝视出一张坚实的禅床。

　　从此，我把内心的那个纠清空，即使无力抵达真爱的彼岸，也要存一颗上等的心，很率性地把释怀思念。然后，挽起秋的蝉鸣，在红尘之外，静候……

爱的花朵错落了谁的枝头

　　人常说岁月无痕，岂不知，时光是世界上最锐利的器械，它从空中飞来时，让你猝不及防。即便是在喧嚣的凡俗间摸爬滚打，也能听见它的声音。我经常把时间捧在手中，看它花开的姿态，聆听来自它内心的一把心事。

　　如果将一个生命贯穿于无限的时光，让他行走到宇宙之外，那里的空间会是什么样子？在那个缥缈的世界里，爱情也是凄美着一个苦涩的纠结么？

　　很多时候，很多人，在短暂的一生一世的时间里，从相遇，相知，到相爱，真正的是撞见了爱情，却无法真正地拥有过。爱情有时像雾，飘拂成神化的衣袂，凝重的虔诚把追寻点亮。爱情常常也如水，把雾和水的情缘亲近了婉约的滋味。

　　流浪的情感漂泊在生命之外的河流，水花通常在夜间哭弯了头顶的月亮。

　　人能翻过山，涉过水，却走不出相爱的缘分。

爱的目光被哀婉拴住了手脚，默许的苦难与纠结让人溺进海底做了那条淌泪的鱼。本来，是鱼，就不该想象天空的色彩，可偏偏，头顶的霞光经常来到水里沐浴，梳妆打扮；还有夜间的星星和月亮，对着河镜照自己，把满腹的愿望凝视成鱼儿的向往，最终搅碎了遨游的信仰。

每个人一生都有属于自己的一庭小院，里边全是爱情的细花碎草。生命来过，却不曾在这里闲憩。

相爱不能相伴，这似乎是世间一个很极端的心结。

远望不能相牵的爱缘，心头的苦衷只能在岁月的钟摆声里听石头花开的声音。在众生的山坡头，让凄凉倚在风口，静候山神的福音。

人人都忘不了最始的凝眸，目光透过时间的夜空，把星星的烂漫清数。一路过来，忘记与拾起交错，依稀还有年少时可爱的怀想。但，当人的情愫一手漏掉了时月的蛊流，另一只手再打捞爱情时，竟茫然了记忆的心声。

季节从不眷顾命运的随意，人却在季风里消殒了年华。这时，生命里一次次回首的沉重已淹没了心头的泪水。

一滴泪握住另一滴泪的悲怆，在夜的神秘下，刹那间绚亮了消逝的禅花。

时空的意念里携手着心底原始的期盼。尘土里的安详永远兜不起风景中的飞扬。爱情被流放在旷野里，把过去的期盼摁进风的心脏。

爱的神祇，这是人一生可依附的圣殿。木鱼脆声，催生了人世的无常。佛说，四大皆空。爱情一直都是实实在在地存储在人的渴望里。身躯易被岁月吞咽，爱的注目里绽放亘古的永恒。

撕开年龄，爱伴着星星的话语盛开在前世今生的坟茔地上。

转世的力量是注定的。爱抱着前生的爱，就像抱住了一个婴儿般，满心拥住了整个世界的美好。

佛喜欢教人放下。大部分时候，人能丢弃所有的荣华富贵，却要把情爱坚守成一世的凄清。

人无力握住自己的生命，还要在悲惨的命运面前牢牢牵住爱的缰绳不放。

梦的歌谣醉不倒天堂的花酒。长时间的凝视爱情，你会发现它简直就是生命的尴尬。

不知道爱情是不是情缘犁进生命里最痛苦体验的第一铧，犁沟里本就渊源着一片圣洁的哀伤。

不期而遇的相恋，任冗长的沧桑在情缘的企盼里斑白了鬓发。

岁月的风中飘扬的经幡啊，像原野上驰骋的骏马，驮负不了千年的等待和守候，一任爱的箴言摇曳起天地间的秘籍。

爱的诗境到底和现实的距离有多远？被痛苦绑架的幸福曾经以怎样的毒性浸漫了生命。

爱的花朵一旦错落了枝头，就只有在哭泣的坠落面前，倾听时光的感慨。

与前世的时光，看庭前花开花落

一场秋雨一场寒，这句从民俗文化的古堡里一路穿梭过来的谚语，总是满目透亮着天文朦胧的诗意，来击穿苍穹的奥秘。秋，一贯是牵手凉爽与收获的心意，可当雨水将它那高贵的头点进大地时，滚烫的泥土骤然乖凉了下来。尘土最能读懂天水的信仰。

凉快了，季节点醒了人的思索。萧瑟合着秋天的沧桑，把千年古代的石头的心声打探，就像蝴蝶翩跹花草的梦呓。而人，一旦带着岁月的苍凉，凝眸白驹过隙般的曾经，人还能诠释石头花开的声音吗。

经历过风，也在电闪雷鸣的雨季淋漓过所有的伤痛。不是为自己，也无须为别人，懵懵懂懂地让自己的年华血肉模糊。我从来不怕担当，不会因为付出了几多光阴，让惋惜暗中啜泣。一旦还原了生命的本真，我会慷慨我的全部。

秋季的凝重和透彻，总是让人的心花一层一层地剥开。心底的那枚缘情，会在时空的亘古经幡上随风飘扬。我的追寻，以季风的姿态，向我的灵魂妩媚献艳。秋的季节，我获取的只能是迟来的缘分那深沉的疼。

曾经为担一己任，用生命扛着一份责任。我知道，即使这样，也换不来命运安排下缺失的遗憾。装满心目的泪，也许是我两千年前轮回的报恩，只能在今世的生活苦闷中以血的鲜红渗出。

孤寂的凝视劈不开转世的秘籍，泪水挑不动缘里的白天和黑夜。我动用了大半生的光阴来跪拜冷落的脚印，痴傻了生命的嘲讽，把人生的看点飘落成一地的落叶和雪飞。

从不在已经的过往里捡拾生命的给予，只孤苦了情缘中独舞的那只鹤。

滚滚红尘，我是一缕无足轻重的风，是风中墙角那棵不起眼的小草，吸嗅着人间烟火的绵绵歌谣长成，却为何还要凝望土墙上的壁虎把那腾云潜海的蛟龙来想象。

无人抚慰的孤独，凄苦着令人心碎的容颜。夜夜我枕着自己的追索把黑暗的光明搜寻。如果把被冷落视为一种姿态，我的生命还要等待一万年的宁静来守望。

风中悬挂了无数的爱，热闹隆重，臆想中的梦也繁花似锦。我在转经筒的虔诚里翘首期盼，那打马的身影已不再遥远。

心魂蹒跚于期望的中世纪的恢宏，就像黄河的咆哮，宽泛，广博，到了中游，徒然就一壶收了。一头跌进万丈深渊，不是为了歇息，而是腾起黄雾千尺。于是，那满河的风云在壶口这个地方，一声狂吼，把雄浑的气势一把抓起，倒挂出亿万年的黄色感叹。

巨龙腾空而起，那跌宕的壶口，猛地扎下又一跃升空，就是那禅悟的菩提呢。不为修炼，只为醒世。

原来，那翱翔的蛟龙也和壁虎一样，有着各自的紧箍咒。

大和小是苍茫里的相对，同时又是相通的。尘世的三五九等，与灵魂的问路互不相干。秋水叩响的是大地的言说，人的心灵一直彳亍于苦不堪言的外缘，宣誓一个季节夜晚的诉讼。

秋雨打湿了我的日月，淋透了我剪断的那节回眸时光。我的生命拒绝自己去驮回曾经的过往，只在雨水的晶莹下，照彻求索的影子。

往事逶迤，我用文字抚摸天地的心魂，捂住心头那不时渗出的冰凉，对着高空，双手合十，与前世的时光一起，看庭前花开花落。

梦和现实之间缠绵着一种凄美

　　雨季时常会打湿我的悲悯情怀，我在想象，水离开云朵时凄凉的心情。当雨滴以决绝的姿态，纵身一跃，跳下尘世的一瞬，它的眼泪是否和血一样珍贵！

　　如果，人生只是一滴雨一样是一个惨淡的轮回，那么一世的寻找和追逐到底丰盛了谁的宴席。

　　生命从呱呱坠地的那一刻起，就凝结了天地运道里一个难解的注目。儿时的快乐是单纯恩赐的圣水，点滴着简单富美的日子，看云，是慈祥的佛祖；望鸟，是欢喜的天使；花草虫鱼在洁净的心堂里，就是天庭里善美的宠幸呢。童年的梦，甜美着风雨沧桑的光阴的脚步。儿时的童谣，像云又似雾，遥远着时空的纯真，把穹窿之间的秘籍全倒挂在简洁而嘹亮的星空下了。

　　幼小是人一生的天堂，里面坐着佛。但，不是四大皆空，而是美妙的心灵洁净了世俗的所有污浊。

　　渐渐地，肉体在长大，纯洁的意念在缩小。膨胀的欲望撑得躯体惶惶然，东奔西走，流落异乡。曾经的梦幻经受着与肉身的苦难剥离。身影已走远，梦还一步三回头地不断张望。

　　梦怀揣着别离的痛楚，把苦涩的心愿飘拂在季节的苍凉上，等候。

　　不是古人的史记误导了今世的俗风，而是红尘的谎言太真实。人把自己套进一个恍惚的影子里，对自己说着连自己的影子也不会相信的话。但，这些语言却能叫自己一辈子犯迷。

空洞是尘世永远甩不掉的陪伴。人生玩味虚幻，最终被虚无玩完。

站在凡俗之上，满眼是匆匆的旅人，在尘间追赶着茫然的华锦。有的背着物债，有的扛着情累，皆一副苦行僧的形迹。茫茫人海，荒芜了内在的家园。急促的步履，在世间腾起灰土弥漫，遮掩了童谣神圣的箴言，压弯了心头转世前那柄静美的月光。

忽一日，停下不会飞的翅膀时，已不是欲念里的阻止，而是被时月折了再振动的能力。

趴倒进光阴的泥淖里，这才被死亡呼唤出了灵醒。顿然的开悟，常常是在离开这个美好世界时那最后一缕呼吸的气息。

尘世的虚晃孤独着夜莺的双眸，目光横空扫过王室的辉煌，却见那灯火阑珊处一派空旷。但求背阴的地方，石头在悄悄地开放。

莎美乐是德国的明眼人，他就说："人生中最微不足道的东西可能被证明是难以消除的，而那些最壮观、最成功的东西，才是视而不见，见而不全的。"高处的花朵虽然招摇风姿，低洼的那朵常常感悟出静穆的壮美。

世俗的烟尘迷人又浓烈，滚烫着凄凉与悲怆。我在近半个世纪的人生踉跄里，尝尽了人间凄风苦雨的滋味。明明知道是尘世的一个小卑微，却时常要向时空喊真情。

也许缘于自己错投给红尘中那股希望的清泉，结果不但被截流，还污浊了曾经的透明。内心的悔恨晶莹不了逝去的年月，我却误把小雀当天鹅。

不是俗念里的痴傻，便是凡尘的雾气太浓厚，让我一头扎进去，就折断了梦想的翅翼。

心的孤寂带着滴血的翅膀，无声地飞翔。飞过岁月的坟地，飞过史前的纯粹，掠进我的生活。渴求的指尖渗出荒凉，把追逐的那只蝶梦掩埋，让它在佛语禅心里扑扇出一朵清香，守望那泥土上一地的谷黄。

从此，我不再追问史料里人的情感成分。人俗里，我学不会的东西，我永远不想再学。失去的是轻风，不要找回。在屡次的绝望里，我默默祈祷，不为求来生，也不是为此时，只企念那爱的缘愿有彩虹飞起。

时间是挖坑的葬者，它的泪光是另一种救助。我牵住一晚的月亮，就牵住了旋转的人生。躬身细点过往的轮回，我品咂着现实和梦幻之间的凄美，在缘深缘浅的回环中，一扭身，抵达到一个传说真理芬芳的宅院……

学会爱一个人

写文章，是一种很个体的事情，每一个文字都是一种生命体态的呐吐，它是一滴一滴滴落的血！是生命无奈的呐喊！是从血泪里淌出的诉求。文学是只关注人内心世界的孤苦者，每一个文字都是独立思考啼出的痛骨玫瑰。什么时候让文学学会了市场的运筹，民族精神也就走进了死亡！

"生存还是毁灭，这是个问题。"莎士比亚曾在他的个体灵魂里无数次地闷声自问。

如果一个时期要以权势和物质财富引领灵魂的崇尚，不知道这是文学的悲哀，还是世事在灭顶。

一个人的成功仅仅用权柄和金钱来衡量，那么，人只能是现实的奴仆。

活得好与不好，精彩与否，要看人一生善待过多少生命，还有多少人和事在记忆中芬芳你的容颜。

风一转身碰撞了自己前世的诺言，诗化了天际头的静默。苍穹的沉稳、矜持，永远像严父，教化着鸟的婉转。我看不懂尘间的市场硝烟，错把创痛当爱恋。然，白色的云朵很撩人，那黑的云彩也不会因此改了自己的颜色。

暮秋的时节总令人安静。往昔岁月对于我显得抽象又苍茫。命运掌心的那个窘，错误了本该的向往，一直把希望高擎在生命的头顶，结果是一帘幽梦化成半生的烟雨，凋零了那美妙的年华。

不知道时光落在蚂蚁背上的滋味，我却在自己人生季节的拐角处把一粒米的心情寻找。四时的风吹过我空荡的躯体，带来遥远的禅音袅袅，清洗我暗夜的过错。潮流需要肥胖，我要用古刹前的瘦声赎救我生活中的漏洞。

人活着是一种心境。缘分是人一生的相随。佛教人曰，四大皆空，而我做不到。尽管追寻的幸运把我抛弃，我还要让那凝结了千年的泪珠灿然了情缘里的花朵，雅致那另一片莺飞草长。

在物欲横流的今天，能够静静地像爱上一个人一样爱上文学，不是跪拜，而是心灵的净化。

真爱是付出，是时时的牵挂。真爱，是对方的冷暖时刻度量着你的心情。你不需要知道他或她的职业及年龄，甚至连他或她的容貌也仅仅是一个模糊的影子……

这就是真爱。真爱了，就痛。你每时每刻都会为对方的喜怒哀乐而阴晴圆缺。爱是一个复杂又简单的情愫，不因他或她在世事面前的黑了红了而变颜色。你只搂着他或她的思想过活。你只依恋他或她的性情。你眼里的对方，永远是你心里独一无二的。他或她的一切，都是一种魅力，吸引着你。

真的爱上一个人，就成了你天天的牵肠挂肚。你走在街上，对方就是你身前的风；你躺在床间，他或她成为你枕边的念。你笑时，你可以从内心感受他或她的灿烂；你落泪时，你能深感他或她的安慰……

能够真爱一个人，是一种懂得，是一种境界。尽管不可以相逢相见。但，相遇相知已把上亿年的缘分洁净了上万次，以晶莹的姿势擦拭着星空的皎洁。

人的一生经历了爱的雪洗，人才成长成熟。一次是懵懂，一次是莽撞，剩下的是飘逸中的静赏。

我渴望爱的天堂，心一起飞，就坠入尘土之中。在爱的文静下，流浪的步履停歇下来，与永恒对话。这时，不需要幽灵来帮我们思考人生。岁月剥蚀铅华，伴我们一生的只有爱情。

学会爱一个人，静美了一种情景，是灵魂的相互圆融。学会真爱，是自救，也是梵语进心堂。用心守住一个人，看不完左手的思念，翻不尽右手的风花雪月。不管时光怎样磨砺人生，也无论我们是历史蚌壳里的沙粒或珍珠，得失、成败皆与爱无关。爱了，心声就这么嘹亮了。

爱养育的日子总甜美如蜜。会真爱的人，就是摆渡的舵手。虽在红尘踏浪，但把慈悲拥了胸怀。

时尚的运作古怪了事物原有的色彩，我们可以在爱的绿树上栖息。惶惶红尘，养一份闲情，把月亮的爱情飘起；守住一个人的爱，生命的星花在文学的星河里流淌一河的安然与怡然。

夜里的黑，是千年轮回的那束亮

生命摇曳的风姿婀娜了千年的传说，一树的苦楝，香了季节的蕴，亲吻了蜂儿的追寻。满天空弥漫的甜花，让春天陶醉。醉了，就糊涂了，翩翩然，像李家不羁的儿子，一直把夜间的黑当白天，所以取名叫李白。

其实，在李诗仙的灵魂里，就没有什么天和地，根本谈不上什么白天和夜晚。他是一缕风，来去自由；他是那片云，不是干旱才落雨。他看花不是花，望蝶不是蝶，全是苍茫之间一妙寻异的诗魂。

人生捭阖风雨，叱咤江山，只不过是人为自己钦定的那三五九等在作祟。在神眼里，什么三皇五帝，草根庶民，一漫地都是尘间的糊涂娃。

几十年的日出星没，人披风戴雨，黑也罢，红也过，全是烟云飘过。哭了，笑了，只不过是苦和甜的互通共融。得来，失去，在生命的云雾笼罩下，神秘的只能是那张嘴诧异的探究。

前几天，多年未见的老同学突然一个电话，惊醒了我无端的记忆。正当我的情感还被当年他的纯粹温暖着时，几句问话一下子又将我撂进了冰窟。

"你整天忙啥？"问我。"除了上班，就是写文章啊。"我答。"钱挣疯了啊！""挣啥钱啊。""还给老同学耍这……如今这年头，不挣票子谁傻忙！"一盆冷水，浇灭了我原本的期望。

文章千古事，也被时代冠上了金钱的交换。什么时候，灵魂也能穿戴起钞票的衣装，这绝不是嫁娘的新衣，怕是穿在历史身上一件不雅观的孝袍。

唐室那李家的兄弟李白，酒香里飘出的诗句，他是否想到每一个字要兑换的铜臭。后来人，一代代地吟诵他的惊魂美语，谁付给李白一个子儿。

我踩着星空独自疼痛，心底的血渗出几个世纪的呜咽。我总想在尘世的汹涌里，寻觅一枚圣洁，终要被失望和绝望所湮灭。

红尘可爱，生活是跪拜，也是赎罪。我不埋怨老同学甩丢了纯真那只靴子。人在等级观念的现实里行走，谁能识破自己已有的那片阴暗和光明。

一切都在验证一个真理，存在的就是合理的。歪也罢，正也行，全因生命的挣扎。谁不在世俗里随流，谁就注定是凄苦人生的独行者。

艺术的美妙，是灵异的，它来自魂灵深处一座最圣洁的木屋。那里有纯洁，有真善美，有不讲任何附加条件的真爱。那里的风，是高山流水遇知音的话说。一群鸟的鸣啭，就把情缘的始祖抬上了树梢。看流水，晶莹的姿势，淙淙淌过，灵动着爱的琴瑟。花的开放，像爱情，把神的箴言来取悦。

美丽的家园，曾经在夜里美好了我的梦幻。我感激感恩那黑中的想象。年龄似乎不允许我再做梦，但，我的岁月却一直美在梦的醇香里。梦，还必须，继续。

但愿凡俗的烟尘不要呛醒了我的老梦。不是庄周梦里的那片蝶，飞几千年，也说不清红尘的心情。只是，别累了蝶的心跳。我宁愿每餐一碗清水煮菜，来贯通血液曾经的承诺。有人，活着，是为了吃，有人，吃，是为了活着。活着，思想着，生命才有了些气质。

尘世很重，我很轻，一片树叶足以掠去我的生命。肉身只不过是一条受罪的累，谁还在意它的来与去。

我曾生了，也已死过，生死之界仅启目与闭眼之间。但，出世一趟，生由不得你，死照样不是你应把握的权利。可，干点事却是你一生的不负天命。

这一辈子什么本事没学到，什么能力没握住，还时常被现实生活的烟熏昏晕了头。偷偷地，就恋上了这高洁的文字。

有时，真说不清是文字陶醉了我，还是我把文字做了亲昵。当我的笔尖落上纸格的时候，我会闻到从每一个字体内散发出的暧昧。我拥住这些文字，如同搂住了儿时梦幻里父爱般的情爱。

我这才恍然大悟，原来寻寻觅觅大半生，真爱却一直就等在秋的后背处。

此时，我不再悲伤，不再因为把身后的那段光华空投出去的落寞而自责自备。爱了，就是灿烂，管它春季还是秋季。

其实，真爱才是神灵最美好的意愿。我用爱人，爱文字，爱世间万物消受光阴。疼着我的爱，痛着我的痴情，一直这样走下去，无怨无悔。

尤其是夜里，那黑的厚重会照彻我千年轮回隔空离世的晶亮。

爱的姿态站出一树的尊严

如果阴晴圆缺是天地的道场，那么人间的酸甜苦辣是不是挽着生命的运气在扬呈一种亘古的苍凉。俗念里的烟火滋味，浓烈，呛人，谁再贤哲，也冷静不了时光飘逸的沉稳。天空喜爱云朵的样子，无论是黑了白了，红了粉了，全是恋中的情在生动着已往的姿态。而云花，却一直把爱站成一种葳蕤的尊严，给尘世的启迪以永恒的注目。

红尘深处，嘈杂的声息此起彼伏，不是为利嚷，便是为情闹。身处凡俗里，谁都无法摆脱世事的搅扰，人只有抽出心来，溜出凡尘的多事之秋，摇曳一树赏目的月亮，把《诗经》绽放在枝头，任牵挂去跨越时空，把祈祷繁密地晶莹于人世的叶尖，使滚烫的贪婪清凉一下日落西山时的黄昏彩霞。

冷静拎着内心的眸子来到时光的山头，凝视南来北往的旅人擦肩接踵。滚滚红尘，你是他眼里的过客，他注定是你目中的路人。匆匆的身影，吵喊的声音，全是岁月企念里的归人。

云朵开花落雨，却从不告诉世人为何要痛泣涟涟，雨水只把话语说给土地。光阴膜拜白昼和黑夜，人还在睁眼与闭目间你抢我夺。

通常，历史迈出的步伐没有错，常常误了时代的叮咛的往往是我们个体自身的无能拯救。

精神领域的传染，如利刃，砍倒了曾经飘扬猎猎旗帜的标杆。岁月嗅出了颓废的恶意，一头倒进静默的山背后，看子规啼血，观杜鹃花殷红。

白天的你我他，腐烂的思想已追索不到苍天的星辰。他贪婪腐败，你仇官恨富，我也跟风不再翘望那阳坡上的槐花香，只盯住阴沟里的冷气寒碜袭人……

河水躺进夕阳的怀里悄悄啜泣，尘世的烦恼暗自呜咽。在狼烟四起的颠倒里，神念里的牵挂涅槃了一朵花的哀鸣。

神爱苍生，一句警言撑掌不起前世的悖逆。爱的红尘，谁在当今把真情做天音。

亲情，爱情，友情，情情默念里都充斥着利益的腐朽。锦上添花，富有了势利的含蕴，而雪中送炭则顶礼起佛缘里的救赎。

爱在人世间，年深岁久，我一面看着世俗里的演绎，诘问来自灵魂深处的眷恋，如果真爱是要用权柄和钱钞搭建桥梁的话，那么，七夕节的鹊桥究竟捭阖了谁的帝王春秋？

风一直在为季节高歌，天堑的坦途是花草的意象里一袭从容的步态。我嚼着佛龛前的食物，品味着天上人间的万般心事。脚步像一连串疼痛的记忆，温暖了天宫里一群傲兰的香气。

冻土下的种子无力表达绿色的心意，我只想用一把柴禾点亮自己的心屋。不为暖热墙壁，但求屋外的人能感受到这一点的亮光闪烁。

千年岁月送走了一代又一代才子佳人，却没能掩埋人的求索之火。历史总是风情万种，怎么也缠绵不了亿万年的梦想。人生的步调，杂芜惶然，它已无能再拾起故人曾经的向往。气味穿越了天缘的转世，在淡淡的天涯留下浓浓的精神，绽出血的蚀骨之痛。

树梢思念鸟翅的亲昵，我始终怀念着真情的鸣啭。假如一天的日子是首歌，我的一生就是那歌里一个小小的音符，跳动着真爱的旋律，安抚起风中飘洒的旧梦。

历史再怎么强盛，也风化不了情缘里的因果。千秋万代，怎奈何世间的真性情。

那一天，你猛然在转世的一瞬，喝了迷魂汤，一不留神撞进了红尘，从此，悠远的时光绵亘于你的所有思念，深情里的潭渊永远倒映着你的身影。

机缘随时准备将你的人生点燃。你没有千秋帝国梦的缠绕，却注定要被古树虬根的情缘所攀附。

走不出尘事纵深的眷顾，把生命这本大书翻烂，也找不出木头的喊叫声。人的追索，从季节的上埝赶到下埝，依然是一头雾水，只看见时空从自己身上揭走了年岁的花衣衫，留下跳动的爱恋，却怎能苍老了寻梦的尊严……

雨水含泪，播下思念转世的微凉

眨眼间，每年一度的中秋节即将到来。绵绵的秋雨很是眷恋人间的节日，一连几天密实地下个不停。是要打湿尘埃乱飞的翅膀吗，还是要清洗世事凡心的迷蒙。雨水一阵子噼里啪啦，似一种疾风般的追索；一会儿又唧唧哝哝，极像缠绵无尽的深邃等候。

风是珍藏雨水含泪的一枚疼，它吹过滚滚红尘空蒙的躯体，带来遥远的袅袅禅音，要把俗念里的想象斑驳。一朵泪花走远了，随风扑簌着夜来的心事，在异乡的水里，洗却俗尘的繁重，把自己影子的梦痕悲壮地交给波动的浪花，用湍缓的灵异去涤荡生活中的漏洞。

人间的中秋节，似乎已演绎成一种思念。亲人的目光把节日的月亮凝望成圆圆的情思。想念团聚的渴盼，斟满了思乡的水珠，每一颗都擎起一段花开的心声。

古时的帝王们，一直怀有敬拜苍天的虔诚，春祭日，秋祭月，是他们仰望的一种救赎。中秋节的后羿凝视月宫的妻子嫦娥，把思念的脚步追赶成凡世间的美丽传说，让岁月的泪眼婆娑了所有的天地情缘。难道是这种神话穿梭于情场，给宇宙的真爱佩戴了咒符。

力大无比的后羿，站在昆仑山顶，能拉弓射下九颗太阳，陨消的九数落进了谁的念里。而后羿却无力追撵上飞向月宫的嫦娥的衣袂。这种痛彻心扉的遗憾，究竟圆满了谁的心愿。那遗落在历史时空身后的沉重脚步，是否就摇曳了天地的神秘念想。这个攥在光阴掌心里的窨，能把暗夜的指尖剥离出万花朵朵的沉思，漫过季节轮回的那个诺言，安抚冥冥之中的相遇和相知。

古时的风香熏了月亮对人世的缱绻，如今的节日，深邃的双瞳等候着远处的无穷。每一枚生命，都滴落着苦痛的泪水，你无语的心事照样无法优雅另一派的花开花落。

从古到今，人的生命倒换了千万茬。可人的情感却在人的血液里一直延伸。时光亿万年的拂动，摇落不了情缘的呐喊。人把情思压弯，也背负不起缘起缘落的道场。

思索踉跄的脚步把转世的疲累诉说，生活执着着幸福与痛苦的牵手。母亲树上的寓言，让人世的疼，闭上眼睛望苍天，睁起眼瞳看足迹。

不是后羿与嫦娥的遭遇美化了广寒宫的幻想，实在是天上人间一场透明与迷蒙的秘籍捭阖了万物的使命。

人的肉眼看不见的东西，才是世界的真正。人的眼力见到的所有，皆是一切的虚无。

生命是一种幻象，缘才是永恒的主宰。塞满肉眼里的金银财宝，权贵至尊，只不过一缕烟云，转瞬即逝。皇冠权柄，还不在追赶坟茔的途中，遗失了曾经的悔恨。一切都从季节的野花野草的姿态中，品读岁月的繁花似锦。

仰脸望星空，我自悠然了了然；低头看自己，全是金钱的奴婢。如果一个时期到了连学术界都披上了以谋财为目的的衣裳，还有比这种所谓的知识性文化性的权力更恶心的腐朽么！

灵魂的贵气从来是独自绽放的清香，不需要尘世的冠冕堂皇。就像山坡上开放的野花，永远是季节的高贵。

节日的人文气息把人们的向往捂热。在嘈嘈红尘间，我们拎着发烧的时代，低头询问，生活是为了什么，生命的走向该何去何从？

蚂蚁的目光燃烧着月寒宫里的天堂，我们的心眼，是否要救赎我们生活中曾经的遗失。

静穆是秋夜星月的搀扶。我知道，灵魂的诗歌拯救不了可怜的苍生，但，雨水的泪里，有着无尽的牵挂和思念。

缘分本是一片树叶，你随风晃荡得太欢，就会错过蝶飞的身影；你读懂了季节的内心，你就会伤痕累累。

世事太疲累，灵魂很清高。明明知道人生没有如果，只有结果，却还要在五千年光阴的厚尘里挣扎，总相信，那轮回的梦也会生香。

中秋的夜一定很安谧，人间的节日一定很吵闹。我在这静与动中，暗自洗涤生命的原罪，把秋天雨水的泪光捧起，以微凉的心情姿势，温暖那从月宫到凡尘的路径。

时光的静里，有儿时种下的那朵打碗碗花

岁月老是以它摇曳生姿的梦幻迷乱人的心情，我虽不是佛龛里的那枚尘，却时常用目光在倾听古刹上空的风吟。读不懂人世的冷酷，我把孤寂里的那朵花，绽放成庙里青灯的心净，朝闻木鱼声声脆，暮听香蜡吐心声。

不是我不愿意眷恋尘世的风情，实在是我对自己的曾经挣扎有了过分的透支，让所有的幻想都被绝望所捆绑。

如今，我生命中饱满的激情和对万丈红尘的爱恋，已在我二十多载的苦难浸泡里，软如一条丝带。我不敢拧过头去，望一望身后的泥泞，只怕那二十多个血肉付出，要把那怀恋的滚烫扔进了冷漠的冰窖。

被冷落的心情一直是那雪飞的想象，总希望迎来春暖花开的时光。可是，雪把自己飘飞成美丽的花朵，再怎么也走不进春的风中。我追花，花逐季节，全在追赶的途中折了想飞的翅膀。

一头撞进人生的秋季，就像生世一样，一不小心落进尘埃，成为灰，成为光阴里一蛋子怨，你负不起生命的沉，你却要扛起命运的铅。

面对深如暗井的自私、冷漠和寒冷的自我，我的情缘默默哭泣。涌出眼的不再是水，而是殷红的血。晨光总是以宿命的透明映亮我黎明前的梦，大半生的追求一直流淌在梦的河床。跳跃的心事，晃荡着战栗。我一头雾水，在现实生活的磨道里闷着一生的劲，傻傻地曳磨。

把生命交给了磨道，却怎么也醒不了那石碾圆圆的梦圈。当蛙鸣在黄昏里睁起眼睁凝视时，我这才张嘴睁眼，面对心底那一大块的沉默。

人间称，沉默是金。有时，沉默是绝望。是死亡。

常常，我觉得自己很像那卑微的蚂蚁，时常要搬动超出自我体积多少倍的一粒米，一步一挪一驱动。当惊恐的蝙蝠在黑夜的嗤笑下飞翔时，蚂蚁是否看清了黑暗的影子所摇曳的妖媚。

孤苦的凄凉常常把一颗幻想挂上月亮的眉梢。我不知道天罚下的命理折了谁的心跳。我有时感觉凡俗里的自己，就是乞民手里一只讨要剩饭的豁口烂碗，为何还要把故乡的恩情张望。

我知道，悲悯的泪水扶不起苍生疾苦的命运，我在儿时梦里那尊入定的佛前，说出了心中的罪罚。

一棵草逆风而泣，像我亘古的情缘在惆怅里飘离。一段惊慌的往事，拉住一滴泪的衣袂不松手。我看到月光里的仙子对着我的默然哼唱。于是，我把磨道蒙眼的驴，想象成草原上飞驰的骏马。无论是愚的，抑或是智的，都是我的敬拜。本来，梦和想象就是我生活的姿势。

一朵花从嫩黄到着色，本是一季就红透了三千年的缘。疼痛的风说，前世的苦债，季节搞不懂，人间更是那只没灵醒，还在逐花的痴蝶。

逐花，是因为爱花。爱是佛的承诺，是宇宙的生命。面对尘世的讶异，我龟缩在时空的另一面，细数自己因果的罪，让岁月的怜惜安抚我生命的底色，把无奈的啜泣吟哦得泪花朵朵，使那蚀骨的疼不再向光阴索要自己的修行。

追日的夸父，就是那浴火的凤凰，要承受亿万年的冶炼之痛。不是谁逼迫他的脚步，而是他心甘情愿去燃烧自己的追求。

白云低头对着苍生笑，谁又能看到时空背后还有哭诉的双眼，红肿着谁的痛。

不是我不想用目光抓住爱到天堂的那根红绳，实在是因为疲累的心身无力飘浮那空中的梦幻。

对我，人间地狱已无所惧。今晚，我只把爱的心情点亮。夜里，枕着星星的梦吆醉眠，让时光在它的静里，把我的真爱种进我儿时的那朵打碗碗花里……

那盏灯

时光把我一投进哭笑烂漫的红尘，我就手舞足蹈。无论悲惨的嫣然，还是快乐着惬意，全在泪流中滴落。一颗水珠，穿透人间的五味杂陈。

我实不想把伤痕累累的曾经翻起，好多个夜深人静的时刻，我绕过记忆的颤抖，另辟蹊径，把佛前那灯的摇曳瞭望。活着的心情已经僵硬，我还放飞灵魂的翅膀，乞求神的抚娑。佛前灯盏的烟花啊，请点亮我前世今生印堂的红巧斑吧，让我忘却凡世里所有的遭际，那黑暗，足以墨晕了几番轮回的足迹。

自从钻进风雨人生，漂泊前行，是为了记住生命的历史，还是缘于被历史的淡出，自由和涅槃谁是王权。人敬敬于天，敬于德，拥于礼，信于成，但还伴于爱。恋和情在生活的深水中沉思成静默的鹅卵石，光滑了所有的企念。

光阴在命运的盛开与凋谢间悄悄携走了我的年华。明知道肉身不是树叶，等不起来年的新芽，我还空掷了躯体的唯一那一次。

心头的灵符时常让我在夜半三更梦游于现实的黑暗中。明白了红尘沼泽的艰辛与泪流，跋涉的泥腿还一直把奢望膜敬。

时间长河养不起飞翔的鱼，我老是惦念着给鱼一双翱翔的翅膀。

不是水域的束缚，实在是枝头的羽毛常常要梳理风雨的命题。

把自己流浪成一只可怜的井底之蛙，使大涯的旷漠翠绿了一身的风衣，让潮湿的绿苔做了嫁娘的盖头。不知道爱情的女儿穿红还是着绿，我也跟着潮湿了一世的情缘。

民间有棒打鸳鸯的寓言故事，我却一直是苦条下被追抽的苦旅人。

众神的直觉是爱的秩序的一部分，造出的每一个人都是孤品，而成长则时常意味着被扭曲和作践。人类成长的规律忆起往昔，淋漓的是盘古撑天的可怜，或是秦汉血染的江山。历史王冠上的珍珠，往往遮蔽的是真诚、果敢和英勇。智谋不是佛手中的念珠，悲悯才是人类大事物的精髓。

年轮顺路爬行，小花小草细碎着怀揣的心念。我在一条长长的路上苦行，不能回头张望，单怕惊醒了已安宁下去的古坟；也不可朝前眺目，唯恐一抹虚空吓呆了抬起的双脚。

风起时的云驾驭不住它的情和爱，宁可撕碎成片片缕缕，也要把天空妖媚。忠诚不是宇宙的湿润，那是众祖摸黑夜行缄默的祷告。

恋和情是一辈子的伤，只要你诚实，它就撕咬你的心。情到深处人彷徨，爱到痛中雨飘摇。浪迹天涯不是为了度量世间的路有多长，其实是人成了无头的苍蝇瞎碰撞。背起归属的行囊，从此再也找不着回家的路。

天涯在哪里？在海的尽头吗？为补缺心灵的漏洞，我把汪洋当沙滩。

岁月不老的柔指刚一触摸夜的孤独，仿佛已是无数个轮回的经过。宇宙的魅力在于它的空洞，人的拥有观和灵欲可以超越万有的时空。

行走，是为了点化修行。佛的容颜不改，至于能走多长多远，那是命运的责任。

　　太阳的一明一暗，星月的追赶喘息，皆是我们走向死亡的璀璨。从一出生，第一声啼哭起，红尘中拥拥挤挤跑向泯灭的道上就有了我们的声息。你漫步也好，飞走也罢，间或夹杂着一些惊惧和慌张，都有终结的含笑在尽头守候。爱的力量推不开天堂的门，地狱的窗口在那里招手。

　　被时间锥破的季节之鞋，血红的印子就是人一生的芬芳。

　　懂得臣服自己的命运，人就获得了最大的自由。把情爱绽开，放一河的蛙声阵阵。唐风宋韵的诗词，伴心魂高诵，哪管它王位的至尊，銮殿的威严。

　　生命的风流是由人体的堆积，血流成河的历史记载而成的，辉煌的朝代让岁月讥笑。一枚蝶翩跹在成吉思汗尸骨难觅的那条漠北旷野里，细数千古剽悍的光耀，一袭黄沙漫卷，灭了谁的踪迹，覆盖了谁的称王称霸？佛在太空凝眸，笑容可掬，说那寻花探路的蝶，你不看元朝的可汗还只是一片未醒开的花瓣？

　　年月在眉头天荒，时间的长度踱不出空间的尺度。我不息地前行，把终年的强权交给了缘起与缘落。

　　推窗远眺，那灯光阑珊处，我的情也瑰丽，爱也吉祥。佛前的那盏灯里，有我摇曳生姿的灵魂在相望。

用一生的思念为你赎罪

曾不知道以怎样的朝觐姿势相约时空，在命运的狞笑面前，生活的一滴泪就击穿了人生命的责问。当你用焦头烂额的面容愧对光阴时，你才在已蹦跳过几十个年月轮回的苍凉里把岁月的庄严探望。

也曾拥抱尘埃，却没有朝佛，也不去磕长头。一心贴紧凡俗的胸膛，想要取暖，还把人世的锦华当作梦想的勋章别在仰望的鬓角。红尘的彩桥太炫目，你走或不走，它都在那里弓腰请你，等待着，像生和死一样，招引着人的目光。

双脚一旦踩上俗间的土，人就会被世事的空洞感染和吸引。脚一生出来就盖着趾甲骨，就预示着要扣住地皮，大步流星走路的，是为追赶神灵备下的。如果说，生命的秘籍就是赎罪，那么，离心脏最远的双脚却为何还要背负着全部的重责。

起点，就是终点。脚步从一挨上地皮那一刻起，就将重心扎进了尘埃。蹒跚起步，颠荡起生命的迷雾。不管后来怎样稳实了步子，以至能够强健地飞跑穿梭，虽然身躯被带离了故土，但转世的初痛一直是游弋的脚印最早的那一粒血，它从未离开过人的故园。

纵然人被俗世的热浪卷起，但根在初始。腾空的感觉让人眩晕，也让人迷失了方向。人间的乐章很美，却不是哭泣的罂粟。悬在轮回头顶上的那枚汗，纵使你跑遍世界的十万大山，也早已失去了往日的光泽。

把人一生的脚印跪拜成天堂的阶梯，人的蹦跳飞腾，只不过是为自己抢购了一把消磨生命光阴的精致的匕。

不用你来打磨，它就在你的欲念里锃亮。

生命很可怜，经不起半点的蹉跎。尘世的惑绚烂无比，追赶的双脚稍一注目，却原来踩风踏云，在一拧头间，知道一直还在原地跌跌撞撞着全部的过往。

刹那成就了永恒。被抛却了的信仰趴在时月的窗扉凝神。脚是用来走路的，但人却把它当作追赶贪婪的驾驭；手生来是做舞蹈姿势的，不是用来抓握凡尘的权柄和金钱的。

人的一生，扑着抓着，遗漏着。不是猴子掰包谷，也比猴子打捞水中月的迷幻智慧不了几分。

时光的记忆最磊落，它不比人的历史，只载入王朝的辉煌，而摈弃草寇的侠骨义胆。你光明也罢，阴暗也行，全是岁月的结局。

光阴的诺言璀璨光艳，它不染尘埃，更不愿顾及胜者的王冠。

一个朝代，一个人，颠腾的所有意义，全摇曳在百年后一株坟花怒放的一瞬间。

周围失却了往日的嘈杂，是少有的那种安静。我的思维娴静清雅，推开转世前的那扇屋门，回望初始的点滴，把神灵亲切。

这里，现在没有忧伤的花朵开放，也没有快乐的飘零，更没有尘世的喜怒哀乐。这里只是一个空空的我，一个纯粹的我，平静着所有，又眷恋着曾经。

任时光像少女，曼妙着花季的郁香，亲吻着我每一寸肌肤，包括我思索的梦幻，余香袅娜间，它欲飞拂离去，但又回眸千般娇，任我神安，心也然。静中的光阴，也如同神话里的王子，风流着前世的潇洒，燕尾服忽闪起果勇的传御。平静中的明眸，洞穿了世俗的华囊，绕过石头的默然，得到了圣贤的恩典。

静里看时间，似水，淙淙着一河的月辉，普照着人的心魂；像雾，灵异着神祇的美好，吹拂着心灵的殿堂；如云，含慈悲，把润泽万物的雨露凝结成一世的爱缘，沙沙地赐惠给了万民；犹风，爽爽地穿过生命过往的部落，把没有品位但却有着高品质的生活亲昵……

平静的手臂很长，它能够着天庭的佛脚。心安则神安，这不是梦幻，是弯腰拾起往昔的救赎，搭建起的天梯。静中观岁月，品时光，读光阴，不为今生，不为来世，只求挽起另一个早晨，用一生的思念为你赎罪。

忧伤翻动圣贤的心

深秋的日子总是缠绵着一种异样的沉重，满目的苍凉凝结了季节的情殇。适逢把疲惫披挂在身上的太阳，红中掺了些许的橘黄，让人想起外婆家门墩上困乏的老猫眼里团聚的光束。

静静地打坐在时月的黄昏下，人在思索光阴的心灵，那满枝头熟透的果子也跟着人一起渺茫了天穹的美好。

风飒飒地，很深沉，像古人飘髯的哲思。叶子不说话，任风把一生的顾虑摇醒。鸟儿的声，也不比春天那般清脆高亢了，它们之间相互说着本土的方言，不想让地上的灵长动物听懂，叽叽喳喳，沙哑了对人类施暴的绝望。鸟翅下怀着悲悯的风向，将人的冷漠已灼伤的岁月交给了飞翔过的天空。

云始终行持着已有的信念，白得淡定又高远，影子很灵异地从人的身上和鸟的羽翼上曼妙地游动，无声无息地高唱了遥远的梦幻。

遥远是多远？无非是存在或灭亡的间距。季节轮回，典雅的是转世的奥秘，人的信仰一旦腐烂，连复古的挽回声音也柔弱的是四季的沉痛。

敬请天空掠过神谕的拯救，召唤生命的本在。风羞愧于空间，涂改了自己的色彩，把泪化作思量的点滴，一下来，就击痛了红尘的历史。

悲壮是披在历史身上的袈裟，它不探究西天取经的九九八十一难为归数，只在乎世间黑与红的旋转。时势造英雄，而今天，历史的辉煌文明患上了软骨病。道德文化的败坏，不能不说是这个时代已成为一个悲哀地走向黑暗的盲人。

人以成败论豪杰，时间以缄默喊功德。秋天的伤不是因为冬季的到来，实在是因了春日的怒放刺破了一世的惊惧。

人类历史的记忆从不瞩目一棵草的绚丽，它只在乎招风的大树所摇摆的心事。岂不知，一株小草的低就，牵动着大宇宙释然与了然的宿理秘密。

耐心等待一直是冬季的夙愿，静候，是大雪的修养。不为春天锦上添花，只为隆冬芳香了天地。所以，蜡梅是圣贤魂灵的转世，使神恩映红了雪野的心声。

冬梅不牵手春的绚烂，是懂得，是慈悲，是一种大智慧的彰显。铁骨不媚俗，担当寒彻天。

历史的风总是夹裹着人类的血腥气，在尘世纵横。光阴被腐朽的时势吹空了心，忧伤地翻动着曾经的底蕴，回首倒望，原来血雨腥风地穿梭，依然站在原来的出发点上。

探春的蜂不是要解释花开的声音才频频钻进穿出的。人类的思考接不住蜂飞蜜香的问责，前行的将是一条毫无亮光的不归路。

风来雨往的红尘，谁在时光的肩头把内心瞭望。仔细地梳理那一缕岁月刻镂在身上的哀怨，是否还氤氲着古来圣贤模糊的图腾。

时间可以疗伤，但绝不是血液遗传的手术大师。要步出黑暗，走向光明，还要依靠自身的毅力和恒心。在创痛中蹚出一条血路，驾起绿叶的清香之舟，时代不摆渡，我自渡。

光阴的镜子不寂寞，罪与善照与不照，它都在那里静候。寻找一片自我，把世间的幻象划开，成就一个全新的自我。

风一生都不会安静，它像人的欲望一样。惆怅的季节接住往来的目光，就清醒了一世的春夏秋冬。秋深处，那土坡上无名的野花细碎地开着，它们以宿命的黄色和白色美好了这个季节的情绪，还有那星星点点的红，天启一样，花香依然，哪管它唐砖汉瓦沉寂下来的述说。

时光吹醒行者的生活

人在生命的旅程中，跨过风，越过雨，都是一种修行，留给人生记忆掌心的依然是抓住的又遗漏了的唏嘘感叹。然而，最是那时光，托举着圣贤的经书，在人不经意间，把人的生命华彩连同书里的点醒一同交给了安然的岁月。

人是行者，是苦旅者。一生一世的追寻，把命运的云彩划开，结果是狂风骤雨迎面扑来，在等待雨后虹桥的眺望企盼里，让大片大片的年华从眼皮底下悄然滑过。蓦然忆起所剩无几的日子时，人已是黄昏裙裾上一枚无法曳动的苍菊了。

过往的都成了一股风，一缕云，如同蝶的追花，一生一世只为闻过的奇香，追赶的只不过是季节的轮回。

人总想解密宇宙的砝码，其实，解释了自己就解开了天地的循理。可惜的是，人从来不愿意认真地了解自身，偏要以千万种的思维角度去测试世界的静谧。

生命本就是一个充满了旷博意蕴的神奇，寻找真正的自我就是永恒的凝视。人总喜欢探幽别人的秘籍，却常常忽略了自身的怀揣。

以树的初衷俯瞰时光里匆匆忙忙的行者足迹，在神谕的抚慰里，有谁在意过自己追撵的繁华锦囊下暗含的所有诡赎。

月亮的伤曾痛彻了天宇的血，星星是夜空的拯救。上苍耐得住转世的寂寞，才彰显了不寂寞。人世忙碌的眼神，从不注视自身的内在，才导致了荒芜，才演绎了时尚的怪诞，才飘落了一地悖谬的想象。

一枚草叶，摇曳的是一个时代的脉搏；一只蚂蚁，爬行的是一个王朝的心脏。月亮船在人的头顶无声地划行，它不能摆渡人的心业，却能让内观的人望见生命的彼岸。

时潮需要更新，需要蜕变，人需要在病态的追赶时尚的疯狂里冷静思考。滚烫固然可以燃烧，但，拯救才是这个时代需要的另一种跪拜！

呐喊的诗人即使扯破了喉咙也无力撑起一个朝代沉重的病体。所以，海子被绝望押解到铁轨下了，顾城让追赶真理的双脚拖着失神的流眸，做了游荡的浪者……

一只小花蛾，把梦留给蝶的美丽，它的飞扑不是为了绚丽舞姿，实在是生命膜拜的举止使然。蛾的小翅一展开，就穿越了人所经历的全部时代。

红尘似泥，大片寥落的心境冷寂了星光的期待。摇晃的流年颠晕了人生的命理，潮流才因此污浊了人思考的导向。

萤火的光虽没能照亮黑暗，但它却照亮了自己。人匆忙的脚步，踏得历史的心跳更加无语；而时光仿佛空了心的秸秆，明明看到的是葬礼，可它却在梦中进行着嫁娘的婚礼。

一朵花的遗嘱就是天地命宿的真谛。飞翔过生命的极地，神在那里，而人的足迹还布满天涯。

人容易忽略自己，你读千万卷书，不如阅自己灵魂的一角。

摈弃千万年的权柄和九尊之位，开放一份善良在心头，用情商的热血擦洗这个赶超时髦的智商，人就恭敬了远古的庄严。

人生一世，不管缜密了生活，还是粗俗了过往，皆是苦行的求索。一路的追赶，愚者寻找的是苦楝，智者挣扎的是啼血，唯有爱才能使一世的梦富有色彩。

爱是一剂智慧，是洪恩福分；爱是一柄文化，是至尊。爱世人，就爱上了神的灵都。

牛顿和苹果，是前世结下的缘分，是偶然也是必然。一个人修正别人的缺点容易，修正自己就难。只有淡定了红尘的所有诱惑，人才能真正地走进自我，重新认识自我。

一个时代需要沉淀，要在痛定思痛中浴火，在冶炼里涅槃。即便不能兼济天下，也能驰骋出无垠的风流奔放。

静穆中观望生命的景色，天问的声音捎来了时光的风哨，在急行者寻梦的朝代里，一行白鸽修改了一种潮流的颜色……

隔着雾的玄妙望你

这一段时间，生命发生了奇妙的变化，连嗅觉似乎也融通了万物的声息，走到哪里都有一种超乎寻常的亲切气味包围着我。一天一夜的日子里，我同时间一样，在人生的低处，独自芳华。

行走在人迹密结的繁华街道上，无论是从高级轿车里闪出的宠幸笑脸，抑或是骑着自行车的平淡面颊，间或是蓬头垢面行乞者麻木的表情，在我眼里，他们都是我可怜的兄弟姊妹，都和我一样，背负着光阴的牵压，在人生的犁沟里攀爬。

生命的样态在转身之间妩媚了运道的笑靥，你不管是生活的幸运儿，还是平常人家，更甚于沿街乞讨，全是季节的甜与苦在圣殿之上安谧的承载。

尘世的乐章优美，我却不能吹奏出绚丽的曲调。我暗自躲在转世修行的前夜深处，把今生闪晃着惨淡灯光的窗口眺望。生命就是觉醒，我们何苦还要被时光忆起，又被它遗忘。

如果月亮失约了，那是因为白云改变了自己的初衷，而期待月光的恋人今夜该以怎样的失落走出这一节时刻。

我的目光引领着我步入慈爱的林野，尽管高官富贾彰显的是一种威风和盛气凌人，虽然他们可以吆三喝五地显摆人生的能事，风一来，叶子就发笑，圣堂的橱窗里一双穿透岁月心脏的灵目在宁静着大秩序的承诺。

虚妄的脚步飞快地轮倒着奔跑，总也转不出日月的亏损与圆满。

明知道人世上只有圆滑，没有圆满，为何人还要死死地攥住追寻的绳索不放手。

迷糊的人总希望别人了解自己，明眼人只求自己了解自己。

我也曾在桃花粉红季节里与苦苦地徘徊相约，人生的十字路口撒满了我生命的彷徨和冷寂。曾经让绚烂的期待美妙了一段大好年华，在后来阅读尘世的惊惧里，碰伤了一世的瞻望和梦想。命运的狰狞獠牙，打落了我玄幻的星花。神在高处，我够不上他施恩的手，我把那千年的等待叠折而起，让灵都的霞光灿烂了我虔诚的祈祷。

给灵魂一块独处的地方，让它凝视红尘的哭笑生活。挑起凡俗间奥秘的面纱，任何时候我都没有像现在这样更加亲昵古人，更靠近生命的童年。

苦难让人学会驻足。一段老去的岁月，在纷纷剥落的花瓣里高唱着生命的壮美。人生是从无中生有，又从有中归无，这个过程清香又苦涩，流淌着清澈，还渗透着殷血。一程经过，伴随人一生的唯有爱的情结。

一支爱歌始终蹲守在生命的途中，如约前世的盟言，等待一个无语的思念。

山在我眼里像父亲，空气是它讲述沧桑的华章。在一座大山面前，任何情感的张扬都静穆安谧了所有的跳荡。

我看到花，看到树，看到摇曳妖媚的野芦苇，我感激大山，感恩山里的土层和空气。它们的慈善养育了染红的叶子，滋养了雪白的苇花。在我心中，这里的一切生命都是我上一辈子的情人和亲人。

层林尽染是季节道破光阴命运的言说。我把我的爱和爱着的我在经历了伤痛的思虑下，一齐跪拜在岁月的月亮树下。

人生是寄且无常，物的压迫也罢，情的牵手也行，我只知道爱是一种无名的挂念，它是一道裂口，是旧伤上的新创，痛着且幸福着。

真爱不需要理由。它是山里一朵灵妙的白云，它是玄幻的神庙前那飘弋的雾。现实与它无关。它的使命是把智者变痴人，把成人换孩提。

每个人都拥有生命，但究竟有多少人真正地懂得生命。人生的真理就在日月轮回的每一个日子里。划开千年古代的烟雨生活，爱的香气绵绵飞洒，淋湿了你，优美了我，润泽了他。

生与死的此岸与彼岸对望，转身而去的时光留给我们的划痕，只有甜美而伤痛的爱意。夜晚把它无言的传说给了曾经眷恋过的感觉。星星像爱情，虽然有些疲倦，但向往和期待依然鲜花如春。

明知道朝霞和晚晖不能相牵，却还要天空架起拱桥。把爱的手臂竖成一棵顶天的大树，招云唤雾，在玄妙的朦胧美中，把岁月守望……

捡拾一段心情，弯腰是修行

很喜欢阿尔伯德·哈伯德的那句话，"生命是借来的一段光阴"。在拥抱尘埃的惶惑里，说生命是一个漫长的过程。当我们从人生的喧嚣里总打捞世间的繁华时，静谧反观，无论是在村庄，还是城池，一茬茬往复的身影，一双双匆忙的脚步，摇晃的都是一种点醒。不管在尘世多么的光耀，抑或是沉寂，其实都是一瞬间，等到我们灵醒过来时，才知道，我们生命的口袋里仅剩不多的一点时光了。

人生在飘忽之间飞拂，你追寻的东西，抱在怀里的，实质上就是生命的损耗器。为了房子，人抛却了几多韶华年月，奋斗、挣扎在困惑的泥淖；为了车子，拼命追赶，马不停蹄；或是为了争到一顶乌纱帽，隔着良知和道德的芳菲，摇落一地的违心花瓣……所有的尘世华锦，都手握寒剑，削刺着光阴的心跳。待人驻足凝眸时，才恍然了了然：原来一生抓握的东西，仅仅只是百年之后坟茔上花开的那一瞬。静观尘世，身前身后事，苍茫的日子缠绵缱绻，每一天的白昼与黑夜，不能牵手，也不可同行。散步的云总是在黎明时分将黄昏的企望恬静了一种膜拜，把血染的恋情破开，让满天的霞光跟着人一同挣扎。

天空的心灵参透了云彩的玄机，人却剥离不了世俗的烟熏火燎。熙熙攘攘的影子，不是为利撕破了脸，就是为权伤了身。世间的繁华磁力太强，晃眼又惑心；财富香气很浓，权力的光芒耀目，名望的瑰丽诱人，甜蜜的情欲荡漾……一切的鬼魅浩瀚无垠，人是这万花筒里摇曳的宠惑。

寻求外物的华囊，是人在成长过程中必经的小径。成长到成熟的路途相离相距有多远，年龄不是耳提面命的提醒。徘徊在生与死的树荫下，一寸阳光的距离就可以彻底穿越一个永恒。

风带着季节的虔诚把轮回的秘密传说，人洞悉不了花香的心情，叶子让翠绿悄悄地跪拜出泥土的斑驳，使仰望的心境伸进人的足心下。

苍野红尘，隔着死的窗口观看生的锦衣珍馐，一种无法形容的悲凉弥漫心头。瞭望生生死死林林总总的迹象，人类宿命与苦难的无奈凄惨了心眸的视线。

夜晚一坐进阒寂的轮椅上，就闭目自省，黑色是转世的凝重。人为何还要向黑夜索取颜色。

时代在发烧，人心昏晕恍惚，一派苍茫。生命在颠簸的时尚里，歪七扭八地狂舞。门对门住着，却互不相识，有谁会停下狂欢的心跳，观望一下内在的东西。

一百年的历史风雨兼程，梦幻中，谁把哲人与诗人的灵魂牵手。

　　夜以它救赎的姿态漫上来，心香的轮回总是把神愿企念。明知道一句名言，一首醒世的诗挑不亮一个时代的灯芯，却还要把夜来香转回的经幡飘起。

　　我在《诗经》的清晨与黄昏里寂静着肃穆，与空中的霞辉一起泣血忏悔！

　　四季总是守着最初的承诺，反复旋转轮回，他不管人的癫狂与沉稳，穿越了万籁无声的苦恋，涅槃了一条生与死的河流，任人带水蹚过。

　　往事长满青苔，酸涩的追寻滑不倒捡拾恩怨的身子，谁来把求救的拐棍交予人的手中。

　　人生的季节，谁在爱情的典故里等候。河水淙淙，淙淙，像恋爱，一种生之烂漫很惬意地灵动着，把逝去的昨日追忆。

　　满天的星星在夜风的轻拂下，哲人一样，痛苦地思考着。它说不出的痛，才是天地间的最痛。瞻望是拯救，星子才把自己开成了禅花朵朵。

　　禅花为我笑。我弯腰捡拾一段心情，抱紧修行眠去，醉倒在我今生的穿透里。

读懂一条河流的爱情

太阳看不见时间扒住月亮的肩头在落泪，人却在黑红世间追赶一种虚妄的理想，把所谓的幸福感全集中在肉身的舒适里，从而忘记了扭曲变态的心声正随着悲哀在嗤嗤地自残发笑。

时光的承载和担当把哭笑人间的两种泪水品尝。咸涩的滋味运承着不一样的心情，而隐匿在风雨声背后的历史一直扭动在今人的痛苦里，直至下下代人。

曾经被一枝笑美好了风尘的辉煌，是否懂得光阴之河里那尾鱼的爱情。水和鱼相生相克的一世情缘，那太阳与月亮的深厚相望释然了谁的美丽传说。如同历史的烟尘，没有百姓的苍生红尘情结，哪来帝王将相的风流绚丽。

生前的皇胄贵戚们，总向往着再活五百年还嫌不够，当时光的巧妇为他们日夜挑灯纳缝冥国的彩服时，连蚯蚓都在冰冷的黑暗中发愿，要将温暖的菩提留给人间。然，人却誓死不想接住岁月的禅思，一味地筹划着怎样长生不老，怎样逞强使能，怎样享尽荣华富贵。

历史总是以霸权的心跳做着违心的记录。权贵们活着时铸就的庞大坟茔建筑，曾陪葬了几多童男玉女。这些可怜的少童啊，把亿万年的红尘祈愿就这样许给了显贵们，死后还要把伺候的咒符顶到地老天荒。

兵马俑的雄伟霸气，凝结了人间文献的血腥。横扫六合的威风，怎么也挑不起一绺飘扬的经幡。围观俑坑的蓝眼睛、黄眼睛、黑眼睛，不管是白皮肤、黑皮肤，还是黄皮肤的看客，惊诧的目光各怀心事，似在研究探讨，实则把满腹的艳羡垂涎了一生的倾慕，在众多的眼里，没有一束光亮会在众生悲苦修筑坟地的汗水里盛开一簇禅情的花香。

不可再说历史的公正和厚重了，它是苍生的骨血哀鸣而起的呜咽。今人喜欢把帝王们土层下的残暴当神秘来咀嚼。文史的味道苦咸酸涩，阴影下拖起的杀戮一直腥熏着后人的头脑。

如今回看达尔文的进化论，实质是一柄笑话。无论东方的，还是西方的，人性最本质的蕴含依然悠久着同一种姿态。侵略和掠夺一贯是残忍的秉持。人性的多面棱角亘古着自诞生以来的惯性烙印，所有的恶行和善意，全在岁月的记忆中安眠。

心中的禅念一旦被魔力驱使，人的手臂就会伸得更长。名也得，利也要，本真的天性暗自哭泣。缭绕的世俗繁华，蛊惑了人的心眼，天启的缘化，把东方盘古的传说放香，那一地的勿忘我曾经细碎了坟头上花开一世的声音。

阒寂于土地，是光阴禀赋贫富贵贱的高级主持。时间不看黑红人间，只管生死的公平合理。

即便风不发笑，季节也会照常按约定赴会。人性的善与恶，不会在上一世的转身之间脱了礼服。

皇亲国戚的传闻，可信度能有多少。埋在地底下的神秘，只能是后人一代代的折磨寻觅。找寻前人的足迹，仿佛是人类自我催眠的惯常习性。在今天，道德、良知百般沦陷的世界面前，谁是渡人的诺亚方舟？

洪荒的滔天巨浪，让今人昏头转向，人人只守住一己私利，抱着麻木和冷漠，各人自扫门前雪，哪管他人瓦上霜。

黑暗中的摸索让我们沉迷。人类的进化演变，不再讲究佛恩的宿命注定。大自然的筹措终将会挑出畸形成长的世界主宰的那根筋。

该开明的心灵闭合了，不应当放肆地解开了缰绳。人的魔性一旦被放纵，迎来的将是湮灭的巨灾！

从一帘的冷雨中，望前尘的暖，走错的路，蜿蜒着忏悔。很多时候，那块绊倒脚步的石头，就是盘桓的禅花。

蛾子的言谈是炷香

牛耕耘土地，不是为了混得一槽精饲料的反刍，实在是因为对泥土怀抱深深的热爱。世界上恋情最透彻的，莫过于牛和大地的一往情深。

土地是耕牛一生读不完的古书，清香中氤氲着腥气的味道，让牛总怀想起泥土外婆的寓言故事。土的传说，像白天和黑夜一样悠远绵长，晚上再怎么磨断了牙齿，也咀嚼不烂那飘飞在人间村庄外的奇异。

乡村永远像一道疤痕，疼痛在田野的史话里。牛一遍遍地将犁铧冰凉的诗句插进土地温热的情怀，种下去的是诗人相遇相逢的悲悯境界。于是，牛和诗人成了恋人。牛双眼皮很重的大眼睛，眸子里游移过爱人般的深情，有谁能读懂耕牛眼角欲落未坠的那颗大大的泪滴，透亮了诗人几多的寂寞伴忧愁。

牛年复一年地翻起一犁犁的土地，如同阅览地心的书籍。当泥腥气从牛的蹄窝里升起的瞬间，一声鸟鸣衔起了牛和土地命归的永恒。

当牛轭一旦套上脖子，牛犊子的欢喜从此走上了不归路。说不清是铁犁的向往轭住了牛的天真烂漫，还是牛把理想的权柄授予了匍匐的土地。如果飞翔是鸟儿的别样风采，那么大地的神典里珍藏着牛的语录，就是安然了世界的链咒。

毕竟，希望是在一次次创伤之后的煎熬中等来的。风捡拾记忆的细微，像恋人在琐琐碎碎的关怀与牵挂中甜蜜了相望相思的空间。雨滴洒在泥面上，唤醒潮湿的想象。牛在圈里的感觉一定不比曳犁的大声喘息有几多的惬意感。

反刍的夜晚成为牛观内心的一种膜拜。黑夜在轻轻地飘，往昔是牛看不见底的一口深井，它想不起为牛的前世模样，却把井底的蛙鸣捞起。牛知道自己不能像蛙一样，穿一件绿色的披风，让井口做了观天的望远镜。

经年陈述的故事在牛的牙齿间打磨，祖先的历练告诉牛一条真理：活着耕地，死了肥地。

诗人看清了牛在红尘的路途，抛一地的凄凉孤独了诗的境界。农业曾是中华文明的起源，作诗者面对牛和土地，怎么也燃不起胸中对农耕文化的亲情。而今，土地和牛的主人大都远离故土，去了异地，宁做他乡美梦的游客，也不愿守住这大众文化而求索了。人未起身时，梦先走了，把城市的扩大化崇拜到了极地。

牛和土地的文化只在偏远的山根下孤独着亘古的渊源。人们要远离自己的文化，把舶来品当祖先，让自己的根背上孤苦的寂寞暗自哭泣。

文化进程的演变，异化出国人畸形的追寻，难道餐桌上的转基因也膨化了人们思维的怪胎。灰姑娘的水晶鞋，不是巫女的诅咒，它是宇宙真理的纯洁美丽。

牛的双眼忽闪，那是蝴蝶的泪光在盼望和相望中的等待。诗人内心的呐喊，明明撑不起人们对于古训的相忘，为何还要做那苦恼的夜莺？

作诗者让心眸住进牛的默念里，哪儿也不去，与牛一同一页一页地翻阅着土地的情殇，豪迈了远古灿烂的意念。

中华文明一路的淌流，血液奔腾着深厚的人文景观，何以到了今天就被大众堵塞了去向。是要做了反人类的逆徒么？

深远的境界历来是古老文化追溯的恩典，抛弃了本土的文明，离开了自己的家园，人还能望见寺庙前那棵静默的菩提树吗。

人性的沦陷浩瀚了魔宫的霓虹，丢失的灯塔在遥远的海面上飘摇。人不自救，谁是渡人的那艄公？

诅咒黑暗，还不如点亮灯火。行驶的途中，颠簸震荡，是风的考验；翻船呛水，那是注定的情绪掌握，重新操起划桨的橹却是人自我的选择。

风里浪中那是归途的古往今来，冲出迷障才是人救天必助的警告。

夜空下，诗人看见老去的牛守着凄凉的耕地文化，眼里摇曳着古国文明的灯盏，慢慢，慢慢地倒了下去……

耕了一辈子土地的牛，在自己耕耘出的孤独中，倒下去，成了土地的一部分。

诗人的眼里幻化出耕牛和土地多情的灵魂，这一次，他没能看到蝴蝶翩跹，却迎面撞上了站在牛脊背上的蛾子，把言谈的妙语鞠躬成一炷香，袅娜在牛曾经走过的上空……

相遇在路上

其实我们每一个人都是被相遇的秋千荡进红尘里的一股风。你是别人眼里的匆匆过客，他人也是你目中的一个掠影。无论是颠跛着行的，还是正常直立的，全在相遇的路上。

《尸子》中说："上下四方曰宇，古往今来曰宙。"宇宙的思维间隙，常常让今人替古人担忧。

当冬日的暖阳照透你书桌前的窗棂时，你会被阳光的亲切所感动。黄红兼济的亮束，犹如远方亲人的一簇关爱。与光瀑的相遇，绵延了你的深情感知，你的多愁善感就会搭起记忆中的天梯，把你的情愫维系在一个飘飞的意境里，任泪水滂沱了无缘无故的缱绻。

繁复庞杂的感情，有时会在人的思想遭遇一枚叶的相视下，你的心会揣摸叶绿叶枯的注定，你就会想起青翠的理想毕竟是一路煎熬的残酷等待。心思遇到相知，人的追索也只能是宇宙缝隙间那坨痛苦的伤疤。

生活中，所有的气象都袅娜着人的命宿。芜杂的云层，从哪儿飘掠留下影子，在哪里洒下雨水，却是有条不紊的肯定。雨滴从不敲打运气的晨钟，它只求与尘埃深厚地一吻。遇了，就是缘分的钦定。

阳光可以透过窗玻璃翻阅桌上的书籍，我却把光束的外婆眺望。书里的人生已沉淀成一潭深深浅浅的文字，冬阳嚼不烂的盘桓依然枉投了人的难眠。

总想给心灵空出一块地方来安神，却不料，汪洋红尘铺天盖地，让你应接不暇。南来的，北往的，全是名利的阶下囚。匆忙的脚步，踢踏起可怜的耕耘，在连抓带捞的奔跳里，种下的却是销蚀岁月的苦果。

同时间相遇，是生命的必然。你无情或多情，光阴知晓。不是你的意愿就能支配你的相遇和相逢，很多时候，你从出生那天起，将自己一投进尘世，你就会在一生的遇见或不见间懂与不懂。

人做事总受自负的左右，老觉得是自我的强势造就了眼前的华锦。实质上，当你透过生命的本真，像阳光一样穿透古书的纸香，你今天的业绩只不过是轮回前的那柄涅槃。

前世相遇的路上，有阳光普照的一刻，也有阴雨绵绵的一定。在那种境地里，谁是水中的落，谁是枝头上的一点红，就遗憾在遗憾的境界里。

人在这个世界上，本就算不了什么，偏偏人就把自我定在了主宰的尊位上。今生的造化与业障，不是来自人初始的本意。遇在不遇的途中，初冬那朵一直隐忍在阴暗处的小花看得最透彻。

花瓣时常想到母亲的热怀，那北上的陈旧的冬风言谈着一炷香的点化。在相遇相逢的怀抱里，人孵化故事和传说，神秘了天地的玄机。

人生百态，宠与失宠不再是人的意志的荫庇。一路上的生命追赶，碰上鬼怪是灾，撞见神灵为福祉。一生一世的寻寻觅觅，谁都想把自己画成一柄十五的圆月。可你是否想起，月儿盈满时，正是亏缺到来时。

花儿红透了，就该凋谢。有时，人生追求的圆满，实质是在寻找另一种欠缺。残损的月牙儿，常常给思乡的人儿一片念想的空间。虽然，这其中微妙着另样的痛，但，痛着的想念才是美味的生活。

距离和空间的魅力，像爱情，不能相守却相遇。你在时间的维度上尽情地想象，伴着苦涩的风，合着甜美的雨，丰沛了人经过的日日夜夜。

缘分不是求来的，它是人生命行程中的一叶扁舟必然的遇见。从相遇到相知，有灵魂在交融。情到深处，实在是冥冥之中的某个领袖的引领，一直将这份缘带上爱的山峰。

时常，明知道爱在凡俗是雾中看花，也要把水中月的企望值放大数万倍。人的努力抵不住天意的遣派，万般求索，最终还要被滚滚红尘所淹没。

有悖于尘世的灵性，不是做了顾城就是海子，或者还有另一个结局，那就是三毛。

寂寞的等待，不为今生的荣华富贵，不为来世的高官厚禄，只为触摸一下爱的本性。

相遇的路上，缤纷如烟，你我的情缘在归途中痛了伤疤，蜜了沧桑。

第四辑

孤独相随不寂寞

在另一个地方静静相望

　　曾经多么喜悦于水中的月，雾里的花，这其中的朦胧美，缥缈美让徘徊于尘世的心灵宿命于一种幻境般的安宁状态。

　　总是奔走于虚晃的红尘，却一直企望某种菊白竹翠的泊心静地。虽不是避俗的隐士，时常怀揣某处安谧，把淡泊的高古来向往。天堂凝重，我的心事重重，冲不破凡尘的弥彰，让日月的转身把头顶千万年的约定诉说。

　　繁华世俗，是捧在手心里的爱，它让我曾经心疼了几十载。沧海桑田的轮回，翻来倒去的影子，究竟恍惚了谁的真理。前世今生相对望的那朵彼岸花啊，摇落了几多人生的好梦。当我的心还在痴迷地遥望中等候时，那一枚缘分的香蕴依然还迟迟未归。

　　谁见过月亮的泪水，晶莹了几世的创伤。想象是那烟，踱着慢悠悠的碎步，缭绕着冥冥之中的那个王。河水仿佛喊着我前世的名字，在急流深处静走。一串花开的声音，惊出了一个无着女人痛心的尖叫。往往，一群文字会在夜半时分将我扑倒。

　　于是，每一滴字都是一鞭子的血吼，它们不抽打繁荣，只拯救苍生。

　　写字，似乎是为了暖热那几近冰冷的痛。爱在红尘，爱与痛会晤，结果只能是在失望中寻觅希望。

　　遥想生命的田园，哪里是出世，哪里是入世？此岸对望的彼岸，茫然了几许相邀相约的等待。谁是渡我的船，在风黑雨白的人世安然了往昔破败的记忆。

多想在一片禅林间，搭一处茅屋，有男人怀里流淌的旧式三弦，爱抚了所有的伤痕。忽一日，沉默的他突兀地冒出一句惊我几番轮回的话："你这女人，真傻得可爱！"

泪水如瓢泼，还我上万年的柔润，赏我女性心底最细软的那片广阔。这时，我约来天上人间所有的快乐神，拥我一世爱戴，甜蜜了天堂地狱的万般祈祷。

这就是所谓的希望吗？有禅语说，失望和希望都折磨人，但希望折磨人的时间更长。当时空遥远了沧桑的无期时，那更长是多长。

寂寞下的星空，浩瀚了佛说的放下，然，身在凡俗，深厚的尘埃里，有多少提在嗓子眼儿的放下都是缀满了前世今生的祈愿呢。

草从不羡慕石头的地老天荒。从最嫩的一个小芽尖，到最老的一方石，这拧身的个中滋味，只有草叶知道。人世的心事，石头能品赏几多。寻寻觅觅，已不再是人的本能，时光将岁月撕开，让一缕缕的记忆伤成血口，在树叶的风声中净身，产生一种纯粹的民歌和爱情，把天宫的神定看望。

没有哪一片雪花不想舞在春的徐风里，梦中，谁看见那嶙峋的难过曾经铺展了天地的空间。文字曾扯住忧伤的衣袂，摇摆一世情，等待，就是佛赐赏的情缘。

今夜的月亮皎白明亮，但终究还是要隐匿过去的。如果一个约定在月下等候，赶在天亮之前还未赴约，伤心的脚步该以怎样的趔趄步出这个月夜。

向往洗礼着我的日月轮回，耐心苍老了一生的相邀相约。即便是在一枚叶茎的窄路上行走，我也要还给人世一棵大树的谦卑之爱。

睡梦中，借一道佛陀的灵光，把灵魂深处的那个相伴寻找。生活在现实之中，我们每一个人的特质都是不相同的，少有的人活出了自己的独特，而大多数只是在隐痛中藏匿了自己。

真正品赏过灵魂相依相偎的极少数人，那是天之骄子！真正可以陪伴你一同进入生命真相的人，寥寥无几。生活的需要剥夺了我们今生真爱的经历，那个在苍茫的遥望里静候的心情成为永恒的迷惑。

苍天的高远和厚重，是因为积累了太多的禅定，人间却为何要称其为天空。一个空字把尘世的虚无彰显到了极地。

深夜的呼唤，让人心疼，让人期盼。明知道爱在红尘是折磨，却还要赴汤蹈火。

那一片缘分的叶子，它让我错位在时空的年轮，每个夜晚的守候，都凝结成一段忆想，并以永远的情绪慰藉着我，让我一步三叩拜地去丈量永远有多远。

痛到深处是辽阔

当时间的柳条不断地抽打年岁的憔悴时，心可以端坐在静谧的林荫深处，平和地看从神域领地里逸化出的万般迹象。

到了我这个年纪，真的淡定了红尘的所有。心底灵动的双目，左边握住的是生命的苦咸泪滴，右边牵扯的是苍生的叶绿叶黄。

记忆不做倒流的水，光阴是镀在忆想锦服上的金边，它与想象邂逅在一片远离俗罪的荒野，同生命纵深处的隐声进行一场密切的会话。

虽然时光扯烂了女人头上的花盖头，也让花儿般的容颜陡添沧桑，但还得在讶异之外，与思想的绽放圆融了曾经的恩泽。感激四季的轮番冶炼，感动在白天和黑夜的牧歌晚唱里。

生命到了咀嚼往昔的阶段，是遇上了洪恩里的福分。知道了生与死的轮回，明白了哭笑人间的悲怆和喜悦，就懂得了一切全是相遇的缘。时间让人在命运的秋天收获希望，俗世间，下沟也行，爬坡也罢，都在佛的情缘之中。

回想不是倒退，把人生的远处瞭望，是安抚了神定的修行。这时候，在生命飞翔过的地方，伸手接住已往飘落的羽毛，掂量一下过往的沉重，内心的石头也会在一刹那间淌流成河，把前生的转身哼唱。

活着的眼眸载不出伤痛的血滴，那摇曳的身影已然成为眼光中的过客。昔日的初恋，那带着人生罂粟气味的香指，挑动一个女儿家关于爱的红手帕的人，已像印制在布上的红蜻蜓一样，缥缈了时空的奢念。在初爱干净的笑容里，是谁让他从此在这儿结了一个消殒的缘结。

他去了，倒进光阴的洁净里，把梦留给了还在红尘中晃动的女人。

是天堂的阶梯接走了他，还是地狱的铁链铐着他。风撩起生死神秘的面纱，与另一个世界相约，是偶然，也是必然。

生让人间充满了喜悦，缘何还要哭着降世；死时人们悲痛挥泪，有谁见过临终眼角缠绵的依恋。出世的哭声，不是谁教会的假象，这是前世相邀相约带来的呐喊，由不得你，也由不得他，唯有季节的祈祷才是万有的绝唱。

冷暖红尘，谁道破命宿的安宁。嘈杂一世，雪花飘飞，让欲念幻想春日的姹紫嫣红；大雨滂沱，那是人生悲苦的泪捶打无奈的尘埃。

密封过错，就是断了前进的念头。人本是尘世间狂舞的无头蝇，尤其是在今日的物质社会面前，个个都成为物有的醉徒，一步三晃悠地向着时光掘下的坟墓走去。

知识不是生命的本真。知识只是外在的物质需求。一个人，一个民族，一个国家，只有敬仰了文化，才是一种真正意义上的拯救。文化是视野，是境界，是爱，是无上的悲悯。什么时候，人学会了把情爱仅仅作为生理上无聊的买卖，这个世界也就与未来做了决绝！

麻木和冷漠埋葬了文化一世的情歌，一滴露水把痛苦的海洋回望。一句爱的诗词，落进尘埃里，能砸出多大的声响。叩问时代的心声，那暗哑的悲哀，是否还躲在阴暗的背面，很自私地沉睡。

质问远处的罪，不让血液来透析已往的经过。人不能背负着生活的业债，等待那个遥遥无期的奢望。

知道疼了，就有救了。反观是自爱，也是苏醒。从疼痛中站立起来，也是眼下这个世界的紧迫需要。不再疯狂，不再癫痫，在摇摆中，深情地回望一眼已然的挫败，把前方一扇禅定的亮窗凝视，一切全在那灯光阑珊处。

跌倒是一定的，但，爬起来才是顽强。

时间的尽头，有爱的辽阔在等候。

今夜，谁的肩头落住了昔日的悲伤

总是在写一篇小文前，要有两天的痛苦绞索，总是有一块时间要被写完后的忧伤所占领。思考却不能思辨，爱在红尘永远是一种身不由己的沦陷。扭曲的成长是不是这个世界的嗜好，今夜的悲伤该落住在谁的肩头。

小的时候，看见太阳从东山爬上来，时常替那轮回红日心累。从山谷底下向上攀登，要歇息几程。是时间遇上了太阳，还是太阳碰撞了时光，相互搅缠，谁是那个早，谁是那个晚。月亮端坐光阴的河畔垂钓，钓出来的那尾鱼，名字不叫昨天或明日，而叫陨落。

往事如烟，飘零着划破的伤痕。时代在痛苦的怀抱里假装混沌未醒的婴儿，是谁在夜的黑暗中把绝望召唤。

物有社会抛弃的信仰，在暗中抹涕擦泪，像眼睁睁望着不走正道专拣歪门邪路行的儿子一样又无能为力的娘，无助的眼神永远成就不了人类留给时空的救助。物欲已让贪婪和无耻丑陋了潮流的面容。这个世界已不相信弱者的眼泪，只崇尚霸权的残忍。

暗中的一滴泪，是血，殷红的是人性的情殇。它能击毁一切虚伪的城堡。人类到了今天，已不知道是因为生活而活着，还是为本能而拼着。

丧失了方向感，世界因此陷入一派迷乱。不是智慧的思考换取了矛盾，而是那河里的鱼说，水，你看不见我的眼泪，我仍然能触摸出你的心跳。

一直相信，世间所有的相遇都是一种缘分，这个时代碰上了新的疯狂潮流，这是谁暗中的操作。人类一直以来总缠绵于自我陶醉，残暴也好，行刺也罢，夺取权持和金库便自称业绩。

颠覆仿佛是这个世界的风潮，吞并也成为掠夺的另类真理。谁让人脸变恶魔，谁把小丑化装成美女。没有了尊重的依托，尊严将是一堆空蒙的虚设。人权被践踏，人道只能悄悄揉伤。

前行的跋涉在历经失败的哭泣声中，把远方的记忆打捞，天涯何方才是人类行驶船只停泊的港湾。昨日的黄花已想不起曾经的妖艳，既然选择了远方，凋零也要风雨兼程。

生命没有选择，与时间的季节相逢，清早也行，傍晚也罢，皆出于光阴的兴趣。

守着圆融，思念往生。在强势掠夺的心脏里，血液涤荡的是红尘里诱人的罂粟香气。

用感情来要求今天的这个世界主宰，如同想给乌龟装上翅膀。梦想常常把达尔文进化论的笑柄当礼帽。几千年前的《论语》《大学》《道德经》等，在如今人类前行的背影上，同样是人性的本真，是度量人类文明进步与倒退的标尺。

从来不喜欢空荡荡的天空，没有了云的曼妙，就失去了诗意的想象。如果经历一场无泪的人生，苍白的不仅仅是时空的幻象。

空灵的花露总把真实的生活翘首，足下的土地无言着神谕的教诲。时光对着沧海和桑田说，那是命运的秘密，我不能说。

在感情触目感觉的知性中，物欲社会的质感还在自我催眠。麻木不是人应秉持的私属，大爱的手指拈起佛陀的玫瑰，敬献给弱势的生命，香蕴依存于已往的拯救。

梦里的天堂金碧辉煌，人类精神的死亡已不再是假象，实实在在是退到了腐朽的最边缘。

今夜，赶在天亮之前，赶在众神掌灯时分，把落住在肩头昔日的悲伤点燃，串起野鸟的笑声，挂在黎明的脖子上，让救赎的念珠诵透一个昼夜的足迹……

月亮收获了谁的忧伤

如果史前的记忆是一曲胭脂，它凝望一掬时光的姿势，一定是人世最唯美的裸帧。谁家老树下站着怀想旧事的灵，在一瞬间选择了清醒，就是选择了成长。

真理的霞烟蒸腾在史后的死亡之中，那远方一尾动听的牧笛向神坛靠拢。

人不能挣脱光阴的缰绳，却让红尘的石碾压轧着灵魂的高歌。无论你怎样在人间的石磨盘上面蹦跳狂欢，终究是要被苦难挤碎成细末的。

挣扎是天堂和地狱一路的青睐，不管生活的细碎以怎样的缜密填充人的生命，时光有办法教会人看重每一叶生命，看轻每一件事情。

永远是时间得意的踱步，还是空间的隐灵的默然。人在这期间的风流捭阖，原来只是一瓣红布上印制的蜡梅。

命运的那片潮湿不会因青铜器时代的绿锈而改变初衷。活在凡俗里，任世事妖娆眼眸。活着，是点拨，生者，是寻找。不要寻前者，也不必找来者，把心泊在掌涡里，最大的力量支持就从人内在的广场隆重升起。

庭前看菊花一枚泪的顺势落地，想象扶桑的前世今生，轮回的念想里是否还有先圣们与一片苍叶同时挣扎的苦情叹息。

怀柔的心情是慈悲的高瞻，远瞩不是谋略，它是伸向遥远灵界的触摸。

帝王与将相的微笑，鞠躬出一种悯情，是在那凛然过后，圆塚顶头齿苋花紫色的哭声里。

时光不讥笑人的史记，史话的文字却一直把司马迁的那场狱刑点化。生命可以终止，但阉割确实让岁月咯血！

为什么把人类的残酷要放到促进文明进步的假辉煌里。刑罚不仅是天谴的举止，还是人在自残中难以摆脱的自我。

相互折磨潺潺了道场的落花忧伤，历史看不到，悲怆用目光弯腰把它拾起。

神光的背后静思着时代的疼痛。超一轮回的距离，谁能了清红尘的羁绊。

放弃是胸怀，是智慧，是大境界。三五九尊，还不是时空的甘醇里熏晕了的醉汉。

和一朵花的面容相对而坐，促膝长谈，人的流金岁月拥不住一缕飘拂的香，还把折磨搂进了生命的怀抱。

生命的角落需要不停地清扫，在迎来送往的人世，烟熏的过往墨迹斑斑。岁月追随的路上，黑暗中谁是人类可倚靠的福祉。不能企及欲念中认定的锦囊，人已惶然，神也散去。

自由在生命中吸纳几多逝去，握住的孤独凄苦了繁世的存在。沧海相望桑田，泪滴里无奈的感慨揪得心碎。俗烟的呛味，让情无奈，爱无果。恋中的伤谁在暗中诊疗。

穿风钻雨的人生，是为了泣血吗？神谕安抚的殷红，飘过天空，飘过生活的本在。

权贵的柄持，财富的拥坐，有谁在意佛光映照的法则。怜悯情怀在诠释世风的哀痛里，把一只蚂蚁的话语权交给了无上的信念。一枚绿叶的初恋，让人想念佛的女儿。

王朝和矢车菊的花瓣一样，共命运。一片云，一片雾，还有一片真自我。

世间的幻想灼伤了俯瞰的眼眸，从不知道跪拜为何物的权柄，只从记想里捡拾拥戴的掌声。流浪的云化成雨飞落人间，在于水的真挚。行善是智慧，是灵根的体现。

在结果言说结局的庄严时刻，善良游走在头顶，把无上的福分撒向文化的快乐里。

舍不下王座的诱惑，舍不掉春花秋月的魅力，人蛊惑了禅定的遗嘱，把人生的那本书翻开。读别人不如读自己。卖炭翁一直把白居易的情感观望。浮世人生，痴爱转世，轮回在岁月的皱褶里爬行。一生一世的梦也因此有了颜色。

相互守望，不是钱权的衣冠，是亲情、爱情、友情，是人情。人有了情，美丽的是自身，温暖的是周围人的心窗。

患得患失的冷暖人世，颤抖的是来不及收拢的贪婪，就被时光的风剥蚀了几世的念想。

此岸和彼岸隔河相望，北国的初冬牵动了诗人的情怀。灵魂在高处，感觉在和天使谈恋爱。

天堂和地狱的月亮一样的皎洁如雪，但，一个收获的是忧伤，一个得到的是千年莲花盛开的悦声……

秋末的一团绿荠菜

　　行走在秋末的阡陌间，渭河平原肥田沃土，在一望无际的冬麦地里，隐隐约约氤氲着神秘的薄雾。收拾得干净整洁的土地，平静得像处子，安然着一派圣洁的恬淡。

　　冬小麦已齐蓬蓬顶出了泥土的孕盆，个个鲜嫩着初识尘世的讶异，浅浅的笑绿了一地的信仰，把黑暗里挣扎的涅槃摇曳成淡淡凉风中一个永恒的相许，温暖了转世前的寂寞。

　　这是秋尾冬初的那种小风，没有春日那种的扬眉吐气，也不具备夏天的张扬狂放，更不会像隆冬季节的尖刻和寒冷。这时的风，似境界，如皈依，比女子寻找到了可以倚靠的灵魂寓所还要安谧。这种大襟怀的小风，飘拂在八百里秦川腹地的大平原上，绵延起了水样的心声，把秦地深厚的历史大文化点破，任季节在知性美的涓涓细流里，把跌落红尘而不染铅华的空灵成就了一方落泪，来敲击时代的心脏。

　　麦苗儿出世的惊喜晕染了昨夜的残梦，那带翅膀的欣慰已把往昔的伤痛折叠。大地的深沉浓烈着本自的庄严，特有的潮湿节气为万有生命涂抹了一层爱情的色调。泥土湿漉漉的，仿佛能捏出水来。是那种蓄满了禅心的宁静水湿气象。

　　秦文化的深厚沧桑了田野的每一寸黄土，雾气袅娜着上古的烟霞。人一钻进这散发着千年轮回大酝酿的地域里，你就如同一尾从秦王汉室游走出的带翅的鱼，驮着历史的血雨腥风，把暗室的疼痛连骨吞下。

　　掠出权贵的尊严，让高傲的头颅俯地，你可以成为一片两千多年前的瓦砾，不在皇家的高檐亭顶添风流，却把怀柔之心缜密了瓦缝，匍匐起朝佛的觐拜，在田陌间静候，等待。

时光的树叶一茬又一茬飘落，悄无声息，曼妙了岁月的恒定。一粒尘土的念想，让人类追求的皇室汗颜。光阴背不动金戈铁马的剽悍厮杀，谁主宰了时空的悲伤和扭曲。文化的文明灯盏，迎来的是你死我活的争夺，使生命如同扑火的蛾，一批又一批地碰撞起了无端的虚幻。

时间的钟在杀戮成性的人类面前哑然失声。光阴把寂寥千年的梦幻无处搁置，只好交由四季来指点。历史的印堂时常晦涩阴紫，天涯何地才是血腥自知自觉的安放。

厚重的史话永远是披在人间传说身上的铠甲，它只能教会你怎样以消灭他人而逞英杰的红尘原理，而忘记了一切众生的业力所为。

庄严和庄重一扭身就撞了时光的肩，历史的进程其实就是一片灰尘。不能与岁月齐肩并进，但愿在前进中稳实了慈善的脚步。

思量人世的繁华和崇拜，对时月是一种折磨。苍凉的大地已把情怀之心恩准给南来北往的气流。成和功，败和衰任由四季来评说。

秋季在人眼里渐行渐远，冬苗的翠绿很文化地雅致着自身自为。人可以以文化人，青绿却以微晃的绰约点醒了生命的真谛。

田陌草路边上，一团一团青翠的野荠菜很可爱地把自我的感觉跪拜。我不知道，这本该是春的娇子，怎就出现在冬初肃穆的颜面上。

是荠菜错失了时月的缤纷花开，还是误入了气候的歧途，抑或是还原了风花雪月欲说还休的敬仰而性起的花开二度？其实，在这个冬之将至的冷清节气里，荠菜注定是开不了花的。它把自己许配给了初冬的一丝暖意，就像那嫁错了郎的女子，不再芬芳香蕴，只能在生命的尽头等候来世的邂逅。

细长的菜叶紧紧贴着地面取暖，叶脉清晰可辨，每一条都蜿蜒着一个亘古的言说，人无法读懂，风点破迷津。

不是历史的悬念没惑力，而是人的情绪填满了历史的各个角落。雾再缥缈，也没有人的史话虚妄。一团荠菜的虔诚礼佛，让仰慕和平的心情如光般叩拜一路的清香。

荠菜是时光遗漏的仰望，它把自己盘成团，打坐在光阴的背面，绿了夜的期盼，翠了苍生的希望。

岁月的那头，有绿荠菜远行千古的爱意在等待……

疼痛后面跟着带血的思考

曾经青睐过死亡的魅惑，是因为滚烫的血液无法接住冷漠的目光。也曾让心底的企念，把策马扬鞭的身影摇曳成飘扬的经幡，那亦歌亦泣的岁月终在生命的低谷将凄婉盘踞。白天的光亮搀扶不起一个悲苦的夜晚，我把天地命运的疼痛思考成一串血滴，在一块顽石面前，裸露了真迹。

苦难让我学会了亲切，生活让我学会了关注。不管山头摇晃的花朵多么娇艳，那开在低洼的芳香常常是神愿里的心情。无论人类将多么冠冕堂皇的称谓戴在虚荣的头顶，《诗经》里无名的高贵一直是岁月里刻骨的铭记。善待每一个生命就是善待自己。猫和狗之类的，也可能就是我们前世的手足弟兄。土坡上，牛和老农在耕作中把转世前的缘分翻成周围的泥香弥漫，还今生一幅你曳犁我掌把的情缘。

把手臂曲成苍天的样子，让神光从脚下的地气里升腾翔起，而不是从天空播撒下来。

侵占从人性的骨缝渗出毒液，晕染着世界的清白。一条河流，可以无私地奉献全部的涌动，它从不属于哪个国家，也不归于某个民族。它坦荡着心声，永不会在高处喧嚣。低就，是河流一贯坚守的信仰。让水域平躺出佛恩的豪情。

历史打不开自己的心锁，那是人的慈悲生了锈。时间的理想被残暴击伤，人类那初始的美丽童话再也孕育不出醉心的语句。是人类自我堵塞了成长的通道，还是苍穹错乱了季节的顺序。

人性的出路终究在何方？是冉·阿让的轮回撞倒了《悲惨世界》里的雨果，还是阿Q的精神眸子讥笑了鲁迅的风骨……总之，眼下的这个世界，是错乱了季节的疯子！地球的西边和东方，全在颠倒昼夜的传说中摇头晃脑。

每一个人的内心都有一个死角，别人进不去，他也走不出。世界的运行规律，难道在这里打了死结？

神啊，这么荒唐的一个进程，谁是人间洪荒里那根稻草的拯救？

时光在起皱的岁月里说不破命运，石头任风霜雨雪点化了大宇宙的言传。

关注的苦痛跟在一群和平鸽的后面，把亘久的永恒和刹那的瞬间的娇媚飞翔。

苍茫的大地上流下思考瓢泼的泪，千年的雨是这个世界悲哀的悼词。我的心绪沿着历史向前的那条路，蹒跚着，磕磕绊绊地行去。蓦然间，天倒扣在脚下，地翻转到了头顶，人如四蹄动物，学不会直立走路了，却学会了爬行倒走的本事。

误过了梦里的约定，想象着自己曾把自己燃烧。善和爱是沧海那头永久的等待。人类的孤独，那株狗尾巴草知道多少。仰望尘世的那一片霞，我一次次陷入绝望，默默祈祷，为了今天的鸽哨悦耳，血腥不再蔽目。

我孤苦地飞行，悄无声息地，带着苦闷和彷徨，飞过忧伤，飞过生活，飞过生命的苍茫。

夜里，一滴血的哀鸣，让我的梦遇上了世界的惭愧……

行走在来去的路上

时光的脚步一迈进新一年的门槛儿，是否在门外还回望一下遗漏的点滴。无论落红的有心，还是流水的无意，捡拾的都已不再是明日的风景。人的增岁添华，是不是一种走失，都在行去来了的途中，迎来又送往。

季节的纤纤细指一伸开，就触疼了冬天的双眼。前行的路上雪落的诗情让大地嗅到了春花的味道。融化的雪片点醒了寒冬的向往，一枚在树干枝梢晃悠的枯叶让苍茫荒凉了曾经的诺言。凝想身前身后的兄弟姐妹，早已在冷气的邀请下回到了泥土的怀抱，是否皈依，虽然还是一团谜，白雾下，茕然一身的干叶，守护着唯一的孤独，把千年的寓言摇曳成气候的惊诧，任来去的寒风把它的执着绕出三生的经传，匍匐了来世与今生的全部渴求。

人伴着时辰的影子前行，得与失永远是跨不过的鸿沟。悲和喜的距离，是不是人生的地狱同天堂的并蒂，你行走着，就要背上两重天的抉择。

身后的过往能否甜蜜记忆，对前面的希望之光，是要以创痕来换取，还是以失望的抬头而垂首甘当俘虏为代价。光阴斑驳，显示在铁器的锈红里，人苦苦寻觅的笑容，其实一生都在哭泣里浸泡着。

苦难虽然是人的修剪大师，但尘世里的雪花，没有一朵不把春天瞭望。石榴树下的怀抱，多子多孙的火红，剥裂了炎夏的伤势，历史的白云已看不清榴花的艰难和悲壮，人不能捡拾磨难来冲刷自己。

尽管佛有言说，有难的人是大幸的。无论如何诅咒苦难是没有道理的。因为苦难是航灯，引导人丢弃前行的糟粕，一身轻松，奔走在生命的途中。

一路行进，一生的遗失，一世的捡起，谁都是时光的累者。前进中，谁都不想让绊倒，但眼看着的碍石，人自然会绕道而去，却常常在眼盯着大石的阻挡面前，忽略了脚下的细沙，往往滑倒人的就在于被轻视的碎小跟前。如同人影下防不胜防的小人，他虽不能真刀真枪地对着人，却能用跳梁小丑的方式让人栽进陷阱里。

通常，神来鬼就随。不知道天梯的另一头是否连接着鬼门关的那把锁，谁在红尘的尽头让黑白磨砺人生。

假如来世是为了出世，一朵清莲的心事，污泥知道多少。

来和去的途径，谁都不会是端直的，也不会是一程的阳光照耀。曲线似乎是这个世界的主宰，歪歪扭扭才彰显时空的过程美。虽然这期间饱含了人的悲伤和血汗，但却让暗夜里的心声把散香的文字咀嚼。

前方那好心眼儿的鸟语，默念着慈善的表情，文章沿着寒霜坟墓的边缘，把前世横跨古今的期约寻找。是谁槁朽了肉身，还在世俗的阴影里埋下了人类永世难解的谜。

锦囊驮得起笑哭的两用神情，同出双眼的泪水，担当着怎样的苦甜重责。凡尘间的抓手，在年月的轮转里，只是一堆被打碎的虚无，人拾不起，目光却落满了尘埃。

沧桑的微笑里不仅仅是苦楝豆的发言，它尽管凄凉悲怆，却是人一生的神往和追索。人一出生，就在它的湖水里浸泡。时间授予它摧朽的尚方宝剑，红尘中，人可以忽悠人，但沧桑的眼里揉不得半粒沙。

天宇上，谁站立在一弯残月的睫毛上，把来去的圆缺洞悉。千年以后，繁华的幕帘被挑起，人的踪迹还会香熏了历史的后背。

月亮的亏损是为了转圆的一刹那。即便是一现的昙花，也要为一秒的绽放倾注一世的尘缘。活在世上，人行走的脚步没有错，不要用自己有限的生命去纠正别人的足迹。人生是为绽放自己的精彩而来的，不是用来辨错的。

谁的视角都不是误时的，望断天涯路，有的人看了一辈子，迷糊了一生；有的人看了一眼，就清醒了一世。

佛的清水冲洗人的漫漫长路。鸟翅的天堂不是人想象的遥远。在物语交触的地方，跌跤不可怕，可怕的是在同一块石前跌倒两次。

赤裸的双脚经不起繁华锦世的滚烫，一片雪的祈祷让整个冬季把陈年的旧梦信仰。

岁月里，人死得起，伤不起。

诗人对视一地的冬麦

诗人一辈子怀揣一句名言，那就是兔斯基的那句话：站在山顶和站在山脚下的两人，虽然位置不同，但在对方的眼里同样的渺小。人生的背影支撑不起黑暗，弯腰间，把冬麦的昨天和明天拾起，过去的黑夜能否啼唤未来的白昼，这是个问题。毕竟，希望在眺望面前是个不易托生的等待。

作诗的人追赶不上时月的步伐，在苦闷、彷徨、狐疑中艰难跋涉。人生太多的疑问，绊倒了几多索寻者的身影，绵绵的寂寞欲将思索者的心眸覆没。多少个梦中家园，像水雾一样缥缈了诗者几多哀绪，人间冷暖，谁在尘世之外把天宫的传说翩跹成蝶飞的花朵。

诗人写在纸上的文字，不是一首诗，它其实就是一道伤疤。痛苦聚拧着诗人的双眉，人生在婆娑的世界面前，还不如路旁的那棵荒草。草叶在今年枯了，明年还能再绿。而人，从眼皮底下流出去的每一个早晨都会成为永别的擦肩。

时光的鞭子抽得诗人的拷问血迹斑斑。诗人明知道自己只不过是一个卑微的写字者，活在红尘，言轻语小，除了向这个世界投放一丝善良和正义，间或有祈祷，他还能为苍生做些什么呢。

烦闷、孤独本是凡俗里的罂粟，充满几多诱惑。让诗人畅饮月下香蕴，天地不醉人自醉，心泪里的哭声一直呜咽在月下老的窗外。此刻，作诗的人把红尘的心痛挥洒在梦的彼岸。

人生一大梦，一夜一小寐，泪水、汗水、血水涂抹不出"回头是岸"

的风景。诗人无力济世经邦，却把生命原本的不寻常存在了观音经过的地方。灵魂的灰尘，你不打扫，谁能递你一把笤帚在心上。

麦田里的冬季，霜覆盖了青苗，也落了一层哑谜。冬麦破解不了疑难，把谜底交给了大雪纷飞的季节。

世人看清了冬麦在自我挑战中的反叛和挣扎，把魔鬼与天使的翅膀一同揉碎，回还了神谕的沉默。诗歌的降临，就此开创了一个新的端倪。

智慧总要让作诗的人以孤苦的代价来开启佛门。人和神，咫尺天涯。时间的反光镜不会像人的眼睛一样，只照红尘的华锦，谁还在意一只蝙蝠在夜间的饥饿嘶鸣。

观照内心世界的戏台，是诗者的天职。被时代抛弃的冷寂怎么也湮灭不了诗人的良知。他在老屋后面的思考，加剧了痛苦的心跳。人性的出路在黑暗中疑惑，从污点上脱身。寺庙里的众生，正以各自的方式祈福着自己的未来。一颗悬挂在诗歌枝头的剩果，等待谁的手来重新摘取。

冬季的麦子向季节低下了头，诗中的祷告让垂首的哲学掬起一捧稔熟的结局。山那边游来一片白鸽样的祥云，像美妙的缘，却在诗人心头挽了一个结。白云啊，明知道你不是我今生的王，可我还是把你的居所神往。

烟火人间重在当下，眼见现实，抓在手中的财力才叫真正的财力，拥住眼前的权势才称真权势。君不见人前那句话，说诗人是白日做梦。难道诗歌就仅仅是现实生活中一方可有可无的天池之水？

上下五千年的文明史，在唐后主的"问君能有几多愁，恰似一江春水向东流"的诗句中就注定了宿命的神秘，李煜的传世佳句只能用丢弃了江山和性命来换取历史的承认。

谁是现实的主宰，谁是诗歌的山峰？文明创造的物有和精神，来路惶惶，去向惑惑。

命运的情缘抓不住恋爱的季节，让诗人一头雾水。一株麦苗喊不醒已有的凤愿，谁在神的守护下从神秘走向神圣。

诗人和麦子的心灵对视，让一场大雪舞出了千帆梦蝶。诗境下的人和田野，把尘世的冬季装点成一幅朦胧的水墨画。

岁月的舞姿一出场，就使麦青成为诗歌眼里最深沉的文字。

诗人在人世的水草边，让一塘的诗句跪地，为天下苍生祈福。

其实，尘间的都是丐民

再不要因为人世的不得意而埋怨命运的冷酷，也不必把那握不住的冷暖当成失意的人生败笔，能够托生在尘世，来到人间，无论豪华锦衣的宠幸，还是街上蓬头垢面的乞者，都是这个世界的丐民。

活着就要乞讨。首先，要向大自然讨得氧气，幼儿时乞得母乳。羊羔跪乳，不是人的智慧拓展出的空间，它是羊类几千年的救赎，修得今世的哺乳姿势。这是天性的跪拜，对讨要的一种敬仰。

很多时候，人连羊性的情意都丢失了，还谈什么人性。世事纷纭，曾有多少兄弟姐妹，在分家的时候，为财产打得头破血流，而冷缩在一旁的老母亲，却成为你推我搡的抛弃……

民情的冷暖已不顾及先人的传说，大众的一统思想，把唯利是图的学说渴念。文明古国的刁蛮，集体灵魂的腐烂，到底蒙昧了谁的白天和黑夜。

沙粒和珍珠谁的理想更珍贵。命中的夙愿让民众掂不出内心深处尘埃与金粒的分量。拜金主义，享乐人生，疏远的亲情……齐刷刷跪倒在钱权的面前，颠倒了黑白，混淆了良莠，民族的团体疯癫，像龙卷风一样横扫时代的温情。

一滴水的灵魂看不透集体的迷茫，大雨倾盆时，谁在万丈红尘之外把童年的歌谣点燃。

一滴小雨不会向白云索要自己的命运，一个回眸颠覆了水一生的顾盼。纵有千帆风月事，缠绵于大地是雨中梦绕的祝企。

迷失于坑坑洼洼的风尘，民族精神的嘱托不需要时光的寄存，它在文化的指令下，所向披靡。

远方的灵魂一直在风口浪尖锤炼，日落月升的光阴用亿万年的修行等候一个时代的苏醒。童年的故事富可敌国，精神之王能翻卷起物有的船队，沉入大海。集体的腐败和糜烂，让无常的尘世更趋于功利的崇拜。

生着活着就已经是讨要者，这个世界的无私奉献不欠任何人的情和债，人再加倍地抓搂，道道划痕，拉伤的不仅仅是文明的往事，还在历史的痛心上再落一层霜。

不一样的职位谋取着不一样的野心，每一张面孔都是异曲同工的乞丐，向自然索取活命的东西，要社会掏出所有的心肺。权力、金钱等等，似乎全成了民心的猎物，谁拒绝索要，反被众人嗤之。

世事晕染季节的萧瑟，一条蚯蚓用深情的眸光把尘缘望穿，若不然，它们就不会选择土层下的黑暗生活。在冰冷中耕耘，成就了蚯蚓一世的修行。

繁华的梦境很迷人，在与尘世的厮磨下，万般的苦难和灾难一直就是点醒。你沉睡也罢，你冷漠麻木也罢，禅灯始终在人生的某个际遇处亮着。当递增的皱褶在面目上横行时，匆匆过客的意识还在痴迷什吗？

生命中多少个梦境栖落于月下的摇曳，兔子灭绝后的凄凉，还有谁会蹦跳点跃。老屋的沉默，正符合了秃鹫的嘶鸣，大麦在阅读《神曲》时，让小麦的理想把泥土亲吻，最后一片地上的朗诵，不是诗人，也不是歌者，它是时间的经传。

一切的疑惑和污点都将成为身后的低垂，无论文明走到哪里，都是一个挣扎的起始。

一生的冷暖，最懂得季度的温凉。智者选择的方向，不是一头挑起天堂的水帘，就是一头扎进尘世的坟墓。

活着是一个过程，死亡是一种局势。天雨取不出古井里的水，黄鹂的翅翼一扇，让追求黄透了项背。

黎明的光瀑中，丐民们把幸福的聚焦投向了远方的先贤……

幻想拜谒活着的出路

既然女人是水，就要还原自然的秉承。水的灵性是天宇的透迤，大山的刚毅再怎么伟岸也总离不开水的滋养。就像现实生活中的男人和女人。

幻想总钟情于女人，它缠绵的思维让女人常常枕着天上的云彩入梦，搂着想象的缥缈把天堂的香火点燃。

时间可以脱去女人俊俏的容颜，却改变不了女人梦幻的天使。年岁让女人步出花开的佳期，但，最香的气味仍然是女人一生的眷顾。

　　花开不是为了陨落，芬芳却是留给这个世界永恒的仰望。花瓣的呢喃，话说着女人最初的真相，谁是解语的花下佬？和风细雨把地老天荒的箴言诠释。

　　女人的思想像毛毛细雨，缜密了上下五千年的文明史；女人的柔情如白云，摇曳一世的书卷奉献给了人类进程的足迹；女人的心情似雾，无论怎样飞拂终要让思考的拐杖伴随生活的步履。

　　女人用诗意的韵律装饰自己的人生，时常心细如针，胸襟还可与江河湖海比拟。在男人面前，女人是女儿，也是母亲，无论缺失了任何一种品质，女人都会感到孤单。通常，女人的傻气是生活中的调味品，给男人顶天立地的自豪感；有时，精明又让女人成全了男人的野心。情到深处时，女人就是那绕山流淌的河，虽然总处在低洼处，却能纳百川。

　　生命的航行再怎么曲折艰难，灯盏一直在女人的内心缱绻。当暗礁巨石阻止前路时，哪怕粉身碎骨也要果敢担载。

　　梦是柴禾，幻是火星，女人用梦幻构建的篝火晚会不是人间的最后一场狂欢，也不是神祇远行出航前的终极秉承。

　　幻想滋养着女人一生一世的日子。步伐的稳实要比疾行更为重要，女人宁可疼在今天，也不愿痛了明日。

　　痛与苦本是时间的真相，也更加靠近真理，但，女人知道怎样在暗中揉痛，在背处咽苦，不然，怀抱的天性真的看不到出路！

　　流泪时，女人就是那扑火的蛾；伤心时，女人的心境可以抵达天意。

　　俗世间本没有甘愿焚烧自己的蜡烛，火芯依旧是人自我安慰的点亮。黑暗里本没有什么，人却让黑暗负重了太多的惧怕，就像人恐怖死亡一样，因为目力无能看清的那方景色，所以就赋予了冥国的万劫不复。

　　天堂和地狱的寓言也在女人的怀里发酵，看明白了人类挣扎的根源，女人的意念成为尘世聒噪的潜潭。一条河流穿越千山万壑，纵使胸有广阔也终要被水域淹没。

水滴石穿是韧性的努力。今生，佛恩赐了柔情，宁可断肠也要把心中的梦擎出。

管你江山红遍，还是霸气冲天，全在女人的幻想里如丝如缕。真实地活着，活出一个真实的自己，是女人的本分。毕竟，女人已在这个无常的世界面前，去看过自己死亡的日子。禁声的地方是自由的向往，黑暗中，女人常常触摸的是黎明的心动。

为王也好，称雄也罢，女人的心中只把两个名分担承，做王的王，为雄的奴。

极端虽然是人性的悲哀，但，黑白尘世，两极时常成为拯救的镇宅宝剑。

凡俗里的风起云涌，把终极的思想冠以美名。也是的，只有极端的挺立，才有世界的魅力。

雪花带来往日的心事

总是爱用柔美的想象把雪花的梦境装扮，谁能触摸到梦里如蝶的翩跹，那已是上万年的赴约。雪飞雪舞，将昔日的心事缥缈，带血的思考，一转身，想起了远方的妈妈。

女人静坐在大雪纷飞的门后，目光挽不住昨天的彷徨，也拎不起明日的迷茫，与一场大雪相约，注定是眼前的缘分。

女人满目的雪花飞舞，却不再会有当年的狂欢等待，内心的沉实已为她洞开了另一片天。

　　欢天喜地在如今的女人面前已成明日黄花。曾经的伤和痛，时间的耙耧已渐渐磨平，恩怨的控诉也从这个年岁中褪了铅华。痛定思痛中，那暗中操持匕首刺穿命运穴位的那只手，让她下了狠心，做出决绝之势。快刀斩乱麻，使女人拖着遍体鳞伤的感缘，一步三摇晃地艰难跋涉在前行的途中。

　　一段时光被截留在不堪回首的往事里，与人生的相邀，女人像口衔黄连的鸟，刚一试飞，就碰上了电闪雷鸣。虽然折了羽翼，但还能战战兢兢地行走。

　　光阴沉默着，面对女人血迹斑斑的过往，竟也一脸的苍茫。

　　大众全都怀揣各自的宿命，把前路猜想。谁都在幻想着明天的日子一定比今天更美。伤痛的花开花落，也是为了见证岁月的无常而灿烂的。

　　寂静的音律是灵魂的期许，冬季的雪飘，是千年修行换得今日的群舞。女人眼里的白茫茫一片，那是雨的梦幻，把前世的一声呐喊，带到了今生的轮回中。

　　人生里冥冥山峰上那枚原定的叶，从绿到黄，总怀有某种孤独而执着的夙愿，不期然间的蓦然相撞，灾也红，难也黑，全是尘埃惹下的是非。

　　生命艰难地跋涉，几多劳苦，几多悲怆，苍凉着无言的岁月。生在偶然的气旋里，却活不出心仪应禀赋的姿态，女人时常站在大胸襟的枝头，翘首以待。

　　惶惶红尘，滔滔欲海，汹涌起翻天巨浪，女人举着初恋的情爱，把纯粹寻觅。俗世的变色龙，让女人时常睁大婴儿般的惊恐，面对凡尘间的正常事，心跳了几个转世的无奈。

　　在人间，有一种痛叫单刀直入，还有一种痛叫木刀锯人。前者虽惨，却痛快，后者无血，却让人剜心。

有种说法，叫作喊出的伤不是伤，闷在心里的痛才是真痛，它能置人于死地。

女人捂住这块暗伤，一醉数十载。生命如此落魄，谁在提醒女人，入世本为浪人，何必在出世的召唤下耗完一生的短促。

既然生是偶然，死是必然，何苦还要攥住不意的鞭梢，驱赶眼前的景色呢。

女人伸出白皙的手，接住一枚雪花，晶莹的花瓣在一瞬间收缩起姣好的面容，变幻成一粒微小的水滴，很像女人，在刹那间被光阴融化了昔日的俊俏。

成为水，雪融化了一滴永恒。女人的沧桑，在内心深处撩开一帘水窗，眼前汹涌而入的是大江大河。

谁在凡尘之外抚慰一粒土的伤痛，大雪纷飞的原野上，女人的情爱一直在等待。

擎在头顶的不是尘世的权势和金钱，女人从来卑视着有钱就有爱的龌龊恋爱观，爱情文化的品格被时代的怪胎遮住了顾盼的眼神，它在女人的心头默然着红，红到沉默。

女人明白了俗世的无奈，既然花开在红尘，白雪黑风全是眼里的景。毕竟，那来自尘外的皈依，救不了生，载不了死，女人只把情爱的船只泊在心湾不让风摆走。

游荡是世事，季节移动的是往返的覆辙，人生没有返程车，青春走去不再复还。在上下颠荡的白天和夜晚，女人总喜欢静坐时光的一隅，在冬天满天雪飘的时节，等候情缘的雨水在目力所达的天空慢慢地明亮起来……

在飘拂不落的日子寻找

冬日的天空总是仰望着一种忧郁的灰青，它给人间无奈的凄楚涂抹了更加浓厚的色彩。城市和乡村痛苦的真相一并被季节遮掩。

零零星星的雪粒是人生梦中的晶莹，细碎的粉末落下一地的疲乏。雪的白上，那一窝窝南来北往的脚印，已看不见冬天的驻足，而沙沙的落地声，不是唱佛的诵念也非诗歌的飞扬，它是一种无着的寻找。

脚窝落满了太多的惶惑，一地的承诺再怎么稠密，也疏散不落昨天的苦闷。雪的粒粒而下，悠悠地，从天空到地上，述说着云的别离凄情，间还有雪化成水的艾怨；抑或是在云层中纵身一跳的刹那间，雪就梦见了尘世的那滴泪。

寻找的过程就是让眼角的那滴欲落未落的泪，散化成无形。当孤独拥住寻觅的心声时，是不是无常的坚持让人的眸子碰伤了曾经的执着。

寻找本是独侠客，踏星背月的日子，知道了远方的祈祷。沿岸的风景多么诱惑无边，怎拢得住心底仅存的那丝念想。

隔河的篝火暖不热箴言里蛾子的向往，心存灵异，谁是道路尽头的一盏希望。

寻和找的空间斟满了太多的婆娑，月光抓不住琉璃的期盼，灵魂在雪地里燃烧。

雪末的琐琐碎碎，像恋人的关爱，缜密了地久天长的心愿。白白的小粒粒，稠稠地筛下来，过滤了雪粉的梦境。庄周梦蝶，已不再是传说，它在雪粉的幻想中做着玄妙的阐释。

如果雪粒是天公的诗句，一路地飞赴，谁是递酒的使者。天作美，撒一地雪的晶莹，入尘世悠然成水，为仙家酿造醉人的想象。

雪粒不心动蝶舞的袅娜，翩跹的美妙终也要落地成泥。人生的寻觅，没有结局，只是一个又一个的开始。

云端上如果有了凡俗的酸雨，落在哪儿，疼就在哪儿。风在田野捧起遥远的忧伤，把人对世界的感受紧紧握在手心。

夜间的纯粹沉淀了世人的心，却让不眠的魂灵更加狂想追寻。黑白时日的挥洒，沧桑了人的容颜，月深日久的霓虹灯下，岁月就是人捧在心上的一盅自醉的酒香。

生命的古巷越深越令人神往。浮世的种子已经不住年岁的漂洗，人到了一定阶段，转动的经筒就会在某一个特定的环境下悠然出一曲顶礼的膜拜。

谁是一生的相守，这是生命中的疑惑。相伴相随的，不一定是人生的选择。时常，牵住的是虚空，那真正的相望在现实之外等候。

寻找的艰难撕碎了无性的禀赋，苍白的生活讥讽了人的往昔。一路的景色是血泪的嫣红绽放，人的需求在渴望里一步三回头。

光阴堆砌人的苍老，额前的皱褶承受不了太多的无奈和苦闷。一路地寻找，一路地丢弃，谁在生命的背后捡拾昨天的落寞。

佛疲惫的笑颜细数着人的过往。人边走边漏，碎了眼前的踪迹，也成全不了明日的渴求。

你走进他的灵魂，他嗅着你精神庭院的花香，即使不能相拥，遥遥相望，也是一种幸福。

有了相互的照耀，让人类始祖偷食的禁果烂漫了所有寻找的路人。你不在现实中被湮灭，你就是那枚果香的受益者。

从此，心踏上归家的路，慢慢地，随时光走去。

草的血液染绿记忆的一生

一块岩石是卧着的记忆，它盘踞风来雨往的玄学。一株绿草，是挺立的过往，它把季节的担承擎起。绿色的血液让记忆的一生充满了草的宿命。

时光迈着碎步，走过岩石，漫过青草，如水的气息灌满了所有的经过。人类夹杂在石与草的中间，不问一棵草短暂又易逝的嫩色，也必要爱那一盘石的悠长和永生的最老，跨过自己，一天就是一生。

黑白人间，睁开眼，人就属于一瞬间的猎物。刹那时的拥有，人才是此时此刻的一种成全。成全了时光，也被时光所驾驭。闭上眼，有梦就是活着的希望，梦境里光阴渡人去彼岸。无梦的合眼，是人厌倦了四季的纠缠，沉湎于另一个世界的安寂。从此，白天不再搅扰，黑夜将凝结于人的眼皮上。

无数次地让岁月穿过人的躯体，一生当中，人把面目托付给了雨飘雪舞的季节，任由时空改换着人的容颜，光阴就是那画家手中的笔，每时每刻都发挥着它的率性，很随意地在人的脸上涂改着模样。

人从出生的那一刻起，就在不断地变换着样子。昨天的人已不是今日的式样，去年的梦花也改变着原来的色彩。今夜的蟋蟀歌唱着父辈的月下情，把昨日的企望已交由清晨的鸟鸣去珍藏。

活着的当下，是人与时光的缘。缘起则生，缘落则灭。每一秒钟都是起始，也是终结。每一次心跳，是过客，也是永恒。

谁能说王冠的落顶是不殒的星宿，谁能指定乞讨者的蓬头垢面能让三生石上的镌刻永不褪色。江山美人的拥住，时常在人的意料之外；坚固的城堡貌视枪炮难侵，一旦限数企及，倾覆常常是一眨眼的工夫。

云来雨往的人生，穹窿之外，梦在那里静归。风花雪月的过往，谁都是光阴鬓角别的一朵黄花，不但时时刻刻被变幻着色气，稍不留神，人就会在改变中做了落荒。

不断地走过自己，把栖居在前世的景色尽收眼底。那飞蝶一样的文字从心潭上一出，就染绿了一生的记忆。

看云彩上空的风景，人像观望前生那段阡陌生活。炊烟的童谣，袅娜起外婆的虔诚日子，目光纵深处，简雅的愿望，让那些真挚的渴求在梦的安谧处眠去。你大睁着的双眼，是否还摇曳起红尘的缱绻和缠情。

世事的云雾太深奥无边，人天生的朴素情怀，怎能涉世探险，一脚踏进，不是覆没就是灭顶。

尽管世事无常，但人心叵测是俗间不变的定律。匆匆而过的身影，各人怀揣心事，把谋划的前路铺满希望，一直在斡旋中等待，在拼杀中渴求。

当某一天，无意间碰到岁月的镜子时，人愕然，张大了嘴巴和眼睛，唏嘘，原来熟悉的自己变得陌生了，故去的颜面在日夜煎熬中滑落谁家，已成今世的哑谜。

夜晚真好，它能过滤白天的万般繁杂。人摒弃了一日带来的挣扎，跟着静卧的猫咪一齐闭目养神，却道是猫科的九条命，经念的是前世转生的秘籍，而人仅有的一次生命，还在争抢中被光阴的刀刃在不知不觉间一层层地割剥消殒。

今日的人已不是昨天的自己。目光抚娑过的地方，心在聆听一路的经过。白发的讲述，不是诅咒，它是岁月的祝福。大雪纷飞的季节，把全年的心声吸纳。脸上的皱褶，不能爬过太多的忧伤。却道是，红尘的迷障过重，人不能自拔，枉费了生命的彩虹。

攀爬的过程很艰辛，划伤的渗血是人生的必然。痛中的快乐是不是生命的滋味，谁的脚步一迈出，就蹚出了一条带血的河流。

夏夜的蝉声喊着人前生的姓名，冬季的深夜，猫头鹰让冷清的雪光温暖了祖父的凝望。同样的守候，不一样的季节目送着相同的背影。

在这一切之上，人和草的血液虽然是红与绿，热与凉的差别，但日月的记忆却等同着所有的顾盼。

当人的脚步走得离坟地愈来愈近之时，这才猛然发现，自己就是这样的一棵草，是草这种由青到黄的缘由。

孤独相随不寂寞

为什么把物有的世界冠以美名曰，人间。细细品来，似乎有一种曼妙的诱惑。在心树上晃悠的时光，人美其名，曰，过日子，说不清是日子驾着人向远方飞翔呢，还是人抓住日子的发梢在摇落自己的岁月。

转生的路充满艰辛，聚拢起前世所有的酸楚，人也要让一生的追撵停不下风转年月。来一趟尘世，实属不易，绕山转水，过荆棘，越浊流，与仙妖一路拼搏，虽比不上西天取经的壮阔，也经历了漫长的黑暗，投奔而至，隐约感到似乎与这个凡俗有过心照不宣的誓约。所以托生为人，受尘世的渲染。

起始的脚步，是蟋蟀歌里诗意的泊湾，一株小草的爱意婉约了祖先的豪性；白云下的瞳孔，在倾听月亮河的淙淙寓言，一声花开把王子和公主的往生孵化成了天国的希冀……人心纯净的童真，让万有的喧闹积淀了安命的臣服。

爱使人性得到了广阔的拓展，幼童的孤影，是思考之父的护佑，在与鸟翅的灵犀相通之间，童年的万般想象，皆在幸福美好的遐思里。

童趣中寻觅的踪迹，是人终其一生的点化。歌谣轻曼的栖居，独享了生命的全过程。

心里始终热暖着爱巢，无论翅膀扇起多大的风潮，家就在那里，飞行的方向就在前面靓丽着景色。

时常，人很需要孤独。吵闹的红尘摇摆着不歇的时月，星空下，一尾流光圆满了陨石祖父的祷告。谁在孤寂的夜晚，轻轻地吟诵着啼血子规的文字，让人在物质和精神的两扇石碾之间，发出了咬碎牙骨的挣扎。

如果童年的记忆一直是现实社会所摒弃的秋之净水，那么，谁在梦的沿岸抓起扁石，撇出了一世连串的幻想水花。

出生不是人的意愿，今生同父母、兄弟、姊妹等的亲情，也由不得人的选择。千年的缘分决定了一世的相遇相识，人，其实就是那一枚蒲公英飞赴的抉择。

落在那儿，伤就生根，疤能愈合，思虑的痛还在向纵深处掘进。

佛祖的淡定确立了人性的光芒。红尘的一坑无奈，腾起满目迷障，身在俗风下穿梭，心不能悬空，佛让人心皈依，把爱的誓言挂满了菩提。

物有社会的发达化，催生了人性的迷失。质感的现实富有得让民众集体患下了肥胖症，精神世界的寒冷、孤苦、凄凉，到底要将人推向何处。如今，全人类的癫痫已经到了无可救药的地步。

一个人，如果内心缺失了爱意，是很难与人相处相沟通的，自私自利、冷漠会继而加紧地攥住人的行为，以致人得到彻底的失败。一个民族，一个国家，一个世界，如果流失了应有的良知和悲悯情怀，变得冷酷无情，人类覆没的灾难绝不是预言家的料想！

人性的指引常常伴随着孤独。孤独是沉淀，它是人的品格气质。孤然独自的思考，反省在前行的路途上。孤独中的冷静，已是时不可待的社会需要，是人类亟待拯救的一个期望。

荒芜的心灵只有自救天才可以帮助。爱是永恒的守护，夜色下，那扫墓的守陵人，执掌的一柄扫帚，尽将阴阳两界的鸿沟荡平。

从天国到人世的灾难，是一尾鱼的梦呓，水下的多情把几世的圆融幻化，千百年的生命还优哉游哉在水陆两栖的惬意里，一语道破天机，换取今生与石头的生活缘分。

回不到岸上，鱼一跃而起，让几辈子的还愿心情长成一身的鳞片，赎罪了前世全部飞翔的梦。

从孤独中得到启迪，在孤独的守候里冶炼。孤独似水的清澈，如云的神往。它清脆的风铃声已不带光阴的沙哑，亦不问季节的方向，它清素简雅，执着沉静，在人间使花开出蝶的翩跹，让蝶舞出绚烂的诗章。

孤独的发髻上，一朵飘香的文字正绽放在载道的果敢里。

众相面前，那寂寞的无为以游丝的软弱悄然消失在思考的土壤里。

人性的抬头，使一杆希望的眸动在神的祭祀堆上猎猎飘扬。

人生未圆，是期待的美

生命落尘在遗憾里，每一个人生都怀着一缕缺失在凡尘，如果明白了万物的灿烂之日，就是委地之时，月圆之刻，便进入残损境地的轮回，对于少角或欠棱的一世，人就会体味一种期待的美。那样的守候，才是生命的真滋味。

来到尘世，就亲吻尘埃。无数的绿叶同绿叶，一直争议着风中的等待。人群里，每一次的挣扎，都是善与恶在做着悄无声息的决斗。人性的品质，有时从暗中发出一声喟叹。

吃苦受罪是为了迎向生命真实的相貌。在艰难险阻面前，生命的旷达意义才能真正地得到拓展。在物质主宰一切的今天，人的理想丰满婀娜，但现实的骨瘦如柴常常顶不起一贯的载负。在细品黎明的晨曦味道时，旷古的学说时常丢给思想一窗朦胧的诗境，让人品读不起那种来自远方角角落落的初恋。

经济的飞速发展，截断了人品的路途。思维的纯物有化，催生了追求的高钙硬度。财力决定了万事万物的方向，不知道衡量人情的物有气概在黑暗中是否羞红过人的脸。

当春的气息萌动在阴坡洼地那一坨白雪下面时，湿淋淋的空气总让树木和地皮染深了颜色，这让人想起人间爱情那尤物。大地此时正酝酿着一场浩大的情场。

爱与情本是尘世一曲曼妙的灵动，人应当是其中的宠幸。然而，当今的爱情，变得如此龌龊，比任何一个时期都丑陋，谁还能在有权就有爱，有钱才可以爱的今天，让白雪公主和白马王子在光阴的彼岸等候来世的见证。

生在凡俗里，谁都是过客。定位让我们懂得了自己不是归主，何必很上心世间的一切呢。

凡所有相，皆为虚妄。走到今天这一步，不能不说是我们的心根发生了本末倒置的霉变。我们的人生，错失了安静，一切的惬意体会全被眼前的利益阻隔到了一个再也无力企及的阴沟拐角。

如果生命里少了静观晚霞铺展的壮美，缺失了聆听荷塘里蛙声的齐鸣，以及一朵花开的倾情与叶落的淡定，人生即便是权显财拥，岁月是不是一听嘲弄的易拉罐。它不装饮料，却灌满了消殒。

当人性醉眼惺忪时，光阴已穿透了人全身的骨缝。一座坟茔，孤零零地在百年后讲述着身前身后的遗漏。

人，飞不出沧海，与桑田隔空相望。花的忧伤粉红了一世的苍凉，季节的古典美飞动着春夏秋冬的灵异极致，希望养一篓的美梦，酣睡在一缕阳光的新鲜里。

初创的世界是婴儿眼里的干净，人类始祖的悲悯洞开了万物的情志。时代到这里患上了臃肿症，谁陪时光跨出饥饿的一滴泪的哀殇。

疏忽错过的景致让我们的人生失去了拥有的资格。残缺不是一颗心与生俱来的孤单，今世，佛赐给了能思考的力量，人还会将诗意的领略拒之心门以外么。

黑暗的脚后跟撵着脚后跟，生命的深度、广度和高度在思索下充分展示。追求的物质不算罪，只是不要让灵魂相悦的爱情也披上金钱地位的狼皮外衣，还想学一声羊叫。

闹剧固然是人生的编排，谁还拿自己的另一半做着生意场上的买卖，这场搞笑的把戏是不是做得过于残忍了些。

　　活在现实中，风也好，雨也罢，坦然是境界的抵达。在渡人生的途中，急流也行，暗漩翻卷也成，泰然处之是禅性的企及。面对世潮，奇形怪状的身影，学会不评价，不抱怨，这样人就不会在对与错之间受累，避免用他人的错误来惩罚自己。

　　人生苦短，只要不做情绪的牺牲品，何苦在意钱财的多少呢。在意自己，知道自己，如何做好自己才是生命的最好选择。

　　每一朵思想的挣扎，最终根落何处，那是风铃吟哦出的梵音。人领授到的福不可享尽，罪要受完的宗教意念，就会在忘我的境地里走向从我，任由初升的一轮月亮在心的家门前溅起满河的童谣。

第五辑

现实，就是一个童话

七婆的麻麻母鸡

小的时候，最喜欢七婆家门前那棵歪脖子老槐树。每当四五月份的深春时节，在你不小心之间，一眨眼的工夫，那黄中带青的花絮就梦幻般地从浓郁的叶子中间系拉了下来。风一吹，暖阳下，花串儿神仙一样在空中轻荡。

槐树花絮把青涩的童年给了春光，而树下的我呢，让童谣的心幡飞拂起一树的向往。

日月抚娑着槐树花絮的呢喃，也同样亲吻着我九岁的时光。头顶的花，未开时，像闪光的绿纽扣，扣得住一棵老树的期盼，却纽不住光阴的催促。时常，我站在树底下，把愕然给了我的天空，让幻想惊诧了脚下的每寸土地。

我不能像树一样，把根深深扎进泥土之中，学着树的定力坚守一份永恒，是因为我还要远去他方，到一个无力问津的异乡，枕着故乡的明月，做一个再也不能寻根的他乡梦。

想到将来，幼小的我心酸又苦楚。未来的惊恐和憧憬同样铰得人心疼。是花骨朵，你不可能不想打探春天的心事，亦步亦趋的忐忑，留给头顶的是对日后的百般渺茫。

槐树花絮很美妙，我经常能够聆听到它们叮铃铃的私语声。风铃是天上的恩赐，风中的槐花絮儿，让满腹的希冀绽开在深春的节气里。

当一夜的蒙蒙细雨在村子里氤氲开来后，第二天一大早，雨后初晴，借着清晨的曦光，哇，一树的槐花，一树的香，白腾腾地，满巷子都漂浮起了香甜的花儿的味道。

人被熏醉了，连早晨刚下架的鸡儿也被槐花的香气晕染了，它们扑棱棱地扇着翅膀，说什么也不肯离开大槐树。

尤其是七婆最疼爱的那只麻麻母鸡，它仿佛和槐花的清香通了灵气，硬是立在树下，不避人，睁着一双红通通的圆豌豆一样的眼睛，来回打着转儿向树上翘看。

麻麻母鸡也和我一样，是在惊异春风春雨的神奇吗？怎么一夜间的工夫，就绽开了数万亿朵花儿的心思呢？

纠结本来就是天地万物诞生时抱成的一个谜团，能够怡然地打开一朵花的情绪，这是谁的万能之手。

如果含苞是一种修行，那么绽放就看准了涅槃。平常的一朵花，平凡中的一个肉胎凡身女儿家，明知道天堂的路途很遥迢，做不了天使项背的一羽，也要向时空逮一隙光流，顺着日子跑去。

七婆一出院门，就"咕咕咕"地叫她那麻麻母鸡，顺手还吆喝走了别的鸡儿，让它们自己打野食去，独独留下麻麻母鸡。偏爱是每个人生来带就的性情，同样是自个儿喂养的鸡子，七婆就看着她的麻麻母鸡顺心又顺眼。她赶走了其他的，把紧攥手心里的一把种子粒给麻麻母鸡开了"小灶"。

麻麻母鸡得了宠，也"咕咕咕"地耍娇气，唧唧哝哝哼唧，往主人的怀里偎。七婆掉了门牙的嘴笑起来，比头顶树上的槐花儿还幸福。

这只麻麻母鸡是七婆去年用自己的老母鸡孵化出来的。记得放种蛋之前，七婆就踮着双小脚，闭上木门，从门道缝底下一照，第一个就是七婆认准的麻麻母鸡那枚蛋。七婆说，那蛋晕坨子大，孵出的鸡子一准是强盛的。

七婆洞察种蛋时惬意的神情，一直留在我记忆的深巷子里。那时，选种蛋、孵小鸡就是七婆的全部生活乐趣呢。我时常像看天上人间的剧目一样，一幕在高远处晃眼，一幕在尘世的深土层震颤。

我捉不住槐花开放为哪般的疑惑，我也无力擎住女儿眼里日落月升的祷念。谁在花儿与女儿对往后的祈望里别一根划伤经过的尖刺。

七婆喂鸡是为了生活，而那麻麻母鸡又是七婆生活实践的见证物。七婆还在自己选中的麻麻母鸡的原始蛋上点了一坨红。那带红点的种蛋就在老母鸡烫人的肚腹下，从七婆"鸡抱鸡，二十一"的念叨声中第一个啄开了蛋壳。

"嘭"的一声响，世界上一只小鸡诞生了，虽然不起眼，也算不得什么，从此，滚滚红尘里，熙熙攘攘中却多了争生存和挣扎奋斗的一员。

七婆兴奋得合不拢嘴，还用长了黑垢痂的指甲为麻麻母鸡的顺利出生将蛋壳挑出一个大豁口。果然，不大一会儿，那毛茸茸、水湿湿的小鸡仔就彻底挣脱了硬衣壳。

生来就带着挣脱，生命总要在摆脱什么中求生存，这似乎是世界不变的规律，对谁都一样，无论是鸡还是人。

树扎根，花儿散香，也是一种奔波。人要从漂泊里寻找生命的正确方位。

寻根溯源不是人的本能，它是人的慧根在左右人。

麻麻母鸡的出世，是七婆在某个领域的准星验证，它满怀生活的趣味。

麻麻母鸡全身都是在灰色和咖啡色羽毛相交的杂糅中包裹着，看起来显得更加麻溜，还很有序。从头到尾，毛片由小到大扩展开去，一圈一圈地，煞是好看，惹人眼目。

偏爱它，就格外地在乎它，就疼它。七婆对麻麻母鸡的疼爱让人心生疑窦。每当午饭之后，七婆盘腿坐在木纺车怀里摇响"嗡嗡"唱歌的轮子时，那麻麻母鸡就"咕咕咕"地小声唧哝着，偎住七婆圈起来的腿膝盖前，打起了瞌睡。红红的豌豆圆眼一闭，安逸的神态赛仙灵。

"今年春上，"七婆一说起麻麻母鸡总是掩饰不住泛上心头的得意，"这一开窝，就会接二连三地下蛋，还不会隔窝！"

那个时候，粮食还很缺乏，人时常还吃不饱饭，更何况鸡子呢。鸡子们也是，一个早出了窝，四散扑飞开去，各自跑向觅食的地方，逮些虫儿、草籽之类的充饥。一般好点儿的母鸡，下一个蛋，隔一天再生另一个；有生存能力差的，好不容易攒下一个蛋后，挣死扒活地下出来，中间一空就是好些日子形不成下一个蛋，甚至，有的干脆就来一个软乎乎的红皮软蛋，也算不枉做一回下蛋母鸡。

麻麻母鸡在七婆的精心照料下，长得比一般的鸡子要顺溜得多，毛光且亮，麻花花的身子有时在太阳底下一照，能晃花人的眼。

我不明白天庭和地狱的差距到底有多大，反正七婆的一窝鸡子，就麻麻母鸡是七婆心尖上的宠幸儿。看来，世上的禽类也和人一样，幸福的事情到底还是少，受苦的一定要占多数。

麻麻母鸡自开春以来，更是脸红如血，七婆就更加百般地呵护它。七婆认为，冠子越是红如残阳，越是下蛋的主儿呢。

就在槐树花儿噗噜噜落地的那一天开始，七婆的麻麻母鸡下了有生以来第一颗蛋。

七婆的脸笑成了一朵花。尽管麻麻母鸡将果实没有下在七婆精心为它在后院半墙上掏挖的专供下蛋的土窑窝里，还为麻麻母鸡提前放进一枚个儿大、形儿好的引蛋在里面，这麻麻母鸡还是在七婆的看护下，把蛋下在了东场边上一堆麦秸窝里了。

我说不清我是该为笑脸如花的七婆存有一丝苦涩呢，还是为那纷纷坠落的槐树花儿心怀伤感？在一颗鸡蛋面前我的脸怎么也绽放不出一丝笑意。

是七婆的喜悦颜面吹落了槐花，还是麻麻母鸡的成就感就孕育在不幸的时光之上。

落花星星点点，我仿佛能看到花儿眼角一滴欲掉未掉的泪。繁密热闹的昨日景象，一下子溃败得入地成泥……

为什么尘世的许多好事总要体现在不好的事物里面。一面是收获的欢喜，一旁却是被时间打落的飞殇，谁是主宰这一切的酸楚神奇？

再过几十年，槐树依旧花开花飞，麻麻母鸡和七婆还仍然笑开颜吗？而那时的我，也和诞生在村里一茬茬的女子一样，远嫁到一个无人知晓的陌生一隅，偷偷地，悄然地走出生命的地域……

静静地来，又默默地去，这是生命的必然呢，还是无常的运转，我不得而知。我只循着七婆、麻麻母鸡以及槐花的清香思路去思忖我的将来……

麻麻母鸡下的蛋是那种白中夹杂一些灰青色的。记得头一颗的蛋壳上还带有红红的血丝。

七婆心疼啊，双手捧住那热乎乎的，还带着麻麻母鸡体温的蛋，像捧住了心上的太阳一样，不住地嘟哝："蛋下大了，伤了鸡儿呢！真是乖宝贝儿……"

那麻麻母鸡下的蛋就是比一般的鸡蛋大，蛋壳上还疙疙瘩瘩的。那时，一颗鸡蛋就能为一家人换来一斤盐钱。七婆星星点点地积攒，就是指着鸡蛋支撑全家人的油盐酱醋呢。

万丈红尘，生存是首要的。生活就是苦中找乐的一个过程。你期待好事也罢，诅咒坏事也行，一切的悲喜都在存活中随波逐流。

麻麻母鸡也不负七婆的厚望，一个接一个地天天下蛋，只是它从来不想将蛋下在七婆的家里。

吃喝拉撒靠七婆，只要一到正当午时，麻麻母鸡的脸红得像一团火，也就是蛋憋到了屁股门门的时间。麻麻母鸡就会像一支射出的箭，从七婆的木门内扑飞而出，连跃带跳地绕过紧邻的一户人家大门，钻进三嫂的家……一眨眼的工夫下了蛋，咯咯嗒嗒骄傲地喊着唤着，唱喝着，出来了。

七婆三番五次地看守，总也看不住，真是有些恼羞成怒了。鸡儿脸红，冠子更是犹如一片红绸，在眼前飘飞。七婆的脸气得又红又黑，近乎发紫了。眼看着自家的麻麻母鸡到三嫂家下了蛋，七婆还不能去人家院里取走，七婆心头的火烧得眼圈发烫。

后来，七婆干脆用一只烂鞋绑在麻麻母鸡的腿上，将它绊在自家院里。

可是，无尽的烦恼在七婆和她的得意母鸡儿面前撒泼。麻麻母鸡每当到了下蛋时分，就拼着性命地往外扑啊跳啊，连身上好看的鸡翎子都碰掉了几尾。

七婆睡不好觉了，时常坐在门墩儿上看着麻麻母鸡发愣。夕阳西下，一抹残红落在七婆和下蛋的麻麻母鸡身上，仿佛天外飞来的一件嫁衣，披在谁的肩头都是一张谜。

七婆开始抱怨了，说，麻麻母鸡啊麻麻母鸡，你就是个石鸡，也被我的苦心该暖热了啊，难道你是我前世积下的冤家对头么？

麻麻母鸡却不谙人间的世事，它只管完成它最初的夙愿。无论七婆怎样爱怜，还是后来的百般阻挠，麻麻母鸡还是义无反顾！

只要是有蛋要下，麻麻母鸡就拼死拼活，也要钻进三嫂家院里。曾经几次，险些被七婆绑住的绳绳勒死。

七婆泄气了，软软地倚靠在槐树身上，似乎这时她才感受到槐树才是她唯一的支撑呢。

不得已，七婆放了麻麻母鸡，无精打采地自言自语着说，鸡啊鸡，你上辈子欠了三嫂的，今生变成下蛋鸡，也要还了那世的债啊。

槐树下，七婆和麻麻母鸡的债链上，谁是结扣呢。

槐花早已落尽，一年一茬的香韵甜怡，一岁一轮回的因果，反哺土地的虔诚融化了槐花儿朵朵的灵魂，而我——

还要继续追赶我的旭日和晚霞。

草帽上的麻食

那顶草帽是那种白亮夹杂一层浅浅的淡黄颜色,是母亲掐的麦秸秆,亲手编成的。草帽本是遮阳挡雨的,但这顶草帽它改变了用途,是母亲专用来做麻食饭时的器物。

那时,每逢一年当中新收割的麦子一摊上场,要赶在碌碡进场之前,晾晒的间隙,母亲就和三三两两的村里妇女,围坐在麦场上,从摆晒在场里的麦群中,挑拣那白亮且身巧儿标致的秸秆,掐去两头,再剥下杆儿上的皮。于是,一根根顺溜滑爽的好秸秆就成了母亲编草帽的最初始物什了。

到了晚上,那精心挑选的麦秸秆在纳凉的母亲手里,编成了一条长长的花辫子,再经过母亲一绕两绕地,等到了将孩儿们的梦都绕进了紧密的秸秆辫子里时,一顶样式很精巧,样子很漂亮的草帽就该完成了。

我是眼睛看着麦秸秆是以怎样的姿态融入平常百姓生活家的。每一根秸秆里的清香,都是农家院落最惬意的诗话呢。草帽的长长秸辫,把农人的简洁情愫扯得悠远绵长;秸秆被编成的每一台格花瓣,那是农家妇女最缜密的期盼,是无限的向往在有限的麦秸秆上的怒放⋯⋯

我的童年夏夜,是在灌满了麦秸秆清香气味的缱绻下过来的。那时的月牙总是那么令人遐想的清亮,像前世笑到今生的眼神;又恰似数千年前一个美轮美奂的经过。母亲手中的草帽，就是夹杂着月亮的美妙幻想编织起来的。

总是有屋檐下泥窝里的土燕，这些小精灵们不远万里，衔来了江南的稻香，在这样的月色下，小声且舒意地发出香香甜甜的呢喃，它们述说的寓言故事，是长江黄河的传奇，是江南江北的图腾呢，所有的生息精神一并被母亲编进了草帽里。

当然，这些燕子们明白，它们完全可以放心地春来冬往，或者早出晚归，因为农家的大门总是日夜为它们敞开的。

邻家大婶，也会在那样的夏夜，三五个地围拢来，这时的牛郎织女在这些年轻妇女的心神上就会飞扬起来，把这个夜晚的心事一股脑儿地倾倒给了南吹的风，让头顶的星空也为之动情。

星子们闪闪烁烁，比远古诗人的情绪还要激动。牛郎和织女星在垂首观望，仔细地聆听着人间屋檐下的烟火故事，还有这些大婶们只能到了夜间才可以放飞的心声。

母亲的草帽，编进了农家女人难以言说的几世情缘。漫天的星斗让稠密的心情稀疏了农户屋前的箴言，一颗流星哗地将天空分成不平等的两半，一条弧形亮光，灼伤了创世的最初意愿。

一顶草帽把天上地下的玄秘用最简易的方式做了最完美的阐释。

当夜风带着它的神秘从远方捎来野外的犬吠时，母亲手下的草帽也圆满了一个残缺的结局。我的童心就是吞食了这些童话般的生活而成长起来的。

生活就是屋檐下的泥燕窝；生活就是大叔大婶们在打麦场上的打情骂俏；生活就是人家屋顶上缥缈的柴烟，袅娜出的诗情画意；生活就是仲夏夜里一缕风的到访；生活就是月亮和星星升落时无眠的言说……生活就是母亲手中那顶白晃晃且坐禅的草帽。

这融进了童稚万般情趣的草帽，它载着生命在生活中艰辛挣扎的沉重，划向岁月的彼岸。

一颗流星，一声警句，留给人间几多疑惑。夜里，我枕着草帽的歌谣，使劲地向着茫茫漠地摆去。

我不知道草帽把自己的梦遗落到了何处，而我的梦，就像屋檐下的土燕，一直就卧在草帽的壳里。

草帽是一艘清凉的船，载着我的时光，驶向我曾经的沧海与桑田。

草帽一旦成功了，就被母亲扣在大案板上木架的盛面瓮上。整整一个夏季，母亲就在草帽上做麻食。一堆面丁丁，在母亲飞快的手动作下，不大一会儿就从草帽的沿子上飞出一堆带着卷花楞楞，带着麦秸秆香气的麻食面了。

看着那一个个漂亮且带花瓣的麻食，它们活灵灵地，仿佛有了生气，很时尚，却又古典；像美人儿的眼眸，传神还多情；又如同生活的辛酸，把古老的情调一撒，就搅醉了农家人的饭锅。

母亲时常撮些黄豆煮熟，再将豆腐丁丁、洋芋疙瘩以及小片片海带搅和在一起，炒熟，炖烂，然后氽进煮熟的麻食锅里，饭勺一摆，来一锅花花彩彩的大烩。到了晚上，凉爽的烩麻食就成为一家人享用的美餐了。

麻食饭是不用再热的，凉凉爽爽，一人一碗，再往碗里调进油辣子和母亲自制的包谷醋，淋上一层酱油，端出屋门，来到院子的石榴树下，就着大蒜，就着月光和星光，吸溜吸溜吃起来。

人间美味一直就是来自于母亲的手，来自于母亲做麻食的那顶草帽。

草帽的秸秆辫子有多长，人生的梦就有多长；饭碗里的麻食有多香，生命的岁月就有多香。

一顶草帽贯穿了上古至今的饮食文明，它使长江黄河的文化彰显出隽永的魅力。

一顶草帽，清香了土地对人的虔诚；一顶草帽，香熏了几世前的寓言故事，香透了华夏民族生生不息的壮美景观。

一顶草帽，它就是渡我的船，载着前生后往的百般轮回，驶向熟麦季节那一声麦黄鸟的啼血中……

半帘时光等谁醉

当夜的童话一点一滴维护着酣睡人的梦时，星星把暗示的目光一触及曾经的想象，往昔的时间就飘飞成人生的背影。于是，你在这头翘首，他在那边渴望，到最后，生命的句号还要时光为人画一个圆。

人都是带着欲望才来到红尘间的。俗世里的风洞很强劲，人人在逆境中锤炼生存的骨骼。诞生，就意味着纠结。锻铸的过程，是血的涅槃。陷进苍茫的岁月里，无论你的情寐有多醉人，眼泪一出眸子就将夜的内心打湿。

年关一过，老感到时光的双眼落在身上有种灼烫的滋味。立在镜子前，想窥探出时间在人脸上悄无声息的雕刻。从出生至今，数十年的风雨兼程，谁能清楚自己的模样已然蜕变了几多颜面。

光阴戏说的寓言故事，绝不会在陶渊明的幻想里遥望远方的景象。蒲公英善于漂移的学说，是否还在春寒的某个角落痛楚地喋喋不休。置身于尘缘，物有的理性是不是嵌进情殇里一枚狂野的尖刺。谁在梦的边缘守望着伸向远方的辙痕。

不知道成长是伤的注定，还是人向前迈出的步子本就是踩着旧疼寻新痛。每一天的阳光与星辰，从人身上碾过，在人的意象里带走了什么，又留下了什么。

前行的相对论于人的年龄岂不是成反比，生来拽着讨命的光阴绳，一荡，再也找不着来时的方向。

人间的祝福语怎会那么多，还不是因了生命苦难多的缘由。守不住岁月的流沙，那点点滴滴的遗漏全倾情于人的茫然追求里。

生存和生活是生命的必然，在这期间，有时的抉择要比努力更有出路。发展的方向是握在心间的尚方宝剑，走错了，时间决不允许谁从头再来。

昨天的记忆永远回不到从前，苦难和挣扎是生活的真相。世间本没有甘愿自燃的蜡烛，灯火是一种无奈的摇曳。

时空的咒符贴在万物身上，让冬日的雪花曼妙了梦想，使严寒的冰霜刺伤了绿叶的情怀。当季风吹来时，植物的性格还原了初始的愿望，那雪花的翩跹舞疼了谁的融入。

时间的猫步不伤人，它一直就在检验着人的方向。隐忍的气质贯穿着生活的本真，很多时候，人一旦学会了生存，活着也就成为一种虚构。

脚步声总是同影子做着对话。人活在自己的心影里，一切的存在都将是勇往的归途。

降生就涵盖着死亡。无论从生到死这段距离有多长，都不是人的把握。但是，长度永远代表不了广度。一天一夜一小梦，一生一世一大酣，醉在人世，醒后是否还需继续。

人生的梦喂饱了岁月，等待的爱难道只有天涯海角的遥想。

地老天荒在人的概念里成就永恒，在时间的臆想中只不过一股风的经历。

春天的气息让麦子显得很贴心的样子，那种被寒冷磨炼出的品态让人诞生一种《诗经》的感喟。春节过后的绿色田野，悲悯又豪迈，湿漉漉的空气使树干也晕染了情爱的深色。文字的灵性带着季节的萌动，铺展给麦田一地的诗意，童谣的故事在远处随植物拔节。

已往的伤痛在这里品读麦苗的绿色念想，在时间的灵魂中央，划起生命的桨，一摇，溅起春光无限。

满目苍翠尽展颜，岁月的彼岸—花红过流水情。梦中的人影幢幢，我挽起光阴的福祉，循着我的未来，一路走去，直到海枯石烂。

文字向皈依的方向挣扎

云游在前世的文字里，突然从一个梦幻的水草边惊醒，回味的感觉一直有着与人为伍的盟约，所以臣服了人间的苦难，在凄凉荒芜的境遇下，陪人一起挣扎。

烛光知道黑暗是一抹疼痛的冷酷，但还是要聆听夜色的跋涉。一头肩着伤疤，一头挑着愈合，燃烧自己只是为了摇曳的企及。

文字一出炼炉，就在焚烧的良心中煎熬。苦行僧的生活，让文字一世行走在苦海无边的希望里，回头是岸的点选，使一柱晨光把往生的智慧全倾倒给了文字。

承载的道路悠长绵绵，文字通常在黎明前的黑夜里释放前世今生的缘根。痛时，淋漓酣畅；伤时，触摸降临之间的那块疤。

其实，天堂和人间的距离并不遥远，一切只在转身的一瞬。文字的风铃从来不问季节的方向，救人于水深火热之中，是文字把朴素的渴望举上了头顶。善良的愿望有时需要无数次的挫败来完成，这也许不是文字的初衷，但人世的热冷总是无休止地翻转着阴阳两面的巴掌。你无从操纵，也无力应承。

仓颉转世，结束了人类以绳记事的历史。人间有言曰，天上一颗星，地上一个人，这不是想象，也不是梦幻，更不是传说。它是冥冥之中的灵异一犀，点透了人间天上的契合。文字始祖仓颉的问世，自是那颗星宿的落生，打开了绳的一个结，又在身后挽上了痛苦的纠。

如果轮回只是为了刨疼一路的脚印，文字伤不起，人心更是难以埋下无尽的苦粒。

所以，扯起寓言和传奇，把成长的伤势转移。字不佑人人自保，拐弯处，舐愈血疤的间隙就是神助之时。文字咀嚼过的日子充满了心酸，也杂糅着惬意。一滴泪汪在眼眶，要比淌流在脸上的更悲伤。哭出声的委屈不可怕，闷在心内的滚雷时常能击葬一个人。

文字出生的地方很美丽，它在一朵花的露珠间，也在一只麋鹿的斑纹里；或者是从一尾羽毛的飞落中，还许是从鱼儿高叫的水浪上……

文字的故乡是个多情的地方，云彩总从屋后的村子曼妙诗意的栖居。人世的纠结，在这里只是雾里一个浅浅的微笑。

文字的目光紧锁着虔诚，遍地的蛊，惑住了红尘的出路。谁在文字安谧的凝思下悄然入眠，谁在梦的吵闹里流着泪水无法安睡。

文字的脚步踏实又稳健。自从由人的大脑深处一托生，就意味着担当。究竟从哪里突破，这是文字的苦旅。试问身前身后事，暗夜里的哭声呜咽着谁的悲悯。

推窗远眺，一段陌生的时月被丢弃。人找不到王子和公主的寓所，让上千年的诉求扑倒了所有的文字。

烟尘味的浓情呛人还诱人。文字打着灯笼也照不透人心的内涵。情到深处，人，不为财死，便为情亡。

文字是拯救的发泄口。人生憋在某一个阴暗的角落，人救不了人，文字撑一叶扁舟缓缓驶来，不用拐弯，径直荡进人的内在水域。

生命的过程总是沟沟岔岔要攀越，悬崖边上，一串串的相思豆火红，那是一个个身处异乡的好梦，在不合时宜的地方结下的险果。

危难中的相望，文字成为支撑生活的倚仗。人不能在阴冷潮湿的地方待一辈子，匆忙时也忘不了捡拾一堆文字的干柴，架起一蓬对岸的篝火。

内在世界的燃烧，让人在文字的天堂里自己照见了自己，本是虚无中的来客，何必苦苦追寻尘埃里的繁华。

文字背不动人间的虚妄，还让人寄托了所有的苦难。人从虚无来到虚伪，眼对眼无从说起真实，面向面，不可倒出纯粹。憋住，也不是人唯一的选择。有些话不出口，不见得是良策。发泄，则气顺；说开来，则通。但，世事诡谲，常常让人缄默不言，还冠以沉默是金的假象。

人活不出一个真的自我，这不是人文的喜兴。悲剧的一场又一场，循环了人世的沧桑。说不出的事，人统统撂给了文字。

苦闷时，操起文字的桨，摇响敞亮；徘徊中，文字成了引路的天使；彷徨里，文字是那祭祀台上的幡旗……

文字是大肚佛，能纳人间的苦辣酸甜；文字是凹处的海域，百川尽流，百水广进。

文字是一柄涅槃，反复咀嚼着人的岁月，陪人苦了一生，累了一世。

一抹新绿，刺痛春的沧桑

春天，对于 2012 年似乎是前世的一个梦，迟迟不肯到来。这个梦遥远着古往今来的前程，让寒冷的季节坚守着遥遥无期的等待。直到三月份，对春最敏感的柳梢头还把鹅黄色的眺望藏在黑褐色的枝条里。一滴泪的背面，隐匿着春来秋往的沧桑。土地里，一窝往年的枯草丛中，一抹新绿把这个艰难诞生的春天的命运刺探，时光还在冷暖的两端打坐念佛。

季节和人一样，有时需要痛的隐忍来实现。人生我来过，还是我来过了人生。生命总是缘于情感和物欲之中，现实里，相伴的不一定是真爱，错过的时常是人不断地寻觅。

一生徘徊于紧握与扬弃之间，无论是情也好，抑或是物也罢，那些充分彰显人性贪婪的欲念，在你我的间隙悲惨了一世的精明。

云端之上，那含泪的伤让红尘的芸芸众生把一个倒春寒的季节暖热。企望春暖花开，似乎是万物性情的倾向，你花不开，蝶就不必翩跹。

这个春天的命运旅途多舛，行进的路上你来自地狱的乌门，却还要把天堂的亮窗向往。冷暖人间，得失就在睡梦里，生离死别，也只不过是梦醒时分吹落一瓣花的传说。

2012 年的第一个季度，涅槃着孟婆汤的滋味，还有地上乐园的幻象。攘攘四季，从时间的大漠蜂拥而至，往前看，谁是今春的复命之主，谁是自由主宰下亡命的孤寂。

　　沧桑的宿命来自于勇往的追求。待到百花烂漫时，春的竹笛就是消匿之际。

　　人不飞翔，却长着梦的翅膀。放飞的风筝把悲怆的心声带向天空。风不来，风筝的羽翼被展翅的渴望打湿了念想。人不能左右自己的命运，却可以让风筝鼓胀了理想与白云切磋曾经的幻想。

　　生活教会人信奉运气，来自于尘土，消逝于继往开来，归隐于尘埃，这是不变的定律，无论你的梦做到何时何地，花落山岗或是河流，生命的短长只在眨眼间的一笑与一哭。

　　你来我往本是红尘一脉气，纠结于情殇和物贪之间，怎一个满足只在阴阳两界才绽开。

　　举目尘世之外，熙熙心思，稠密了奔不上的爱情；稀疏的岁月，零乱了头上的发丝，终其一生，握紧一把血汗，到头来，被光阴讥笑，秃了顶，老花了眼，浑身上下都是时月穿梭留下的疼痛。一脸茫然，再也不问津利与情时，却到了叶落草枯的那一天。

　　一生奔波于贪欲的悬崖上，紧握在手心的华丽，却原来是抓住了生命的削剥器。

　　尘世就是不得安息，它有着荼毒的灵魂。锦囊不是上天的赐予，它是人间自我折寿的一种固执。心血凝就的欲望里，看不见沧海与桑田的更迭无限，一只蛐蛐的夜唱述说着圆坟下一颗灵魂生前的故事。

　　憧憬的希望，也是破灭的希望。天路有多远，心的跳动就有多远。社会的情感总是建立在不平衡之中，政治的心脏永远在等级森严下求平等。

　　一个人，就是季节里的一丝儿风，老想从天地之间争得一席之地。一生一世，人寻求的物与权，怎奈何得了时势的一声咳嗽，官员沦为阶下囚，富贾变成街头乞讨也不是神话传说。得与失之间，红与黑的较量本是世事的存在。生命里，甜蜜总伴随着凄苦。

人生的品性发源于思考的方向，人不是一棵狼尾巴草，但要有感恩之心。爱时，不是要求寻找太完美的一个人，而是要学会用完美的心情去品赏一个不完美的对方。

为自己的生活镀上诗意的光色，是修行，更是梦醒。把目光投向望不见的角落找幸福，是愚人的选择；在自己的身边养育乐趣才是智者的决策。

煦风不来，不等于春天的绝望。一个季度的时间摞起来有多高，一个人的生命长短到底有多长。梦中的枕头搂满怀的喜悦，把人生的春花秋果收获。三生石上，你的幸福感苍凉了天地无语的轮回。

诵经的真言无法止步，信仰让一个民族成为真正意义上的主宰。佛拜的路途有多遥逊，它使社会意识形态领域里闪现出了一线高贵。人群里，谁懂得信仰，谁本身就是幸福。

生活的现实，是一个灵魂找不到去向的地方，你不掌控自我，谁来救人于水深火热之中。

天问下，仙界与人间的鸿沟，其实就在人的业力作用中。

土层下，寒气萧瑟的迟春里，一抹草的绿意刺痛了新一年的过往，人在这个季候里，成为捂热春天阶梯的绿色守候。

不是岁月等待的绚丽，实属那问花的蝶把梦托福给了这个春季。

尘世一尾鱼的思念

摇摆在苍茫的红尘，人不是鱼，没有那条自由的曳动，且美丽迷人的尾巴，但成为凡俗里的鱼，真的不想飞时，是谁把住尘世的大门，总想念着有一双能够展翅的羽翼。

当夏日的光一站在花朵上，就疼痛了一句话，你真的老了。花无语，只把一瓣一瓣褪了颜色的花叶随着老去的心声交给了风。花知道，明年的春天，开放的指定已不是自己。花瓣的飞翔，它没有翅膀，那是轮回的信念经过俗世的眼，一夜的阵痛之后，所觅到的归宿。

人本是尘埃间猫爪下的一尾小鱼，只是人的记忆太深，总忘不了倒映在水面上的云霞，一扑腾，就被时间大浪击翻。

一心想改变周围的环境，到头来人被淹没了一世的情，还嫌抓到手的东西太轻太少。

人有梦，一天一夜一浅梦，一生一世一深梦。所有的梦想其实就在一黑一白间消融。

据说，鱼的历史要比人的历史更久远，而鱼的记忆只存活七秒钟，七秒过后，一切都是新的开始。人不这样，几千年文明发展的路程，一程更比一程惨烈。人在挖掘记忆里的暴戾，比任何一种动物都具有乖张的手法。

倾心于权力的，把自己置身于至尊之上，生怕有一只眼神遗漏了自己。权力的说法，就是百姓的律法。人冠以权势为上层建筑，并美其名曰政治。

政治的秩序就是在无秩序下得以生存。政治的铁面獠牙，噬了诗性的灵魂，吞了人性发展的方向。

谁在红尘之外，手执花圈，让时事政治眼花缭乱。情和理孰重孰轻，只在权力忆念中的一闪之间。

大凡重情的，就不在理路上；以理服人的，往往是不讲情面的。

人世上的事，不是鱼和水的事。政治的心律一直就在排斥情缘的齿轮上那艰难的轮转。

不是谁的错，也不是谁的对。无论人间的咒符怎样贴在你身上，你总是要重情或重理的，你就是一尾要经受千般磨难的鱼。

白云在头顶哭泣，人意识不到，这不是雨水的错。鱼在河里呜咽，水听不见，风看见了。一朵睡莲里，一株露水把古往今来的佛恩落定在花蕊的心上。

血的代价，火的淬炼为人类锻铸了文明。然而，一切的真相总是在残酷下诞生的。血与水的差别在于色泽和浓度，人同灵的距离却在云头之上。

生命的活动在于感知，更在于感觉。活着不仅仅是享乐在吃喝当中，享受在他人羡慕的目光下，还应该独自去陶醉在一片霞的无语里，一朵花的绽动里，一叶草在风中的微笑里……

没有谁的心会一尘不染，但学会鱼的忘记，不在凡水里沉溺，浮出水面，喘息一会儿也是人生的一大需要。

见好就收这句话带着禅意，却道是世俗里的人，有几个能真正做到急流勇退呢。

无穷尽的华锦，人钻进去就忘了自己，忘了时间那把悬在头顶的剑。

风从来不探索雌花与雄花的性别，也不会迷醉在花园的百般娇媚里，风一出世，就是一副雌雄两栖的姿态。

人一旦具有了雌雄两性兼容的心内素质，就有了更高层次的境界，这人就更靠近神的脚印了。

神是人性的归属，到了那里，人就会安静，尘埃就会落下。

权力、经济是生活的基础，但绝不是生命的唯一！

游动在世俗水里的鱼，不向往有一双翅膀不是好鱼，但思念远古的朴素和真挚情感，却让人间的一尾鱼时刻怀揣晨钟暮鼓的教诲，口出一语，立刻暖热尘世三冬寒。

苍茫将我望成野外的一尾草

深秋时节，就到了一年中最富苍茫感的段落，这个涵盖着绿色与枯黄并蓄的一季，将一枚目光投进了生与死的缘起缘落；而我，站在季节的末梢，被云雾沧桑望成了野外的一株狗尾草，随天地的热凉，定格了一个远古的抵达。

人常说，秋季的景象是天高云淡，但我却觉得，这时候的云是一年当中最低近的，最简约的那种白，仿佛一伸手就可以抚摸到一样。

云在天上，人在地上。行云是为了寻找心目中的归属地，所以，才这样从不驻足；一旦站定了，云就会泪滴了一地的悲凉。就像人，总想凭两条腿走遍世上所有的苦难和甜美，生就的奔突跳跃，即便跑向天涯，待扬起的头颅在某日突然学会低垂时，却发现，原来倾其一生一世的奔跑，其实一直就在原地转圈圈。

秋末的雨，缠绵悱恻，且悠长纵深，还总氤氲着怀旧的情愫；如人，拉长了返祖的思念。已逾中年的我，和季节一同，捂一把岁月在胸口，暖热了轮回的更迭。

曾经和春天一道，擎着花红柳绿的笑，美好了人间的风景。在那个青涩的年月，几近忘却了蝶舞是从破裂中飞起的，春花的烂漫里还有严寒的涅槃；人的出世，其本质是为前生的超度而来，不然，呱呱坠地时，谁不是挥舞着拳头，冲着尘世大喊大叫呢。

紧握的双拳怎么也抓不牢一朵小花的开放，哭笑人间，诡秘的心事让凡俗的烟火东来了西往了，一炷香烟的袅娜，飘拂起世俗里包裹的全部玄机。

时光不允许任何人开半点的玩笑，谁想玩弄生活，必被生活所捉弄。庄严不是人为朝朝暮暮冠以深厚的内涵，它实是太阳和月亮久远的契约。

阳光懂得不与星光争宠的天机，当月亮将饱满的希望说给太阳时，一穹的星，灿烂了白昼和夜晚的纯净歌谣。

伫立在四季的界碑前，让跨越的气势空阔了人生的胸襟。一个季节的退去，苍远的眸子是否看到了来时与隐时的路。不知道一个人在临终时，是水淹了尘世的一派苍凉，还是被无望无助所捆绑，最终，无奈地走向了奈何桥……

不清楚，天地间，一个季节的去路同一个人的离世有着怎样的关联。在祖母的影子里，时光只是来者的一面镜吗。

　　一个人的销声匿迹，是几十个春华秋实的叠压过分沉、过分重了的缘故，还是人生的攀缘距离那个目标太过遥远，让人在很早的时光下，过火地透支了生命，曳断了绳……

　　红尘的万花筒颠来倒去，人抓不住其中的一朵囫囵。只是，活在人世，谁都没有想过，要两手空空走一遭。目光把理想照射出去，无限地扩大，一投身进去，想返身，却已无路可走。

　　人说，在这个世界上不存在绝对的东西，可人生的旅票，却是绝对的单程票。走过了青春，人的一生再也不会有青涩的年华等待，就连春天也知道，明年的花团锦簇，也绝不是今年的绚烂。

　　生的气息萦绕在坟堆周围，一束野菊花烂漫了身前身后的往事。

　　深秋之季，无论向前看，还是往后观，两眼皆茫茫。天涯的路途迢迢，季节还要旋转；海角的水雾漫漫，人的脚步还会继续追撵而去。

　　生就的是一只烫手的山芋，一撞进红尘，想净身时已由不得你。

　　睁眼，为这一口气；闭目，敛息静气。生命一直在这一吸一呼的磨道里受难，生活之外的跪拜，谁在等候曾经的默契。

　　初始的愿望总是美好迷人的，一路的荆棘，刺破了儿时的童谣。临终时，已捡不起出生时的哭声，猛一转身，抹下一张惹尘埃的五花脸，撇出千年缠绵的烦忧，毅然走进了那个谁都不情愿去的极乐世界。

　　逝去的，是看开的。想不明白的思索，还正奔走呼唤在磨难的路上。

　　与苦难作别，同曾经被冷落的灵魂握手言和，一个逝者终于成全了他挣扎后的皈依。

　　夜，尽情地铺展开它思索的宽度，在无桥无舟的月下，水光圆满了一世的注定。

时间和空间的来路在花开叶落间呢喃，季节的此岸凝望着彼岸，我隔着阴阳两界，却怎么也看不到去者转身时的背影。

是揪心的最后一瞥，还是潇洒的笑别，炊烟背后的故事，凝聚着生生死死的喜乐悲愁。

凄凉的心情洞穿了我的年轮，我撮一把光阴给秋季，谁能在时空的鬓角，插一朵复活的花，在梦的记忆里生生不息。

秋末一动就走进一株小草里，我从那擎起枯黄格言的狗尾草里，熟读生生灭灭的缘起缘落。

纵然立在岸边的佛也救不起前来后往的悲喜忧伤，我面对滚滚红尘缘，在淡定的岁月河中净手，来世做一株为人祈福的狗尾草。

刹那的烂漫成就永世的涅槃

身在凡俗，要聆听尘外的心声是非常艰难的一件事，人倾其一生，让利欲拂净铅华，在得失之间受苦，在来去之中悲伤，祈求前世的梦幻轮转，到尽头，却道是丢掉的成为金，抓住的成为尘。

秋夜很安详，蛐蛐的歌声摇落黑暗的苦难，听起来清亮如流水。行走在无月的晚上，城郊外的秋庄稼一片连一片，扯起了无边的屏障，像静心的人安置好了命运的去处，在辽阔的夜境界里安眠。

处心积虑是生命的本态，人活着，不为权力和财力伤身，就为情殇悲心。一颗流星划出夜空一道伤疤，不为陨落揪心，只图一瞬间灿烂的永恒。

百年的企盼在人的心头摆动，它比水中鱼儿渴望枝头的栖息更受煎熬。谁让人怀揣难泯的野心，撕破了红尘的网，跑丢了年华，漏掉了自我。

夜晚总是宽厚仁慈的，容得了善良，也接纳着迷茫。人一混入世俗，总希望所有人的目光都来关注自己，尤其重视自己所熟悉的面孔。人越是熟知的，越容易产生妒忌。对于最近的人，超出自己一点点，就会眼红，如果超出很长的距离，又会羡慕起来；再超出更大的范围，人就会仰望。人有时会很贱，才让人的本性徘徊在磨难的路上。

现实的残酷和冷漠，使人的心理成长伤痕百处。谁是真正的贴心人，一句锦上添花道尽了人情世故的炎凉。

要想别人关心的事，就必须让这事也成为他的事。黑色的歌声唱出白色的浪漫，人生的戏剧，常常在颠倒黑白间豪迈。

不是人人都愿意盲目地追崇，谁都想在尘埃里洗却一身的灰垢，只是混沌世界，婆娑难安，何处才是肉体可以喘息的树荫。

人在官场，话不由己；身在世间，命不由己。话出口之前，人是主，一旦说出去，人就是话的仆了。俗语说，话越捎越多。很朴素的语言却华丽了世人的心机。

每个人的内心都藏着一片阴暗的秘密，不是所有的黑暗都要接受曙光的涤荡。人性里固有的疤痕，有时只能靠死亡来抚平。

任何一个人，生在尘间，对于自己做的每件事，本身认为都是对的，无论是善事还是恶事。不然，人间就不会诞生哭和笑。

明知道人生不存在如果，却偏偏打不开结果，于是，人就有了设想。

俗事缠绕一身，清净的期望是每个人都想歇脚的地方。人因为梦想而奔忙，是可爱；人因了奔忙而不再梦想，是可怜。生活在于眼观身受，更在于感觉缥缈。

诗意地活着，有时让心灵放逐一种曼妙，虽身在婚姻，爱不能自我，想象一下白马王子与白雪公主的缠绵也不失为人生的一大享受。

生命因了怀想而生香，生活因为感受才有味。来一趟人间，白天的扑抓是精彩，夜晚的梦境也醉人。

活着，观世相，百态不一定都生媚。谁是谁的相遇，谁和谁相逢，靠的全是一个广阔的缘分。

在世上，他的痴呆不是过，你的聪明也不是珍贵；前世的气息顺着后继的河道飘拂，谁能说清善恶之报的来龙与去脉。

深夜把平凡的事做得很不平凡，万有的生灵都在这里驻足观望。晚上的人，如果平息一下白天的吵闹，静静地倾听夜的情歌，谁对谁错地较劲就会变成一抹笑话，涂白了黑中的亮窗。

雪花不讥讽雨水的无形，人生在俗间，让他人笑笑，是风景，也笑笑别人，是情致。

生命的一路经过，风也有，雨也过。宽容，让德行在身上的闪光；包容，是找到乐趣的最有效途径。

"难得糊涂"，是古人留给后人的醒世言，个性的圆扁方长，都是入眼的景色。责怪，只能证明你的境界不高。

沿途的风光品尝不到幸福的果实，同样，即便走到路尽头也不会发现幸福的甘霖。

谅解别人，不是圆滑。给人一个和蔼的微笑，一句温馨的话语，就是在积德行善。

秋夜很迷人，到处散发着待熟的玉米清香甘甜的气味。星星像沉浸到恋情中的宠儿，醉醺醺地，映照得夜空安谧又宁静。

小风似过往神，从玉米穗须上掠过，夜空中立时沁出一层又一层的禅意来。

风抚着人的头发和脸颊，夜色下，我看见路旁一朵白色的小野花在默默地开放。我的心骤然对这朵迟开的小白花肃然起敬，它以白亮的绽放，为黑夜添光，这是一种什么精神！

也许，当启明星闪烁的那一刻，这朵白花就会陨落而去，然，一种悖逆时节的果敢让小小花朵有了凛然之气。

前生后往的百般轮回，是小白花借用夜晚的一寸光阴，在刹那间的烂漫里成就了永世的涅槃。

从此不再走错门

梦没有翅膀，却无数次地飞翔。一个人持守的想象，总是某种灵与肉的隔岸观火。梦中的异常，一撞进现实，就鸡零狗碎。美妙的幻想落在了该落和不该落的地方，人生的那份贴心在寻寻觅觅中，灿烂了满目的追求。

今世的谋生，给精神领域插上了膜拜的旌旗。试用一股风的思想，把天空的阴阳做一判别。如果生活呈现出沉雄又飘逸的怪思维，人是其中的一片云吗。

　　升落人间，无论你是盈满了得意的帆，还是沉潜在水洼下误入湿域的虫，都不要张扬或是沉郁。鼓满风的帆，不会永远飘荡，大红之时就发紫，就离黑愈来愈近了。阴沟的潮湿总有散去之日，人不可能一辈子都行走在阴冷的地方。

　　格桑花的曳动，是为了让自己的影子站起来。流泪的季节已想不起人一生的悸动，多少个不眠的夜晚，让倾诉的时光望花了眼。人站立在生存的河沿，聆听落花的箴言，一句警戒，击溃了全身心的豪情。

　　泰戈尔的名世之语，道出了精神守护者的灵异境界：路的尽头，不是我朝圣的地方。路的两边，倒有我神庙的殿堂。也就是说，生命的路途，才是神往，活着，就要陪昼夜敬拜。

　　沉浮人生，上了下了；阴晴一世，明了暗了。时常人上得起，下不来，笑时忘了人是哭着出世的。提在手心的，物也罢，情也好，全是放不下的虚空。

　　人落进尘埃，砸出一个坑。自古多情的是才子，伤世的是智人。情商与智商的较量，到底苦了谁家的夜莺。

　　徘徊在沿途的迷蒙景色下，生命的翻越奔突，全是冲着苦难的人生而来。很多时候，人选择生存的空间很大，而注重自由的缝隙很小。为了生着，存在着，忘记了生活的情调，当某一天陡然想到前面的路段仅剩咫尺之时，却道是，两眼茫然，满面苍凉。沧桑不醉人自醉，沉湎于红尘的绚丽，人只在乎别人的风景，忘却了自己也是他人眼中的过客。

　　无数个的季节总和另一个季节争议着最终的平等。人生设置的如果，其实只是一种向往。每走出一步，除了后果就是结果。选择的命题，不在你，也不在他，全是冥冥之中的念持。

　　于是，智者去追撵贤能的脚步，愚人把歪扭的人生观念拾起。

精明是庸人的自恃，智慧的灯是神念里高人的行程。任何时候，人要学会不抱怨，风来雨往本是生命的正常内容。心存善念，慈悲为怀，每一次跋涉的挣脱，都是黑暗中一枚神目的微笑在招引。

染满霜花的经历，怀揣岁月的沉痛，在价值和价格间抉择。苦难的过往中，人不能决定生命的长度，却能选取其深度、广度及高度。

慈善之心不存在卑微和高贵。在某种程度上，人吃苦是为了企及生命的真面目。

前尘高远，梦的路途艰辛多难。伤也罢，痛也罢，皆是一盘打坐的思过。佛曾有言，说，有苦吃的人才是有用的人。

活在世上，是一片业力的作用。来时不知道路在哪里，去时也不明白天上地下的分界。活在此时此刻，才是一种境界。一生当中，能让自己高兴是美德，让他人快乐是功德。

每一颗心生来就带着遗憾，大多数人被孤独和残缺相挟持而度过自己的一生。寻觅的经过不是疏忽错失，就是人间的罚力过重，击落了几千年的回眸。

当尘世的繁华沉没后，人两眼恍惚，只见时间残留的某道划痕已在年轮的眉宇间凝结成往日的倒影。

光阴按捺不住自己的思绪，让人用光的心情启开黑暗的秘密，并试图用一串鸟鸣想象一次天空的恋爱，听天籁在某一个黄昏疯长了花和叶的对话。

追寻的路遥遥漫长，人生很苦短，梦中的夕阳睿智又淡然。风的尽头，是开了又谢了的传奇。

对于所有的伤势，连骨带髓一齐吞咽，毕竟，在那段阴冷潮湿的地方，望到过自己死亡的时辰。

天空把命运交给了时节，更何况一微尘粒的人呢。人定胜天是愚弄人的谎言，水火蔓延时，人经得起地球一次小小的呵欠。

今夜我立下誓言，与笔墨结爱，同文字勾情，朝朝暮暮。所有的伤痕一风吹平，不要伤疤，不要重量，至此，不再走错门。

现实，就是一个童话

季节让命运扯着衣裙，前丢失了青青春花，后为明日所破，一攀上夏天的陡峰，才知道，自从冲出雪花的梦想，就踏进了荒芜难了的去处。

活在大自然怀抱的人，也同这四时八节有着一样的夙愿。一出世，脚下所丈量的，本来是看不到尽头的道，可人却偏偏美其名曰，人生的路。

富有诗意的想象，给了人一块蒙住眼的彩色布。所以，人在生命的道路上，拼完了转世轮回的力气，也要在尘间捞住一块敲门用的活命砖。

昨夜，有岚气在叩门，黑暗中心藏秘密的个中滋味，露珠看得清，人在猎获时的奥秘，自是心知肚明。

世界上不是所有的秘密都需要揭开，人内在的那个旮旯拐角，就是落满了尘埃的处所，日子超度不了昨天，夜夜攀比的心情更是难以企及。

有人为谋不到一官半职天天将心揪成一堆乱麻，紧蹙的眉头每时每刻都在折叠着人的岁月。烦和恼不是亲邻，但却让人的欲念撮合成了密友。幻想扇动翅翼，向着无着陆地的高度，向着憧憬与现实之间浩渺的间距飞去，随着翅膀越来越慢，愈来愈轻的振动，欲望的石块拽得更加沉重和稠密。

人的世界不存在未完的事，只有不死的心。明知道，人生如戏，却还要做一头挣死的牛。

红尘是口滚沸的油锅，人一进入，就与它有了难解难分的缘，不被烫伤，就被烫残。

好奇心赋予了人类别样的幻觉，人们总想向大自然讨回一个逞强的说法，提出先有鸡，还是先有蛋的可笑话题。宇宙的绝妙之处，恰恰在于鸡和蛋同时都存在的事实。一心刺探浩瀚秘诀的想法，让人们成了自我愚弄的智者。

尘世上的所有设置，看起来是能者的壮举，到了风的眼里，实则是一柄笑料。

政府职能的构建，政治体系的形成，在鸟的足音下，漾出了戏谑的泪花："小轩黄帝，就是那未醒转过来的羔羊。"

而人，给自己的前途披上了美丽的外衣，称轩辕黄帝为"人文始祖"。

神秘一贯是历史难泯的灵魂，人将自己套进一段史记的碾道里，寻找着曾经的足迹。岁月尘埃下埋入的所谓人之杰，鬼之雄，一把骨骼，还在地底下讲述着刀光剑影，血流成河的雄壮气概。

后人一代代地效仿，前赴而后继，都想沾一缕伟人的气脉，在人世称大。

谁曾料到，红尘的你和我，眼眸间的春夏秋冬，一直就是损消生命的穿透风，在人不知不觉间，就夺走了人的年华。你承认也罢，不敢相信也罢，他就在人的想象之外存在着。

走过的草地，一棵绿会在来年的初春重新泛起微笑，而有些人，走着走着就没了影子，唱着喝彩着，就不见了声息。谁见过临终前滚出眼眶的最后一粒作别泪，却原来，人世上的一切念想和追逐，血泪与搏击，不过只是一转身，一合眼的事。

不必让几千年的神秘再扯住人的探索，今日的太阳和今夜的月亮一同点亮一个人一生一世的黎明与黄昏。

失败的不是绊倒在一块石前的那一刻，而是人不知道爬起来的样子。

不要乱指责某个政府的体制发生了问题，也不要认为那座王位错落了主人。千年古代氤氲在这块土地上的气息，它就是一咒符，谁也无法冲破它的情网。

现实就是一个延续不断的童话，在人的世世代代中传递。活着的意义就在这种被传播的精彩下彰显生生不息的魅力。

鱼与熊掌不可兼得，这是现实生活的哲理。人不能抓了这样，又捞那样。本来，世事无常，得到的还必须再失去，再得到，再失去，这才合乎常理。攥到手的，握得太紧，不一定是好事，没能得到的东西，或许是人生的福音。

"塞翁失马焉知非福。"这不是古训，也并非臆想，它是华夏文明的结晶。

如今，我们误入到一个唯利是图的境地，为了一己私利，人可以六亲不认，情感冷漠，只要能得到想要的，什么害死人的事都敢做……是不是这个时代着了魔，这要问我们的文化。

文化一旦出现问题，一切的行为都是颠倒的，鬼怪的。我们几千年的努力，全撂荒了。

躺在季节的绿荫下，我们不但要思考，更重要的是感觉。

感觉身下的热土，侧耳聆听草棵下的心动，让天边飘来的一绺云把诗境曼妙的雨水写在人的脸上，印在人的心头。

现实的童话很感人。童话的故事讲述着红尘的人体肉身。一枚枚的影子说着的却是季节树上一片片黄亮亮的叶儿的悸动……

河水月照总天堂

昨夜，梦中的河水清亮如天上皎洁的月光，那优哉游哉的鱼儿翘望着爱情的曼妙，溯流而上，溅起的水花朵朵，氤氲出了水中天堂的月亮。此时，一扇窗启开，一户门关上，圆满了尘世旋生旋灭的持念……

我在梦的门外，一候就是几千年。

天堂的完美想象，忽悠了世人千万个日日夜夜。凡尘的锦华，时时刻刻牵动着仙家的向往。打开天庭和人间的秘籍，让生命个体的勃发在阔卓的自由天地里捭阖，谁是尊者，谁是卑者，时光的风一过，万物皆归于平静。

人从现实到幻觉，是一场睡梦的事情。留住红尘的期盼，在故乡门前小河的这岸到那岸，我在等待流水的剃度。

天上的月亮把损了圆了的理念熬成人眼里的中药，苦了前生，医了后往。那被流水溢盖的凡间，曾经漂浮着谁。水中月的天堂相思，光影悠悠，一波逐一波漫过，淙淙着婆娑。锦瑟年华，生命的真诚在皈依的路上，探索回家的途径。

尘和土相依相偎，水与沙相生相克，人同尘埃，谁是主，谁是仆。

老家门前的一条小河，由宽变窄，由清澈干净变得龌龊不堪，它缓慢艰涩地流过村头，蜿蜒着羞辱，如同一条怕见阳光的脏兮兮的水渠……这一切变故，河水见证了人的思想由红到黑的迁移全过程。生活与现实的莫测，让人在捞取物质时所呈现出歇斯底里般的疯狂，被摒弃的道德，以及人们津津乐道的物欲，全装进水花跳跃的心里。

小河一直福荫着村里的子民们。记得小的时候，每逢遭遇干旱，井水枯竭，河水就是一村人生命的源泉呢。那个时候，小河清幽，鱼儿小虾在水里嬉戏，河面上白云的倒影，像是照着镜子梳妆打扮的嫁娘，惹得一群少女坐在岸边的青石上，把未来的憧憬绽放成五彩缤纷的惬意。

于是，满河的杨柳树下，水草野花的梦想，成为我们一群的遐思；蝶飞蜂舞的旋幻，一下子缥缈了少女们最美好的神往。如果说，人间天堂的固守是人的一种臆想，我愿做女娲手下的一尊泥人，滩涂在河水的唧哝下，从此不再站起。

那时，河是人心目中的尊神，村里男女老少，人人敬畏这条河，河岸上的一草一木都贯通着人眼里的灵异……

每年的夏季，山里突降暴雨，小河就涨满了上游带着泥腥气的浑黄的洪水，漫上河堤，时常还淹进了河沿上的人家屋室。

大雨倾盆，人们会身披蓑衣，头戴草帽，手执钉耙等物什，叫着喊着，跑进齐腰深的水里，打捞顺水漂流的瓜呀果呀，以及还未成熟的包谷棒子；有眼尖手快的，胆儿大的，还会跑到更深的水域，逮住一根木椽或者可以用作檩条的大家伙。

这个时候，满河道的泥水声，大人呼小孩儿叫，狗咬猫喊声混杂成一幕幕打捞的惊喜剧。大人们煞白着脸，小孩子们在浅水边儿上狂叫，浑黄的水面上漂浮的物件，忽忽悠悠从上往下直撞过来，撞得大人小娃的心一阵接一阵地紧张又伴随着喜悦……

洪荒的水流让我夹杂在这群人的中间，嗅着山坡的泥腥气，闻着村人们的草帽味儿，惊羡了时间的滑落。光阴的嗅觉带着我，穿越了先祖的气息。

尽管这种打捞时刻受到危险和丧命的威胁，人们还是拼出老本也要争取猎到，但对于河岸上的一草一木大家却从未兴起动用的念头。

心地揣着一枚敬畏，人的行为时常阔远了信念的视野。祖上的一串念珠，让古老的小河千秋万代，怀揣诗意，灵异了后人的追求。

而今，我的小河，面目全非，岸上的杨柳树被砍去了绿蓬蓬的幻想，鸟儿也从此隐匿了歌喉，这些飞翔的小精灵们，被人燃烧的占有欲惊得哑口结舌；就连河床的水草岸边，也已变成村人们各自抢霸的近水菜地，一车车的土块，掩埋了野花摇曳了千万载的信心，埋没了烟火人家对大自然曾经持守的尊重。人们争先恐后，拉土填河，点瓜种豆，将宽阔的河道挤对成了窄窄的一线小渠，就连河湾的凹陷处，也变成了各色塑料袋、煤渣等废物的倾倒地了……

如今，小河的丑劣不堪，恶臭熏天的面貌，它还能反观昔日的美丽靓影吗。衣食无忧的村人，侵占了河道的百年大树，喂肥了占有欲，饥瘦了天人应遵循的本源。

剥开生命中的安谧，肉眼所能抓住的，终究挣脱了谁手中的风筝线。

谁把虚无当枕头，一场黄粱梦的醒来，一个民族的脊梁是否已被注入了冷凝剂。蛮荒，霸道，强权，官本位，钱主心等等，一系列的被外国人深感莫名其妙的东西，却被国人用来引以为资质，从而倍感自豪，沾沾自喜。

今天，面对群发性变异的心态，小河无语，就连水神也只能很无助地叹息。物欲的占领，让村人已经丝毫空不出缝隙来进行反思。搂住钱财，买了"背景"，靠住权力，就自认为活出了"精彩"。

水流哼唧，拐来弯去，终躲不过人们贪婪的目光。风从河面上经过，一边念着咒语，一边吟诵佛经。当年的鱼儿是不是躲在了另一个世界，去寻捡它们往昔的岁月去了。

祖先遗留的嘱托，在河岸上经受磨难，半个月亮的心愿，正遭际着日子的淬炼。月光的背后，时间在默默行走，垂恩的夜露，晶莹了一双供香的虔诚之手。光阴一驻足回眸，就惊飞了一世的流年。

我儿时的前世，怀搂着故乡门前河里的月亮，漫步在皎洁的天堂默念中，还原了河水昔日的娇容，一醉，就醉到了大天亮。

萧瑟透出朝圣的气质

当季节行走到空蒙的萧瑟边缘时，一直昂扬的头颅陡然低垂下了感恩的思念，脚步随着飘零的落叶，袅娜起从芽绿至今的所有经往。雾霭里缠绵的茫茫往事，在红红黄黄的叶片下，一茎脉络，呈现了一个季度跪拜的恩情。

一畦接一畦的冬麦正在经受着泥土下黑暗的磨难，一丝鹅黄的嫩芽爆出了另外一个季节的惊喜。土地正孕育来年的希望，一粒泥腥晕香了下一茬种子轮回的期盼。

在秋的尽头，落叶把前来后往的脚印叠加在叶脉上，干枯的叶面，根根暴起的茎络，像老年人手足上的筋条，蜿蜒着沧桑的青葱讲述。沉浮人生，四季更替，跌宕彰显安和，平稳隐匿着动荡。

一孔瞳光放出去，无比的空阔高远，人的理想一出笼，就翱翔了一世的幻想。季节的眸子一撞上天空，弥漫的星花闪烁一地的祈愿，于是，人间的五谷杂粮一下喜悦了烟火的飘拂，曼妙起哭笑尘世的诗情画意。

很多时候，季节可以驻足，人生需要止步。前奔的劲头很足，怀揣的心事流泻一世的贪欲。大流动，大奔腾，大飞跃的时代，让我们无法停止心跳，飞跑的脚步很难止住，一闪而过的真情在恍惚的眸子下滑过，一切的物欲、权欲充塞了生活的各个角落；旋转的俗间锦环，一套在人的身上，眼花缭乱，醉迷了来世的初创。

生在世上，凡门心门，把持一个中立，做人成功；偏离了方位，尘和灵两败。

生命在很大程度上需要迈过自我的门槛，人过去了，就是门，过不去的就成槛。门和槛看起来是空与实，但走起来却是玄与机。一个隐蓄着活的质地，一个充塞着死的道场。

经年在季节的发梢沉思，光秃的树干在凄厉的风中摇曳着往昔的回想。在新树枝对着老树枝同样坠落了叶子的凝视下，木的气息弥散着前奔后赶的岁月清香。

时间改变着人的容颜，而人在追撵的途中，大汗淋漓了一生的忘却。眼神够得着的，除了金钱权位，其余的全被搁置在心的背后。怦怦跳动的心律，每一节音符都承载着世俗的华锦，灵动的闪烁丝毫动摇不了人拼命地扑捞。

在物欲横流的今天，钱财成为每扇门的敲门砖，官场的，情场的，学术场上……就连爱情那尤物，也变得以物质基础为第一抓手。见钱眼就红，见钱心就黑已成为众相之症，且心不跳，脸不改色。

吃住行的改观，让我们将心的初衷改变得没了踪影。谁于天地之间降下了今年第一场霜，挫伤了这个季节的信心，却贯穿了一片叶的通红。

一枚红叶把信仰浸透，呈献给了高远的苍穹。脉动的苍凉，远阔了时月的寻觅。大地某个拐角之处就圆融了一片叶的皈依。

冷热人世，信仰是一个人做人做事的底盘；惶惶世界，有了信仰，一个国家，一个民族就挽住了根系。大殿之上的尊严，与芸芸众生的苦难，谁不是转经筒上一圈旋转的符呢。

财也罢，权也罢，人在攀缘中，把头抬高，却不能将心放低，若不然怎会产生"锦上添花小人多"的铭言呢。

手在抓，脚在蹬，人却意识不到，倾其一生的捞取，其实质是丢弃了真正的自我，漏掉了所有的年华，临末了，一堆堆荒冢只顶撞了一下人一时的悲伤，过后又复缠情在明争暗度的角逐场上。

如果脚下稍有放缓的意愿，人就会从一片叶里品咂沧桑的醇厚滋味；如果人的心能够静一静，那云的箴言就会投影在脚前的土地上；如果人心怀感动，一只鸟鸣也会唱响生命的苦乐年华……

秋的尾端，雪花在翘望枝头最后一片落叶时，一粒悯情的泪正噙在飞雪的等待下。

厚重的雾影里，雪朵抵达的梦寐成为秋季最末的一个伤口。头顶的云聚了又散，散了又聚，全是为了寻找一程的梦吗。

人生也如同这样的迷雾，前半生找入世的门，后半生寻出世的窗。

生活是风尘中的四季更迭，只是世态虚假冷热难料，才搅和成了五味俱全。

什么时候明白了我已不是我，我中才有我，人的痴情就会美妙了流年，惊艳了岁月。

梦想时常将人带向迷途，糊涂的常常觉得清醒。初生牛犊不怕虎是咒语，也是醒言。人在谋生中，一糊涂就潇洒，其实质是潇洒的人绝不是糊涂者。

再宽阔的河水也要归于大海，再怎么缱绻于蓝天的白云也难逃成为地上水滴的命运。人是世上一粒尘，成为土是终生的归属。

凝重的天色把喜颜埋进了地下，人是地里五谷的故事，种子是人眼眸间闪动的希冀。

人生在世，最执着的东西是对人伤害最大的，肉身的福不可享尽，享尽了就没了。

在各行各业高速发展的现实面前，我们需要休整，在当今人性卑劣的一面最容易滋长的时潮下，静心养德，我们就会发现，抓在手上的，其实是最大的丢弃。

丢弃了年华，放浪了心灵，沉迷于眼前的利益，让我们肥胖了身体，枯瘦了灵魂。

时光端坐于坟茔之上，它时刻等待着被尘埃压垮的身躯。一朵勿忘我开得正艳，抖落的笑容匍匐在土堆上，叩拜着冷风下的传说。

旷野一派萧瑟，但豪迈的气势从一株嫩麦芽的尖上一直绵延到天的额头。冬的信仰安然挺立于时月的一隅，默默地守候……

飞雪在一片枯叶的背后，感受着朝圣的气质，所以，扑向大地时才那么的晶莹剔透。

人做不了雪花，做一滴水泯润一下几近干涸的心魂，一羽掠过目光的鸟影，也足以惊醒千年沉睡的悯情。

雪朵在潋滟的神光里静候

梦是夜间盛开的鲜花，一朵两朵，继而千朵万朵压枝低，怒放了晚上的安谧。那漫天的雪，把娇媚滋润成梦的春天，袅娜出上下情爱的牵挂，甜了今夜，苦了来日。

今冬的雪以至到现在还从未露过脸，面对阴沉灰蒙的天空，总企望着在人的意料之外，忽然飞来一片两片的雪花，就会惊喜了一夜的梦寐。

一天天的盼念纠结着洁白的贪恋，抬起温热的面颊向天，只见铅灰一抹，看不到雪的影子。

失望从眼眸上滑过，跌落一世的盼念。人什么时候能够学会不翘望，随遇而安，就旖旎了这个世界的风声与水起。

今年的雪，也许正行走在超度的途中，人无法理解天外客旅的心情，就在冬的问候下，天天念叨，夜夜梦想。

无论怎样，无雪飘飞的冬日总是伤感的。寒冷的孤独守望，温暖了群居的静谧。当枝头最后一枚凋零的金黄，向大地叩拜的那一刻，苍天之上的灵性是否恩爱过一拨又一拨走过又迎来的众生。

种子呢喃泥土的情深，让厚重的缘分不敢奢望做那闲云及野鹤，承载的使命将那一抹绿芽喜兴了一个季度的千回百转。

雪花不是不谙人间烟火的仙客，它在离尘埃最远的地方，正涅槃着生命的内核，展开一场最遥远的想象。

如同出生前的生灵，要经历一次次或苦或甜的剥离，抑或与生与死的洗涤，才可能转世轮回，呱呱坠地。

红尘的冗赘累加在人的身上，让人的体积增高，却使人初始的性情在漫长的成长途中渐现低矮。

人生一世，谁都是俗间苦行的影子。一来到世上，时间一面为人撒着鲜花，一面给人栽植毒草。你问与不问，全在尘世的锦囊里。

人间的，无论是谁，高官还是庶民，富贾还是乞丐，注定的都是路过，所不同的，无非就是光阴陪伴的长与短。

尘世上本来就氤氲着一种无可争议的必然，一旦被时光丢弃了，人生的曾经辉煌也好，灰暗也罢，不都在凝眸的一刹那，定格了永世的缘言，一抔黄土掩埋了昔日的爱恨恩怨。

生是碰巧，活是无常，生活是千年之约的磨难。命运带领着人，穿越千古烟尘，一路血泪，一程劳顿，最终还要愣在时间的土坎上。

当一切的繁华落尽，人在老去的面容跟前，沧桑了幻想的宁静，掩不住成片的悲凉布满了心头。

往昔的权与物，情与爱，却原是起于一方水影，缥缈于一拂白云。

雪花放飞爱情于天外谒拜，它从不捡拾落叶的遗嘱，只在云头的受难里领命，与形成花瓣的风进行一场劫难的修行。降落是缘，化水是分，雪的宿命一直就在诗人的灵感上超度。

不管怎样，雪的纷飞无疑是人间诗情画意的精灵。有了雪花的装扮，尘世的美妙感就颠覆了从前的追捧。

在雪花飘飞的天地间行走，人就会心底宽松而安宁，就会将自己泊在一方恬静的期待里，去亲近灵魂深处最细软的神经。

被五味杂陈腌制过的感受，就是刺人最疼的针尖。天涯远眺海角的浪头，偶傀了谁的远离。

无国语的雪花，用片片情念连缀起阴天的苍茫远景，我举着夜梦的渴求，在一阵心悸下战栗……

谁丢下了祖先的衣袂，让一批批的后人挑起无望的图腾。众祖的灵符永远是时间的淡定，不管是长度还是宽度。

生命的前行不息，是囿于历史的记忆，还是淡忘，回眸间，岁月已放逐沧海，缱绻的尘爱还在血泊里挣扎。

人的一世能在时间里走多远，指尖刚刚挑起的翘盼仿佛已穿越了无数个轮回。

如果拼搏才彰显生命的意义，那么自由在这中间是一支摇曳的虚影，还是路途上的殉葬品。

把自己从俗欲里驱赶出来是对人生的高度负责。在时光流逝的过程中，学会看重每一个生命，掂轻每一件俗事。

命运的那片碧绿里，蕴蓄着天启的恩泽。季节引吭高歌，一丝风细碎了天荒的箴言。人性的偏离，让季候改变了初衷。一片待翔的雪花，站在云天之外的神光里，静候。

趴在岁月的肩头，人在冬的发髻间，别上了一枚如莲般洁白的雪朵。

偎住冬的胸膛取暖

　　一个人独处时，看悠悠的雪花在眼前飞舞，几朵忧伤就被雪的美梦冲散了。于是，天地间盈满了蝶儿一般的飞雪，让我冷冷的孤独暖了今年的冬季。

　　雪是带着优雅的心事问津人间的烟火典故的，我是一粒尘，来为哪般，去为哪般。

　　繁密的雪朵在静静地飘，像皎洁的魂灵，一拂拂地摇曳，落到哪里，就在哪里濡湿了一片寻梦的伤痕。

　　成为雪瓣之前的欣然领命，让一滴水经受了热凉的洗劫，季风带着消殒水滴的魔咒，把一滴晶莹的缱绻在云天之外受难成一叶洁白，飘向一处，又肃然化成水珠。

　　苍茫的天地道场，在一片雪的轮回中成全了瞬间的永恒。

　　一个人的出生，老百姓惯常用落草来证明某个生命的来世。能跌在草窝的必是尘，一丛麦秸秆的清香接住了一脉土的气息。

　　成长也是用来消逝的。花静静地开不为招蝶引蜂，却被季节悄悄地捉弄了初衷。

　　生走向纵深便是死。生是一种漂泊，死是一种流浪，如同眼下的飞雪，由水成雪，一挨尘世，又还原成当初。

　　雪越飞越密，稠稠的影子很快隐约了人间的高楼大厦。朦朦胧胧中，一种神秘的气息氤氲在天地之间。

望着雪群下远远近近的建筑，这些在无雪的日子里总呈现的某种势力面目，且参差不齐的楼房，此刻显得犹如仙境一般。

有落雪的季节总是令人神往的，细瞧每一片雪，它袅娜的姿势，轻盈了《诗经》的美妙，让人品味一番典雅的曼妙。

与飞雪为伍，从天空隐隐的灰蒙里，凝视一个小得难觅的星星点点，再到旋转成头顶洁白的一朵花，人看到了什么，想到了什么。跌跌撞撞的忐忑心情，战栗了一地的落殇。

雪在天之上，就将命运交到了空间的手上，一落下，归纳了过程的完满。

人在出世之前，凝眸了谁家的院落，一絮转身，就完成了前世今往的阴阳宿命。

庄周梦里的蝶飞落那幢，缥缈的思绪总怀揣亘古，远了一日时月，近了千古光阴。

雪如漫天的白蝴蝶恣意飘飞，让人一下子恍若梦境。极目远眺，却原来海市蜃楼的幻影一样地在陆地上再现。

光天化日之下的现实生活时常使人在谋生存的极端心态下忽悠了自己的年华，一场大雪模糊了人的视线，却让人的生命感想逸化出诗意的终端思考。

舞雪，一片，两片，数万片，片片都是艺术的美句；飞花，一朵，两朵，数不清的繁密，朵朵道出了哲人的腹言；飘拂，一枚，两枚，每枚的曳动都摇晃起木鱼古往今来无法停歇的脆鸣。

飞雪不需要解释，人也不必要盖棺论定。所有的来与去，迎面与背影全在庙堂的灯芯上闪烁。

雪下了，是命理上的随意点拨，到了地上还本为水，于是，笑也使然，哭也使然，一切都从属了季节的调遣。

空中的舞姿，那是雪花为人留下了想象的空间，落进尘埃与土为泥，让种子喜兴了生长的崇拜。

雪朵穿梭于尘世，迷蒙了人紧盯的利欲双眼，却像天使的羽翼，启开了人纯真向善的门楣。

雪的飘飞，那轻盈可爱的姿势，一下子撞响了沉默许久的心灵大钟。人性最本初的品质，在雪花乱舞的天地里会散香。

雪在脚下很快地铺展了一层白白的毯子，我一直不敢挪动一下脚步，生怕惊扰了白雪安谧的红尘梦。

雪，静静地下，大地悄悄地接。请不要问那泥土下孕育的芽，在来年的春天会长成树还是草。

初始的一抹绿，惊异了雪下泥土的襁褓，万有的生灵皆在轮回的道上起一股风。分娩前的黑暗，一扭脸成为烟火里被灌醉的幻影。

许下一个人的情缘，却缀上了两个星辰；一梦难醒，一醉，从起步趔趄到停步，却原来跋山涉水只为在生命里顿一个点。

生的味道苦了时日，甜了光阴，味短道长。一朵雪的神话守护着禅的原野，一片纯洁的白，晕染着人的思念。

我伸出手掌，接住雪朵，接住天外来客垂恩的念想。

雪在人的手心里瞬间收拢起花瓣，异化成一星点的水渍，一刹那的转换，让我的灵魂恒久起温暖的飞翔。

雪天里的花说着寺庙上空白云的爱，说着花的花，草的花，说飞了岁月的年纪，说谁也到不了的天涯。

不曾拥有是罂粟

贫瘠的等待一直在日月的光环下，肥美，静候着生命里的期遇。

回眸人的一生，一切都宛若一场梦。绵长的幻境有如千回百转的云霞，多少个无怨的翘首，纵然跃进红尘，就变成太多解不开的凄迷。

夜让自己的爱情缀满了天空，而闪烁的心事则成为黑暗里迷茫的空虚。

幸福在远方回眸，醉倒了尘世熙来攘往的幢幢身影。丘比特本是囚禁的幽魂，为黑夜而出没，却魅惑了许许多多的心灵，为爱而奔波白昼。

也许，世间真正的爱情本身就是一只荆棘鸟的宿命，终其一生，只为寻找到一丛最为尖利，只需轻轻飘落上去，就可破腹的荆刺，然后，唱出生命中第一声也是最后一声的脆鸣。

今生的荆棘鸟似乎是为悲壮的这一声鸣叫才诞生的，如此惨烈的境遇，不知道是鸟的凄美，还是荆棘刺的悲哀。

尘埃深处，有着过于繁密而解不开的话题。时光吹落一层又一层人的情结，而那一年又一年飞落的花瓣，究竟缤纷了谁家的庭院。

爱情与年轻的老路相逢，似人似梦似魅影，在长长短短的生命线上，摇曳着妩媚。

触及，也许花香迷人，也许毒气缭绕。人企恋的情爱，常常沦陷于一个人惶惑的瞭望下。

短暂的生命在冗长的磨道里迷茫。一路走来的道上，撒够了不堪回首的经过。从身上摇晃而过的春华秋实，填补不了孤独中的荒芜，我在佛的目光走过的地方，默等一块石的告诫。

游离于俗世这么多载，夜夜枕着洁净的想象，在岁月的边缘搜寻。心辗转在凡俗之外，不想惹尘埃，一梦醒过，跌落的是生生世世不悔的追求。

也许，人间的不曾拥有，才能彰显出深厚的魅力。人越想得到的，越离你遥远。

人生是用来笃定的，不是用来踟蹰的。我在拘谨的真实面前，空旷了一世的寻寻觅觅。

尘缘尽头，幸福在磨炼一个人的纠结，爱情的历史，丰厚深邃，纵有够天够地的探索，也难透视出爱与情的惑。

曾经像小叶芽一样，总想打探春的消息，把左顾右盼的心事美妙了一个季节的怀揣。哪想，蹑手蹑脚地起步，刚一抬腿，就撞上了倒春寒。

谁人不是为爱而生，谁人不曾为情而活。现实往往与心愿相违，爱过不值得的爱，付出不值得的情，幼稚着沧桑的过往……

伸手去摘一枝缥缈的情缘，羞报了几世悔心的记忆。

人生最可悲的也许不是没能得到所爱的人，而是因为误爱而走丢了自己。

滚滚红尘，爱和情升腾起生命的眩晕，越过的山，蹚过的河，怎么也美丽不了人生所追寻的遗漏。生命的指缝再怎么整齐如排，也攥不住光阴的流沙飞泻。

人生的很多时候，身不由己是定律，情不由心是真理。当责任像枷锁一样囚禁了人的遵约时，你再怎么灵巧的手指也编织不出朽木上的花朵来。

既然今生不会再拥有，就让它在遥远的远方遥想着我天涯海角的企盼。

一种有着幽香的诱惑，在我的岁月枝头，沉默。

有时，默然于人生的深井，期盼着月光的倩影，是一种清凉的修行。心远离吵闹，谧然成旷野的繁荣，隐忍会在一瞬间落地成佛。

活在人世上，拥有得起是要靠本事，而失去得起却需要文化。文化氤氲的信息令人荡气回肠。人生如一场戏，但场场戏情都不是排练。昨天的快乐，绝不是今天的心情；今春的花开面容，已不是去年的妖艳依旧。

点不破的寂寞，我已不再寻找那抹无名的拥有。时间的流光下，生命的旅程尽管充满了苦和累，迷蒙中，那些掠过的梦与痴，上明月，上桑田，上寓言。

昼长夜久，我在日子的门楼挂上亘远的红灯笼，照童年，照中年，照地久天长。

化不开尘世的落寞，也不能浴火重生，带血的静候让不曾拥有美得纯粹，美得透彻。

岁月悠长，生命短暂，时间的转经筒上，人还不如那绕过的一缕风。

在光阴的眼里，心的沉默有时比死亡更安静，比石头更远古，比时空更老迈。

季节让人萌发思念，轮回的殡笛再怎么动听迷惑，终是助枯的音韵，然，情意里的盼头任兴兴衰衰捭阖，也无力斧斫它旺盛的蔓延。

生命的期候，不能相识，也不可擦肩，前世的债还今生的无缘再见。拾一处心情，恬淡，安静，以幼鸟入林的姿势，飞低修行的翅膀。

到月亮升起的时候，我等来了心魂的匍匐，正用身体丈量着拜佛的路程。